DE REPENTE, PALAVRAS

Geraldo Magela de Faria
Lúcio César de Faria

DE REPENTE, PALAVRAS

Quixote + Do
EDITORAS ASSOCIADAS

CONSELHO EDITORIAL: Alencar Perdigão e Cláudia Masini
EDITORA RESPONSÁVEL: Luciana Tanure
EDITOR: João Camilo de Oliveira Torres
GERENTE FINANCEIRO: Sofia Rossi
TECNOLOGIA DA INFORMAÇÃO: Alessandro Guerra
REVISÃO: Valter Braga
PROJETO GRÁFICO E DIAGRAMAÇÃO: Conrado Esteves
IMAGEM DE CAPA: Carlos Caminha
CHARGE PÁGINA 126: Luiz Carlos Cardoso (Lilico)
FOTOGRAFIA ORELHA: Raquel Neves

Catalogação na publicação
Elaborada por Bibliotecária Janaina Ramos – CRB-8/9166

F224d

Faria, Geraldo Magela de

De repente, palavras / Geraldo Magela de Faria, Lúcio César de Faria. – Belo Horizonte: Quixote+DO, 2023.

268 p.; 15,5 X 23 cm

ISBN 978-65-86942-81-1

1. Conto. 2. Memórias - Minas Gerais. 3. Literatura brasileira. I. Faria, Geraldo Magela de. II. Faria, Lúcio César de. III. Título.

CDD 869.93

Índice para catálogo sistemático
I. Conto : Literatura brasileira

QUIXOTE+DO EDITORAS ASSOCIADAS
WWW.QUIXOTE-DO.COM.BR
Rua Alagoas, 1.270 | sala 304 | Savassi
30.130-168 | Belo Horizonte | MG
(31) 3141-1256

Por ser o nosso primeiro livro, seriam merecidos os agradecimentos a pessoas que influenciaram, repassaram conhecimentos ou nos incentivaram a escrever e a publicar nossos textos: familiares, amigos, professores desde o grupo escolar até a faculdade. Seria difícil nominá-los, pois, pela quantidade, dificilmente estaríamos livres do pecado de esquecer um ou outro. Mesmo assim, temos certeza de que todos têm convicção de nossa gratidão e apreço pelo apoio que nos foi dado em todo este tempo.

Porém, não podemos deixar de dedicar esse livro a nossos pais, pela educação que nos deram, a oportunidade dos estudos, aos quais pudemos nos dedicar, com exclusividade e à custa de seu suor, até a conclusão do curso científico. Isso foi fundamental para que pudéssemos ter uma boa formação e conseguir bons empregos no início da vida adulta.

Seu Henrique e Dona Geralda, nossa eterna gratidão e saudade.

Sumário

LÚCIO CÉSAR DE FARIA

Sobre os autores

Luiz Viana David[1]

Geraldo Magela de Faria (nascido em 1951) e Lúcio César de Faria (1955) são irmãos, filhos do casal Henrique Faria dos Santos e Geralda Aguiar de Faria. Sô Henrique é natural da cidade de Itaúna, passando a residir em Pará de Minas ainda bem jovem, quando exerceu a profissão de barbeiro, daí o codinome acrescentado ao seu nome, que serviu para identificá-lo mesmo depois que deixou a profissão, para se dedicar a outra, a de radiotécnico. Dona Geralda era de família tradicional de Pará de Minas, eles se casaram em 1932 e tiveram outros filhos. Geraldo Magela e Lúcio César foram os caçulas.

A infância e juventude dos meninos de D. Geralda e Sô Henrique Barbeiro foram parecidas com a de dezenas de amigos: foram batizados na velha e já demolida Igreja-Matriz de Nossa Senhora da Piedade; fizeram o curso primário no Grupo Escolar Torquato de Almeida; o ginasial e o Curso Científico no Ginásio São Francisco, que depois se transformou na Escola Estadual Fernando Otávio. Vale a pena registrar que Geraldo Magela pertenceu à primeira turma de formandos do Curso Científico (2° Grau), que a escola passou a oferecer a partir de 1967.

Apaixonados por futebol, desde criança os dois irmãos foram *habitués* dos campinhos de peladas, que eram muitos, e ficavam até que próximos da residência da família no centro da cidade. Mas os

[1] Servidor Público aposentado, que aproveita todo o seu tempo disponível pesquisando a história de Pará de Minas e escrevendo livros sobre o passado da cidade e de sua gente.

espaços lúdicos que permanecem na memória dos autores são os campinhos da atual Praça Simão da Cunha, defronte à antiga portaria do estádio do Paraense E.C. e os dois campos do ginásio São Francisco; tanto o de tamanho oficial quanto o campinho de rachões, que não mais existem, tomados por ruas e residências. Esses dois, mais distantes de casa, os meninos só frequentavam depois de autorizados pela mãe, dona Geralda, que, antes de autorizar, fazia as recomendações comuns a todas as mães de meninos loucos por futebol: voltem antes de escurecer; não briguem, olhem bem com quem andam...

Ambos saíram de casa bem cedo para trabalhar: Geraldo ingressou por concurso no Banco do Brasil aos vinte anos de idade. A maior parte do tempo no Banco, antes de se aposentar, viveu na cidade mineira de Coromandel, onde conheceu Wanda Lúcia, com quem se casou e, juntos, tiveram a filha Ana Luísa, jornalista. Em Coromandel, Geraldo Magela viu aflorar o seu prazer pela escrita e, com a iniciativa da filha, já formada, fundaram um jornal naquela cidade, que considera o seu segundo torrão natal. Em 1988, mudou-se com a família para Belo Horizonte, indo residir no bairro Serra. Foi questão de tempo para que, novamente acompanhando a filha, fundassem um jornal de circulação restrita ao bairro. Na Capital a família reside até hoje.

A trajetória de Lúcio César foi mais ou menos idêntica. Saiu de casa para cursar Faculdade de Economia e trabalhar no seu primeiro emprego em um banco privado tradicional em Belo Horizonte, e logo depois em outro, indicado pelo amigo e conterrâneo Geraldo Otávio de Melo Ferreira. Morou em pensão, onde também viviam muitos outros compatriotas, digamos. Antes dos vinte e três anos de idade já trabalhava no Banco Central do Brasil, onde ingressou por concurso e fez primorosa carreira, que o levou, ao aposentar-se, para Brasília, onde trabalhou por seis anos como diretor executivo do Fundo Garantidor do Cooperativismo de Crédito. Tem uma filha, Mariana, do primeiro casamento. É casado com Flávia Araújo.

Enquanto os pais viveram, Lúcio e Geraldo visitaram Pará de Minas com grande frequência. Até mesmo pela pouca distância, Lúcio estava na cidade praticamente todos os finais de semana. Com aptidão para o futebol, com passagem pelas categorias de base do

Paraense, disputou campeonatos amadores pelo extinto Rio Negro, Internacional e Clube Atlético Paraminense, clube pelo qual torcia e no qual, como ele costuma dizer, teve a glória de jogar ao lado de seu maior ídolo: o atacante João Ribeiro, que pouco antes tinha atuado nas equipes principais de Cruzeiro, Internacional (RS) e América Mineiro.

Mas foi no futebol de salão que o mano mais novo de Geraldo, Lúcio César, teve seus melhores momentos como atleta. Nas décadas de 1970/1980 ele foi um dos grandes destaques na cidade nesse esporte que mais tarde passou a ser chamado de futsal. Foi campeão municipal pelo Patropi, além de ter atuado em equipes que ele e seus amigos fundaram.

Geraldo Magela, por seu lado, não chegou a brilhar jogando bola; mas, fora de campo, foi um brilhante organizador de times e grande estrategista.

São eles mesmos que comentam ter sido eu o responsável pela descoberta dos dois como cronistas. Acontece que eu tinha um blog na internet muito visitado; certa vez Geraldo Magela enviou-me uma crônica, que compartilhei prazerosamente e que fez muito sucesso. Coloquei o blog à disposição dele, e de vez em quando ele enviava alguma coisa. Foi quando eu descobri que Lúcio César também era um cronista tão bom quanto o mano Geraldo. Em 2009, eu e Ana Maria Campos estávamos convidando conterrâneos para escreverem crônicas para o livro *Pará de Minas, Meu Amor*, comemorativo do sesquicentenário de emancipação política de Pará de Minas, e sugeri o nome do Geraldo Magela, que prontamente aceitou o convite.

Mais tarde, já no blog *estamosassim.com.br*, abri espaço aos dois irmãos, ainda cronistas bissextos (na verdade o são ainda hoje, talvez por falta de tempo). Além disso, por mais de um ano, eu escrevi crônicas semanais no jornal *Diário de Pará de Minas*; e volta e meia, com a aprovação do editor Átila Barbosa, eu cedia o meu espaço a um ou ao outro dos irmãos. Creio que foi nessa fase que passaram a levar a sério a condição de cronista. E começaram a pensar neste livro, que finalmente foi lançado; e que sem dúvida será sucesso, pelo menos por onde os irmãos viveram: Pará de Minas, Belo Horizonte, Coromandel e Brasília, cenários de muitas das crônicas.

GERALDO MAGELA DE FARIA

Família é tudo. Dedico este livro à minha esposa, Wanda Lúcia, e à minha filha, Ana Luísa, que me apoiaram e incentivaram a tecer as histórias desta obra.

Prefácio

Prefação, preâmbulo, prólogo, proêmio, prolusão, prelúdio, preliminar, introdução, anteâmbulo, antelóquio, exórdio. São onze sinônimos, listados pelo dicionário Aurélio, para esta parte de um livro chamada de prefácio.

Mas o que é um prefácio, caros leitores? Continuo com a lição do mestre Aurélio: "Texto ou advertência, ordinariamente breve, que antecede uma obra escrita, e que serve para apresentá-la ao leitor".

Confesso que, normalmente, não costumo ler prefácios. Porque, ao contrário do que ensina mestre Aurélio, os prefácios costumam ser extensos e, com minha ânsia em ler o livro, acabo pulando essa parte da obra. Por isso podem confiar – serei breve.

Antes de falar sobre o livro que terão o prazer de ler, algumas tintas sobre um dos seus autores – Geraldo Magela de Faria. Conheci-o quando foi meu aluno no curso de Letras do Centro Universitário de Belo Horizonte (UNIBH). Aluno muito comprometido e dedicado, mostrou enorme interesse pela área de revisão de textos, na qual veio depois a se especializar.

Durante o curso de Letras, eu não conheci o talento do Geraldo para a produção literária. Só muito tempo depois, começou a me enviar suas crônicas publicadas em revistas e jornais.

Neste livro, ele reúne as melhores crônicas. A maioria, inédita. Vocês vão adorar. Com muita mestria, Geraldo narra com simplicidade, brilho, leveza e poesia acontecimentos simples do cotidiano, fazendo com que o leitor se sinta mergulhado no contexto da história.

Para manter o compromisso de ser breve, vou destacar duas crônicas: *A indelicadeza que gerou felicidade* e *Na manhã, de repente, a voz de Betânia e uma lição de vida.*

Na primeira, o narrador trata da raridade dos aparelhos de TV na década de 60. Ao ler essa crônica, me lembrei exatamente do que meus irmãos mais velhos falam dessa época. Eram pouquíssimas famílias, no Brasil, que tinham TV em casa. A massificação do aparelho só iria acontecer com a instalação de fábricas de televisores na Zona Franca de Manaus, com a chegada da multinacional Sharp, em 1971.

A solução para crianças e adolescentes assistirem a desenhos, jogos, lutas e filmes era procurar a casa de um parente ou conhecido que tivesse o aparelho, o que gerava um cabo de guerra entre pais e filhos. Tal qual o pai do narrador, o meu – para resolver a confusão – acabou comprando um televisor. Ainda em preto e branco...

A segunda crônica, *Na manhã, de repente, a voz de Betânia e uma lição de vida*, é de uma leveza e poesia contagiantes. Vejam este trecho final:

Foi-se a música e, com ela, a dança, a alegria. A mulher voltou à sua rotina, o dragão do dia voltou a cuspir seu fogo, a pressa e o conformismo tomaram conta das pessoas. Quanto a mim, desci pela rua Espírito Santo, com minha calça de grife, minha camisa social, a gravata italiana. E, depois de ver aquela mulher, depois de sentir a beleza daquele instante, segui tentando esconder a minha pequenez...

Parafraseando Drummond, o tempo é a nossa matéria, o tempo presente, a vida presente. Acredito que devemos usar nosso pouco e escasso tempo em atividades que promovam nosso bem-estar físico, espiritual e intelectual. Nesse contexto, nada melhor do que ler, reler e tresler as saborosas crônicas deste livro! Divirtam-se!

Prof. Wagner Carvalho

Licenciado em Letras pela UFMG
Mestre em Educação pela Unimarco/SP

A indelicadeza que gerou felicidade

Meu pai lembrava, de certa forma, o personagem descrito por Jorge de Lima no poema *O acendedor de lampiões*, que levava luz a moradores da cidade do Rio de Janeiro, mas que não a teria em sua casa. O Seu Henrique Barbeiro (mudou de barbeiro para eletrotécnico, mas o apelido ficou) consertava rádios e televisões. Se o inesquecível Telefunken levava as emoções das radionovelas à minha mãe e a alegria dos gols do Flamengo a este rubro-negro apaixonado, o mesmo não se podia dizer de uma tevê, pois não a tínhamos em casa.

Um aparelho de televisão era algo raro nos primeiros anos da década de 1960. Tanto que foi montada uma sala na Rua Direita, próxima à loja do Zé do Zico, em que o público pagava para assistir aos programas na telinha. Quanto a mim e meu irmão Lúcio, bancávamos o "televizinho", termo comum na época, ou seja, íamos assistir na casa de alguém, como a do Júlio Maia, gerente do Banco do Brasil, e do Juca da Bilica, onde também residia o filho do casal Mário Lúcio, cantor que participava do Madrigal Renascentista. Especificamente no nosso caso, era comum que, ao experimentar uma televisão após o conserto, eu e meu irmão ficássemos assistindo a algum programa na oficina que ficava anexa à nossa casa ao lado do Bar do Ary e da alfaiataria do Pepé.

Certo dia, uma senhora foi buscar sua tevê e, ao ver a cena, comentou: "Vocês estão vendo televisão à minha custa?". E repetiu a frase.

Não posso dizer com absoluta certeza, mas, provavelmente pelo ocorrido, não demorou a termos uma tevê em casa. Meu pai comprou um aparelho usado, de marca não muito conhecida – Inelca –, o que representou, para nós, uma felicidade muito grande que talvez os natais não tenham conseguido igualar.

Nada de irmos à casa de outros. Agora era só felicidade. Minha mãe com suas novelas; meu pai com os filmes, o que o fez diminuir as idas aos cines Imperial e Vitória, rotina em quatro dias da semana; e nós, por vários motivos, sobretudo o futebol. Agora, tínhamos o prazer de receber outras pessoas, inclusive da família, como o Tio Alírio, que participava do Clube dos Enxadristas da cidade, e os filhos Taquinho e Jésus, este um dos seresteiros do Pará daquele tempo. Cabe destacar que o rádio Telefunken, comprado à prestação na Casa Palhares, não ficou esquecido, até porque, aos sábados à noite, era escolhido diante do famoso seriado Bonanza, caso o Flamengo jogasse ainda que fosse contra Olaria ou Bonsucesso (a tevê só transmitia aos domingos).

O Seu Henrique era de pouca conversa, e provavelmente a soma de suas palavras no dia inteiro fosse superada pela de dois amigos tomando cerveja durante meia hora no bar do Nem ou do Zé Dureza. E as manifestações de alegria, também muito raras. Naquele dia, porém, meu pai se juntou aos filhos e expressou toda sua felicidade. Tanto que, após instalar a antena, fez uma "barra" no suporte de madeira, o que me causou espanto e até um ligeiro ciúme por não conseguir esta façanha nas aulas de Educação Física ministradas pelo Sargento Daniel Barbosa.

Em um tempo em que os bens materiais têm rápida atualização para novas versões, sobretudo no campo das comunicações, o jovem de hoje certamente não entenderá como pôde representar felicidade uma TV com imagem em preto e branco, pequena programação ao longo do dia, poucos canais e sem controle remoto. O conceito de felicidade é atemporal, mas aquilo que a representa pode estar-se tornando inalcançável pelo consumismo exacerbado e pela necessidade de ter sempre o novo. Felizes de nós que vivemos as duas épocas.

Naquele feriado, para coroar a festa, na primeira transmissão de futebol, o Flamengo venceu o poderoso Santos de Pelé & Cia. no Maracanã, por 3 a 2, em partida válida pelo Torneio Rio-São Paulo, com portões abertos em homenagem ao Dia do Trabalhador. Com a presença de 132.550 pessoas nas arquibancadas e sob o olhar encantado de dois meninos. Melhor impossível...

1º/5/1964

Flamengo 3 x 2 Santos.

Local: Maracanã – Rio de Janeiro (GB) Público: Portões abertos – 132.550 pessoas Juiz: Anacleto Pietrobom.

Gols: Pelé 1', Paulo Choco 36', Pepe 43', Carlos Alberto 64', Airton 82'.

Flamengo: Marcial; Joubert, Paulo Lumumba (Ditão), Ananias e Paulo Henrique; Carlinhos e Nelsinho; Espanhol, Aírton, Paulo Choco e Rodrigues (Carlos Alberto).

Técnico: Flávio Costa.

Santos: Gilmar; Lima, Modesto, Joel e Geraldino; Zito e Almir (Gonçalo); Peixinho, Coutinho, Pelé e Pepe.

Técnico: Lula.

* Publicado no jornal *Diário*, Ano 20, n. 5703, 1º de novembro de 2018, em coluna gentilmente cedida pelo escritor Luiz Viana David.

O amor na maturidade

Você, leitor, às vezes percebe em um semáforo uma mulher de meia-idade comum, brilho nos olhos. Indiferente ao trânsito engarrafado, ao som irritante das buzinas, ao vermelho que persiste. Ou, na padaria, cesta na mão, aquele olhar que parece distante. De repente, do 8º andar do prédio onde mora, rompe uma música tocada por ela ao piano. Mas não as de costume, clássicos de Bach, Beethoven e outros grandes mestres. É uma música popular; pode ser Tom e Vinicius (*Eu sei que vou te amar*), Roberto Carlos (*Como é grande o meu amor por você*) ou até um bolerão buscado no fundo do baú.

Aquela mulher em pleno elevador, na sofreguidão da segunda-feira, e aquele olhar suave como que zombando da pressa e da ansiedade de todos. Leitor, saiba que esse é simplesmente... o amor da maturidade! Aqueles que muitos pensam ser um consolo, a busca de uma companhia para não enfrentar a fera da solidão. Mas nada de Erasmo, lá vem o Barão: aquela mulher está por um triz pra ser feliz. Se já não for.

Esse amor resgata a colegial, o beijo no portão antes de ir embora, as juras de amor. Os caprichos, os ciúmes, as bobices. Um grande amor tem que ser pleno de tolices, se não for, não será um grande amor. Aquele negócio de discar sabendo que ele não está em casa, só para ouvir a sua voz na secretária. Aquela ânsia, aquele desejo, a insegurança, a incerteza, tudo que for ingrediente para a receita de um amor pleno.

Os filhos estão criados, encaminhados, agora é hora de resgatar o próprio caminho. E ela quer viver este momento, acreditando que o homem de agora, no porvir, continuará caminhando, como um encantado, ao lado seu, num tempo em que o outono há de reter resquícios de primavera.

Manhãs de setembro, tardes de maio, manhas de mulher apaixonada em um mês qualquer. Se você, leitor, vir uma mulher comum olhar assim, com um jeito assim, com uma felicidade ancorada na alma, saiba que ela passou por uma epifania lispectoriana e alterou os rumos de sua vida.

E, enfim, leitor, deixe que um leve ciúme, uma suave inveja tome conta de você. Porque amanhã poderá ser o seu dia de estar assim.

A barbearia de meu pai

Naquela época, idos de 1940/50, havia três prédios amarelos e imponentes em Pará de Minas. O Ginásio São Francisco, onde tive a honra de estudar; a Escola Técnica de Comércio, que cedeu durante algum tempo um de seus cômodos para funcionar como rodoviária; e o terceiro era a Santa Casa de Misericórdia, situada no meio da Rua Direita. Era em frente desse hospital que ficava a barbearia.

Um escritor, ainda pouco atuante como eu, gosta de ficção. Totalmente, ou entremeada com a realidade, ou ainda se colocando em uma situação que existiu, mas não foi vivida. É neste último caso que tento enquadrar esta crônica. Imaginar o que não se viu é interessante e, ao mesmo tempo, um desafio. Pois bem, tentemos fazê-lo.

Tive informações de que era um local bem limpo, com cadeiras confortáveis para os fregueses e lugar apropriado para guarda-chuvas. Ali estaria o Henrique, ajeitando a cadeira para alguém se assentar, usando toalhas mornas, preparando a espuma para passar no rosto antes de fazer a barba, amolando a navalha, manuseando com esmero a máquina de corte manual para cabelos. E jogando o cigarro de um canto a outro da boca, para não ocupar as mãos com o vício, e sim com o ofício. Ao fim dos trabalhos, a vaidade estampada no espelho e o ilustre cavalheiro aprovava ou pedia algum acerto e, ao fim, pagava pelo serviço, se despedia dos demais e saía renovado.

Meu pai, com certeza, não participaria das conversas sobre futebol. Política também não era do seu agrado. Voto mais que secreto do qual talvez nem alguns da família viessem a saber. Mas bem que certos estabelecimentos daquela época, quando inexistiam os institutos de pesquisa, poderiam ser sinalizadores das tendências de voto. Assim, um adepto do PSD diria, com orgulho e altivez, que "no bar do Zé

Dureza e do Ary Coutinho, nas farmácias do Raimundinho e do Júlio Leitão e na barbearia do Henrique só se fala em vitória fácil de JK na eleição para o governo do Estado". Ao que o outro, udenista fanático, responderia que "essa cria do Benedito já foi longe demais, era só esperar para ver".

Se a conversa fosse sobre cinema, aí ele poderia até mesmo falar de detalhes de algum filme, porque sua presença nos cines Vitória e Imperial era garantida às terças, quintas, aos sábados e domingos ainda que os filmes fossem reprisados. Era dia de ir ao cinema e pronto.

Mulheres que passavam na rua certamente seriam motivos de comentários com o falante olhando para todos a fim de se certificar se não havia ali algum parente da beldade. E, sobretudo, se não fossem as próprias filhas do barbeiro, Lenita e Maria Antônia.

Pessoas como a do Bruno Marinho ou Dr. Edward dariam seriedade aos assuntos, que ficariam mais acalorados se por ali aparecessem o Hugo Marinho ou o Zé Rádio, que tinha esse apelido porque dava notícia de tudo. E não faltariam causos, mentiras de pescador e, é claro, anedotas, principalmente quando o Zé Campos lá estivesse.

Pelos paralelepípedos desfilavam belos automóveis, todos estrangeiros, que hoje só podemos ver em encontros de carros antigos ou em filmes e novelas de época. Ou quando um deles, solitário e imponente, surge em uma manhã de domingo, enchendo-nos de admiração e de nostalgia. Mas sucesso mesmo fazia a jardineira vinda de Belo Horizonte ao parar por ali. E alguém decerto comentaria: "Esse Dercy ainda vai acabar é ficando muito rico". E, por outro lado, se a assistência do Zé Enfermeiro saísse às pressas, se ouviria: "Pode ser para o fulano, ouvi dizer que ele não está nada bem".

Alguns passariam pelo local, dariam uma paradinha para um cumprimento e, conforme as pessoas que lá estivessem e os assuntos discutidos, ficariam por um bom tempo mesmo sem a pretensão de se barbear ou cortar os cabelos. Também recados seriam deixados para o fulano ou beltrano, se ele passasse pelo local. E, desse modo, a vida escorria tranquila e gostosamente monótona pela ampulheta do tempo na Pará de Minas daquela época.

Depois, meu pai se cansou do ofício e passou a ser radiotécnico; porém, o apelido ficou: seria para sempre o Henrique Barbeiro.

Nesta narrativa, a ficção se aproxima da realidade. E, na dualidade entre o real e o fictício, devo confessar que foi na realidade que vim a conhecer o Seu Henrique e a Dona Geralda, que me ensinaram muitas coisas. Entre elas, a honestidade, a seriedade, o respeito aos outros. Virtudes que tento seguir à risca e que acompanham a minha história, com muito orgulho e gratidão.

Apenas um retrato na parede

Beth gritou e chamou a mãe, que correu até ela: "Mamãe, a foto do Cidão não está na parede do escritório".

A mãe respondeu: "Eu deixei no quarto da despensa para limpar. Depois da faxina de Cilene, o quadro volta para a parede".

Beth não se lembrava de ver o quadro fora do lugar, mas não estendeu o assunto.

Porém, sempre teve a impressão de que havia algo a mais no envolvimento do Cidão com a família. E, no íntimo, gostava dele pelo que contavam sua mãe, a avó e Cilene, principalmente pela generosidade em ter auxiliado a família em um momento difícil, quando do falecimento do pai.

Dayse, que administrava a fábrica de alimentos, apressou-se em ir para o serviço. Pegou o carro e foi pensando pelo caminho.

Ele iria procurá-la novamente para fazer a cobrança.

Foi quando lembrou que o prazo dado por ele estava se esgotando.

Estava certa! À noite, ele apareceu no quarto dela, vestido como no retrato, com um terno verde escuro e gravata marrom. E disse: "Dayse, vamos relembrar. O seu marido e meu gerente, Zé Maria, estava à beira da morte. O Dr. Peterson já havia nos tirado todas as esperanças.

"Como o Zé foi sempre ótima pessoa, que me ajudou a progredir nos negócios, juntando-se o fato de eu sempre ter tido amor por você, e também por meu patrimônio permitir, transferi a fábrica e a casa onde vocês moram para o seu nome.

"Então, fiz uma proposta louca: você sempre quis ser mãe, mas o Zé Maria era estéril. Eu também gostaria de deixar um filho no mundo.

"Logo após o falecimento dele, você entrou no período fértil. Tudo conspirava a nosso favor.

"Quando Beth nasceu, não houve dificuldade para o registro, tendo Zé Maria como pai, considerando-se o período entre a concepção e o nascimento, já que na cidade ninguém sabia da esterilidade dele.

"Assim, eu poderia voltar a Portugal, porque o comércio de azeites e vinhos não estava indo bem, depois que um dos irmãos se casou e mudou para Moçambique. Poderia também conviver mais com minha mãe, que estava com idade avançada. Pretendia voltar depois de, no máximo, dois anos, e me casar com você.

"Porém, fui tomado por doença grave e, por prudência, escrevi pedindo que revelasse o segredo para Beth e conservasse o quadro na parede do escritório, que eu mesmo coloquei antes de viajar, para você sempre se lembrar de mim.

"Sugeri que fosse aos dez anos; após esse período, você me disse que aos quinze ficaria menos difícil.

"Aos quinze, você me falou que aos dezoito, com a maioridade, seria o momento ideal.

"Mas depois alegou que ela teria de estar com a cabeça fresca para fazer o vestibular. Passaram as provas, e nada!

"Uma semana a mais e só; se você não contar até quarta-feira, eu entro na história."

Dayse deveria causar ciúme em muitas pessoas na cidade, sobretudo nas mulheres. Bonita, rica, charmosa, com uma filha linda, amorosa, inteligente e dedicada aos estudos; enfim, não lhe faltaria nada para ser feliz.

Porém, faltava sim; e exatamente o que, para ela, seria o mais importante: paz!

Há dezoito anos não conseguia viver em paz. Evitava qualquer convite feito por homens, preferindo ficar sozinha com seus problemas.

Sentia vergonha de tudo: a maneira como o marido fora traído; a dúvida se a entrega a Cidão foi por amor, pela vontade de ser mãe ou levada pelo medo de ficar em dificuldades financeiras; a falta de ânimo, e coragem, para contar tudo a Beth; o direito da filha de saber toda a verdade; e o medo de sua reação.

E, agora, o desespero em pensar como a filha iria se sentir conversando com um homem que não está mais entre nós.

Quarta-feira chegou, e Dayse estava disposta a revelar tudo à filha. Já não suportava mais.

Logo cedo, porém, ao sentar-se em sua cadeira na mesa do escritório, recebeu um telefonema da mãe informando que sua irmã tinha passado mal à noite, foi à Santa Casa da cidade e seria necessária a transferência para um hospital em Belo Horizonte, onde deveria ser submetida a uma cirurgia. A mãe não poderia acompanhá-la, e Dayse respondeu prontamente que iria e daria todo o apoio à irmã, de quem gostava tanto.

Pediu à Beth que a ajudasse a arrumar roupas em uma pequena mala, e a filha pediu que não fosse dirigindo, pela ansiedade em que se encontrava. Assim, chamou um táxi com um motorista de confiança e se foi.

Cidão resolveu não esperar mais. No entanto, evitaria um encontro direto com a filha.

Beth passou o dia no sítio do pai de uma amiga e, pelas cinco horas da tarde, voltou para casa. Antes de dormir, pegou um livro na cabeceira e começou a ler.

À noitinha, caiu uma tempestade com muita ventania, o que às vezes acontecia na cidade.

Sozinha em casa, Beth lembrou-se de fechar as janelas. Quando estava na cozinha, ouviu um grande barulho vindo do escritório.

Chegando lá, viu que o quadro tinha caído e provavelmente batido no braço direito da cadeira que a mãe, na pressa de sair, após ouvir sobre a internação da irmã, tinha deixado bem próxima à parede. Encontrou o quadro em pedaços no chão.

Notou que o vidro estava em estilhaços, a madeira teve um pedaço quebrado e que havia uma pequena abertura no papelão ao fundo.

Curiosa, observou que duas presilhas tinham caído e havia uma ponta aparecendo, dando a impressão de ser uma folha de papel.

O uivo do vento, o farfalhar das folhas das árvores das casas e o relógio anunciando meia-noite deixaram Beth com calafrios. Mas ela não desistiria nunca.

Assim, removeu mais uma presilha e foi puxando o papel. Verificou que se tratava de uma folha amarelada, certamente pelo tempo em que estava ali.

Retirou-se e se assentou no chão para ver o que continha.

Respirou fundo tentando se acalmar. O tremor de suas mãos lembrava as da avó, portadora de Parkinson.

Pegou a página e viu que seria uma carta endereçada a ela, constando o nome de Maria Elisabeth. Apressou-se em saber o destinatário e viu que era o Cidão.

Na carta Cidão contava que era seu pai e como ela foi concebida. Nada escondeu e pediu à filha que o perdoasse, e também a mãe, que à época passava por período muito difícil.

Terminou dizendo que foi para Portugal, mas que voltaria em breve para viver com a mãe e a filha, constituindo uma família. E novamente pediu perdão para Dayse e para ele.

Depois de ler e reler o papel, Beth ficou em silêncio por alguns minutos. Após, levantou-se e foi cambaleando para o quarto. Lá chegando, jogou-se na cama sem nem se preocupar em trocar a roupa. E dormiu profundamente.

Acordou pelas seis horas da manhã, viu o livro de Maupassant na cabeceira e pensou que toda a situação em que se envolveu lembrava os enredos dos contos do Mestre.

Apressou-se em abrir a cortina do quarto, e o sol entrou, ao mesmo tempo, com força e delicadeza.

Pensou então que alguma coisa entre aquelas paredes os impedia de ser felizes. E que era preciso deixar entrar o sol naquela casa e naquelas vidas.

Cilene, que tinha a chave, chegou e foi direto para a cozinha preparar o café.

Beth chamou-a depois para recolher os pedaços do quadro no chão. Pediu-lhe, em seguida, que levasse o que restou do quadro para seu Ovídio, um senhor aposentado na fábrica da mãe, que costumava fazer vários serviços para a família.

A mãe telefonou dizendo à filha que tinha boas notícias: a irmã foi operada, estava passando bem; que contratou uma enfermeira para cuidar dela e que voltaria na sexta.

Beth informou que também tinha boas notícias para quando ela chegasse. Mas não quis antecipar nada. Na sexta-feira, Dayse chegou e deparou com o quadro do Cidão na parede.

E Beth, tranquila, respondeu com um sorriso que envolvia alegria, ironia e a disposição de perdoar: "Fiz a troca. Coloquei o do Zé Maria no escritório e o do Cidão na sala. Meu pai merece ocupar o lugar de destaque".

A amiga de minha mãe

Quando passei no concurso do Banco do Brasil, em 1971, meus pais, e toda a família, ficaram com intensa alegria. Era, à época, um ótimo emprego, e a vida familiar não era fácil, meu pai na oficina de consertos de rádio e TV e minha mãe na lida diária da casa, ou fazendo trabalhos de croché, para ajudar no orçamento doméstico. Muitos diziam que minha mãe não sabia cobrar pelos trabalhos. Mas cá comigo acho que, antes de tudo, havia o prazer em fazer, em ter a agulha e a linha em perfeita harmonia, deitando no colo o que se queria criar. E, sobretudo, ter as pessoas admirando a confecção, tateando a peça, aguçando os olhos, enfim, um prazer muito maior do que encerar o assoalho, fazer a comida e lavar a roupa. Dona Geralda tratou logo de espalhar a notícia a todo o mundo, parentes, amigos e vizinhos. Orgulhosa estava do menino, o primeiro a quem foi possível levar os estudos adiante, com auxílio de bolsa conseguida com o esforço do sargento Daniel Barbosa e com a visão do prefeito José Porfírio de Oliveira, conhecido como o "Prefeito da Educação".

Depois de várias amigas contatadas, foi a vez de dona Aurélia (preferi, na dúvida, optar por um nome fictício). Fico imaginando a cena, na rua Direita, em frente às Lojas Avenida, em uma manhã de março, o sol dourando os paralelepípedos por onde desfilei minha infância. Não me foi contado o lugar, mas só pode ter sido ali. Há certas coisas que vão se cristalizando em nossa mente, vão se tornando verdade absoluta e chega um dia em que nós mesmos temos dúvida entre o real e o imaginário. Foi ali, tenho certeza, mesmo porque a ficção ficava um pouco mais na frente, nas telas do Cine Imperial. Minha mãe, então, comentou o fato com dona Aurélia, professora do considerado melhor grupo escolar da cidade. Não sei se a reação da amiga, certamente diferente de todas as outras, agradou mais, ou talvez menos, à minha mãe. Aí, não quero a certeza plena, basta-me o conteúdo da frase: "Geralda, este menino seu no Banco do Brasil é um desperdício".

Obs.: Tenho orgulho de ter trabalhado no BB e me lembro de que, quando criança, morava em frente à agência do banco na mesma rua Direita e ficava admirando aqueles homens engravatados tão respeitados na cidade. Escrevi em uma crônica, certa vez, "o vizinho e o sonho", porque realmente sonhava em ser um dia um funcionário daquela instituição e agradeço por todo o tempo em que ali servi e por tudo que aprendi. Sentia-me útil como funcionário de um banco que fomentava a produção agropecuária, a exemplo de quando trabalhei em Coromandel, onde havia mais de dois mil contratos agropecuários, na época dos juros subsidiados. Ou em um modesto posto de serviço em Iguatama, com apenas dois funcionários, atendendo a mini e pequenos produtores, alguns inclusive indo à agência com os pés no chão. Atividades tão importantes quanto os serviços prestados na agência Centro de Belo Horizonte, a maior do Estado, com mais de 600 funcionários, incrementando o crescimento de empresas com linhas de crédito especiais, inclusive as de câmbio. Agora, porém, com a aposentadoria, me volta o cenário na rua Direita, com o sol tímido de uma manhã de março, onde duas senhoras se encontraram. E, logicamente, comentário da amiga de minha mãe. E, de novo, me pergunto: "Será que dona Aurélia tinha razão"?

Começando um novo tempo, terei esta frase como um desafio. Vamos lá!

Autoescola Bezerro e a vaca no meio do caminho

Ausência muito sentida é, e será sempre, a de João Dárcio Pereira, falecido em 2014. O Bezerro, como era conhecido, tinha uma infinidade de amigos em Coromandel, sendo famoso por suas tiradas bem-humoradas.

Éramos muito amigos. Com uma diferença de 8 anos entre nós, seria uma espécie de irmão mais velho. Grande amigo, excelente companheiro, alma boa.

Os palavrões tinham um percentual significativo no seu vocabulário diário. Resgatava algumas palavras em desuso, como "tribuzana" (balbúrdia) e "zetel" (estranho, esquisito). Criticava tudo e todos, mas sem maldade. Eram características que aumentavam seu charme e que tornavam ainda mais atrativa a convivência com ele.

O Bezerro era muito requisitado para ensinar os colegas a dirigir. E tinha um modo todo peculiar de instruir, que deixava o aluno à vontade. Digamos que à vontade até demais.

Quando tive com ele a primeira aula, pegamos a estrada de Patrocínio. Ele se sentou ao lado com seu jeito bem característico: enfiava a perna direita debaixo da esquerda e ficava numa boa. Até no BB tinha esse costume. Pois bem, andei um pouco e perguntei como estava me saindo. Ele respondeu: "Tá bom. De noite, é bom ligar o farol, não ligou, mas tá bom. Vai em frente".

Um pouco depois, voltei a perguntar como estava. E ele disse: "Tá bom. Nós vamos bater no barranco a qualquer hora, porque está beirando muito, mas tá bom. Vai seguindo". E, assim, aprendi a dirigir.

Uma das lições ensinadas foi fazer curva na contramão, para dar maior estabilidade ao veículo; porém, com os devidos cuidados. Um dia, eu vinha por uma de nossas estradas de terra quando vi uma curva pela frente. Entrei na contramão, mas, sem ter o necessário campo de visão, acabei batendo em uma vaca que estava no meio do caminho. Meu carro teve apenas um pequeno estrago que o Vicente Lanterneiro tirou de letra.

O fato aconteceu perto da fazenda do Caetano Figueiredo, que foi ao banco naquele dia. Quis troçar com ele, dizendo que só poderia ser uma de suas vacas que havia escapulido. Ele quis que eu contasse detalhes. Quando disse que fiz a curva na contramão, ele, com toda sua irreverência, foi logo dizendo: "O quê? Você estava na contramão? Uai, então, a vaca estava certa"!

Difícil contestar o argumento...

Esta casa não é minha

Em uma manhã morna de outono, dia de sábado, adentrei a casa de meus pais em Pará de Minas. Foi a primeira vez que ali estive, sem que morasse ninguém. Esse momento era esperado e teria de conviver com ele.

A casa vazia, empoeirada, abandonada, nada que ali representasse vida. A primeira impressão foi a de um vazio imenso, que se transportava de todo aquele espaço físico para o meu interior.

Mas, aos poucos, como que por encanto, as coisas foram se modificando. O tato dos olhos, o paladar dos ouvidos e todos os sentidos, confusos, mas atuantes, começaram a tomar conta do meu coração e de minha alma, nos quais em um sentido maior tudo se centrava.

Então, fui ouvindo o burburinho das conversas de tanta gente, a pressa de minha mãe em seus afazeres e a paciência de meu pai em frente à televisão, os olhos fixos na tela, embora sem a certeza de que estivessem atentos a tudo, porque sabe-se lá onde estava o pensamento.

E foram chegando os filhos e netos. Comecei a ouvir o barulho de tenor dos cães e de soprano dos gatos e até de um grito de gol escapulido do radinho de pilha colocado na mesinha da sala. O tilintar dos copos, o entra e sai de gente amiga, o sino da matriz anunciando a missa das dez e a buzina dos carros nos paralelepípedos da rua.

Foram se configurando cenas que se fixavam em um dia qualquer, que agregava todas as épocas, sem terem existido isoladamente. E, de repente, todo o barulho tinha seu contraste na imensidão e crueldade daquele silêncio. Aquela casa, captada no passado, era a minha. A outra, que meus olhos não queriam ver, de que meus ouvidos não queriam ter o silêncio, os sentidos agora com suas ações corretas, aquela casa não era minha!

De repente, Terezinha!

Como em *Teresinha*, de Chico Buarque, ela entrou na minha vida "como quem chega do nada, ela não me trouxe nada, também nada perguntou". Não me disse o nome, e ficou Teresinha, como na música, mas com Z, por questão de preferência.

Havia pouco tempo que eu tinha me separado da Yeda, que me acusou de traição com uma vizinha do prédio, o que não aconteceu. Apenas fui ajudá-la à noite com um vazamento de água em seu apartamento, no dia em que Yeda estava prestando assistência a um irmão no hospital. Como a vizinha tinha fama de devoradora de homens, a Yeda se mostrou irredutível, e acabamos nos separando. Vinte e oito anos trazem desgaste à relação, assim como deixam marcas após o desenlace. Mas o que mais me irritou foi ser acusado de algo que não fiz.

Bem, vamos nos esquecer da Yeda. Falemos da outra. Que chegou, me conquistou, me dominou e passou a fazer o que bem queria. Assim, começou a mudar minha rotina. Um de meus costumes era ficar na janela da sala do meu apartamento, observando o que se passava ao alcance dos olhos. Por ter uma grade que invadia um pouco o espaço para a rua e eu ser um pouco magro e não alto, ela me sugeriu que eu me sentasse na janela para maior comodidade. Topei, para ter uma visão geral. E olha que deu certo.

Ela, sempre comigo. Certo dia, apontou para uma piscina que ficava lá embaixo no prédio. E fiquei pensando o que seria se jogar de um 8º andar. Bobagem, era só criar um personagem, dar-lhe um nome e ele faria isso. Contos fantásticos, de terror, outros que levem o leitor às lágrimas ou a ter raiva do autor eram comigo mesmo. Meu segundo livro de contos deveria ser assim, tudo caminhava para isso.

Confesso, porém, que todos os dias dava uma olhadinha na piscina. Talvez surgisse uma boa história, quem sabe?

Algo que também me pediu foi que ficasse sempre com ela. Desse modo, a Lucrécia, faxineira da família há tantos anos, ia todas as terças e sextas, em horário integral. Pedi que fosse apenas na parte da tarde dos mesmos dias. O apê era pequeno e, nesses períodos, eu ficava em um dos quartos com Terezinha, para não dar motivo a comentários.

À medida que o tempo passava, ela me fazia mais exigências. Certamente cansada da minha cara, sugeriu que eu deixasse o cabelo e a barba crescerem. Gostei do novo visual. Pretendendo publicar outro livro, pensava que um visual mais agressivo seria melhor para um escritor e poderia motivar uma editora a publicá-lo.

Eu gostava dela, apesar das atitudes estranhas. Como no dia em que estava na banheira, o que fazia constantemente, imerso na água e em reflexões, porque há muito não queria saber de chuveiro. Foi então que vi uma gilete colocada na beira. Ora, pediu para eu usar barba e agora queria que eu tirasse. Vá entender as mulheres!

Às vezes, Terezinha me parecia ingênua ou brincalhona. Em uma noite, tomei meu sonífero. Quando acordei, no outro dia, ela havia juntado os comprimidos que restavam na caixa (acho que 14) e feito um pequeno S, que deixou em cima do meu criado. Lógico que descobrira meu nome. Se eu a escondia da faxineira, ela teria visto cartas e boletos para saber que meu nome era Sílvio, formando a inicial. Achei legal e me questionei: "Será que ela está se apaixonando por mim?".

Ah! Esqueci de dizer que tenho um filho, com 26 anos, que frequenta o quinto ano de medicina em São Paulo, estando no 5º período, de nome Francisco, que sempre vira Chico. O rapaz tinha o hábito de me ligar todas as quartas-feiras à noite.

Também às quartas o Chico ligava para a mãe, talvez para tentar detectar algum indício de que poderia haver a conciliação, que ele queria tanto. Não sei o que o garoto falou para a mãe sobre as nossas conversas, porque uma noite ela me ligou, e confesso que só atendi porque havia me esquecido do número de seu celular.

A Yeda se mostrou preocupada com minha saúde e, quando falei que estava com outra mulher, começou a dizer que esta outra estava me fazendo mal, que eu havia mudado muito. E perguntou se ela sabia dos meus problemas de saúde, o colesterol elevado, o coração que merece cuidados, cálculos renais. Falou de outras coisas que não entendi e botava a culpa toda na minha companheira. Ela parecia preocupada mesmo, principalmente levando-se em conta a maneira com que saiu de casa. Quando me indagou se eu estava fazendo os exames regulares, e eu disse que não, falou que marcaria consultas para mim e que o Chico nos acompanharia, por já estar de férias. E enfatizou: "Você vai conosco, se não por mim, pelo Chico, de que você tanto gosta".

Aceitei porque não queria ver o Chico preocupado, e confesso que a minha saúde sempre requereu cuidados. E a preocupação da Yeda me trazia algo do passado que me fazia bem.

O rapaz, sempre que vinha a Belo Horizonte, ficava mais na casa da mãe. Desta vez chegou três dias antes da primeira consulta e ficou lá em casa. Realmente, estava preocupado, mas a verdade era que, desde que me separei havia dois anos, não ia a médico e só tomava um remédio para dormir, que um amigo conseguia, não sei como.

O Chico conheceu a nova mulher, e parece que gostou dela, mas seu desejo era que eu voltasse para a Yeda. Preferi, assim, não levá-la às consultas, para não provocá-los.

Tive de concordar em me tratar. E começou a maratona de jalecos brancos. O cardiologista, o urologista, o clínico geral. Dois novos médicos me receberam. Uma mulher com um rosto, ao mesmo tempo imperativo e suave, muito atenciosa, que me lembrou Princesa Isabel. E o outro, um senhor entre 60 e 65 anos, sisudo, com um vasto bigode, um ar severo, que me pareceu um coronel dos sertões das Gerais. À primeira eu daria uma pena, para ficar mais compatível, porque ela usava uma esferográfica; quanto ao segundo, talvez o encontrasse em uma narrativa de Guimarães Rosa, tombando ao final após uma saraivada de tiros disparados por pobres sertanejos cansados de opressão.

Fui sendo levado aos dois médicos pela Yeda e pelo filho, mas o Chico teve de voltar ao trabalho. Ele me pediu para que continuasse indo às consultas acompanhado de sua mãe, e assim o fiz. Eu já estava olhando a Yeda com olhos menos sentenciosos e, digamos, mais benevolentes. Até porque ela me disse que, embora a evidência dos fatos, teria sido muita rigorosa ao me acusar de traição, inclusive porque eu era uma espécie de faz-tudo no condomínio, e vários, quase todos, me pediam auxílio.

O tempo foi passando, e o coronel-doutor, que não saiu da nossa história e, sim, do Rosa, enfatizou que bastariam mais duas consultas. Após a última, na saída, a Yeda me dirigiu um olhar tão doce, a que retribuí da mesma forma. Parecia aquela foto após o nosso casamento, que fica no porta-retratos do armário da copa e que sempre chama a atenção de quem a vê. Pena que a ação do tempo não vá consumindo apenas o papel, mas também os sentimentos dos protagonistas enclausurados e felizes dentro da moldura.

Após a última consulta, resolvemos ir para minha casa. O jantar sugerido por ela poderia me trazer o desejo de beber, o que me foi proibido devido aos remédios.

Começamos com Chico, o Buarque, não o filho, e vamos terminar também com o "Artesão das Palavras". Isso porque simplesmente eu e Yeda nos demos as mãos e, de repente, me vi a caminhar, como um encantado, ao lado dela...

Eta trem bão!

Na plataforma da estação, esperávamos pelo trem, sempre com algum atraso, o que não nos preocupava porque a espera fazia parte do gostoso ritual.

Naquele momento, eu e meu irmão Lúcio estávamos trocando nossas pequenas felicidades paraenses pelas que nos propiciariam as belo-horizontinas. A bola, sempre tão querida, ficava abandonada no alto do armário, assim como os jogos de botões, com seus goleiros de caixa de fósforos repletos de feijão ou milho, guardados em uma gaveta. O campo do ginásio, aos sábados, às 14 horas, sol a pino, ficaria para outros garotos, assim como o terreno baldio à beira do Paciência, antes da fábrica de óleo e do campo do Paraense.

De repente, ouvia-se o apito à distância. Havia três sons que se destacavam: os sinos, solenes, dolentes, soberanos; o apito das fábricas e o apito do trem. O das fábricas tinha algo de melancólico, parecia um gemido, enquanto o do trem era pleno, gostoso de ouvir, anunciando viagens, despedidas, reencontros, emoções.

E lá vinha a maria-fumaça. Com o Emídio de Melo (Emidinho), o maquinista, e o João Flores, que tinha o trem tão presente em sua vida que morava perto da estação, ao lado da rotunda e, entre suas funções, estava a de picotar os bilhetes.

Em um banco, íamos minha mãe, eu no meio e meu irmão na janela. Mas a janela do trem era de todos, grande, espaçosa. Levávamos uma matula, porque a viagem era longa. Tão gostoso o balanço do trem, o barulho do trem, que a imaginação popular traduzia na frase "café com pão, manteiga não". Ficávamos realmente com cara – e olhos – de paisagem. No meio do caminho viam-se pequenos povoados, pessoas que tinham a alegria diária de ver o trem passar, fazendas, gados, todo um pequeno mundo diferente. Após a baldeação em Juatuba, chegaríamos a Belo Horizonte, onde um novo capítulo se iniciava.

O movimento nas ruas, um mundo de pessoas, ônibus com pontos no Centro, os trólebus, bondes com os trocadores com notas entre os dedos, ao lado ilustres cavalheiros. Sinais, grandes prédios, largas avenidas.

Na casa de minha irmã Lenita, a geladeira e suas gostosuras, a televisão que nos permitia ver programas que não eram possíveis aos televizinhos, nada de inveja de outros garotos que assistiam aos seriados Nacional Kid ou Bonanza; a casa de minha outra irmã, Maria Antônia, meu irmão Zezé me levando aos jogos no Independência e muitas outras atrações para os nossos olhos infantis.

Havia também a jardineira fazendo o percurso que incluía a estrada de pé de moleque até Florestal. Geralmente de cor cinza, havia algumas com uma frente bonita, que ganharam o apelido de "Marta Rocha", em homenagem à Miss Brasil 1954. E após, ônibus mais modernos. Tempos de Dercy, Pedrinho, Tininho, Evandro, Dilermando, Zé Galo ao volante. Tudo era motivo de alegria.

Tempo, tempo, tempo, tempo. Depois de tanto tempo o caminho se inverteu e hoje temos uma estrada asfaltada, duplicada, a viagem rápida, tudo muito fácil.

Só que minhas retinas já não têm o mesmo alcance, a mesma ânsia, a mesma gula...

Flechinha

Todos os assentados à mesa se assustaram quando o Dr. Floripes se levantou e vociferou:

– Não! Ele, não! Até eu posso me distrair no dia e votar nele!

Dr. Floripes se aposentara como desembargador em Belo Horizonte e retornou à cidade natal com o desejo de ser prefeito. Pessoa calma, educada, excelente oratória, de boa convivência, daí o susto de seus companheiros na reunião da UDN, que iria confirmar seu nome como candidato do partido às eleições de 1962, na cidade de Amaraí, pequeno ponto escuro no mapa das Gerais.

A declaração era com referência ao fato de que o partido rival, PSD, escolhera como candidato o Padre Henrique Bittencourt, vigário da paróquia.

Na cidade há 12 anos, o padre era muito querido pelo povo; aumentou o número de fiéis, reformou a Igreja Matriz, dedicava parte do tempo às comunidades rurais, e as atividades sociais eram também destaque no seu vicariato. Por isso, e muito mais, quando seu nome foi lançado como candidato a prefeito, na cidade só se falava nisso.

Por seu lado, a UDN, que perdera as três eleições anteriores, apostava no desembargador para mudar o cenário político no município.

Depois da declaração do Dr. Floripes, todos os presentes se mantiveram em silêncio. Até que o coronel Radamés disse: "Pode deixar comigo. Vou resolver o problema". E acrescentou: "Não precisam temer. Vou só passar um susto nele".

Por outro lado, em um quarto no fundo da Casa Paroquial, morava um rapaz de quem o padre gostava muito e que foi por ele "adotado", por não ter família e também para ajudar nos serviços da igreja. Pessoa simples, mal sabia ler e escrever, mas sempre solícito em atender aos pedidos das pessoas.

O nome do rapaz era Lourenço, mas na cidade todos o conheciam por Flechinha. O motivo era a agilidade do moço, com seus vinte e três anos, em executar serviços não só para o vigário, mas para muitos outros na cidade.

Como o lugar não tinha serviços de telefonia, Flechinha, que detinha a confiança de todos, levava recados de um para outro, além de várias outras funções, como colocar para dentro da casa os metros de lenha deixados na rua, trocar lâmpadas, lavar automóveis, entre outras atividades. Pagavam-lhe mais com recompensas do que com dinheiro e, quando ganhava algum, deixava metade na tesouraria da igreja.

Nas suas tarefas, buscando a agilidade, costumava correr nas ruas de braços abertos lembrando um aeroplano. E, para encurtar caminhos, pulava muros dos quintais, e ninguém se preocupava. Nessas ocasiões, era muitas vezes chamado pela dona da casa a tomar um cafezinho ou comer um pedaço de bolo. Também, quando podia, participava das peladas no campinho perto da praça da estação ferroviária, para alegria da garotada, porque sempre se oferecia para ser o goleiro, função que os meninos detestavam. Sobre ele, diziam na cidade: "Tem algo de louco, mas uma gostosa loucura".

Não era bonito, nem feio, um homem comum. Não se envolvia com mulheres, mas comentava-se na cidade que tinha algumas pretendentes, como a Maria costureira e a Bibina, faxineira do hospital.

Nem todos, porém, gostavam do Flechinha. Um exemplo era o Parrudo. Chamava-se Fidélis, por ser baixo e largo, daí o apelido. Mulato, ostentava um bigodinho sempre muito bem aparado. A exemplo do Flechinha, também fazia serviços para a comunidade, sendo solicitado para os mais pesados, porém recebendo pagamentos só em dinheiro, nem sempre proporcionais ao trabalho feito. Chamava a atenção porque, mesmo em serviços mais pesados, trabalhava com camisa social de mangas longas, mais modestas ou até de qualidade, quando se tratava de presente de algum cliente generoso por algum trabalho prestado.

Fidélis tinha ciúmes do Flechinha, porque o rival contava com a simpatia de toda a comunidade, ao passo que a ele era reservado um tratamento comum, burocrático. Arrependia-se de não ter permanecido no Exército, inclusive porque tinha sido convidado a continuar, pelas habilidades demonstradas, a exemplo do manejo de armas.

Acresce-se a isso o fato de ter do lado direito do rosto, entre avermelhada e arroxeada, mancha que ocupava quase toda a extensão da bochecha. Devido à impressão que causava, uma ou outra mãe, quando o filho não queria dormir, ameaçava chamar o Parrudo, o que o deixava triste e com mais desgosto ainda.

Voltando à política, o presidente da UDN conversou com o padre no sentido de dissuadi-lo quanto à candidatura, mas ele a manteve. Levaram o assunto ao bispo, que alegou que a Diocese não poderia intervir, até por não ser incomum o fato de padres ocuparem o cargo de prefeito em cidades mineiras.

Iniciou-se a fase da propaganda política, dos comícios, de comentários acalorados nas praças e nos estabelecimentos comerciais da cidade. Apesar do respeito dedicado ao Dr. Floripes, logo nos primeiros dias de campanha, era dada como certa a eleição do padre Henrique.

A situação chegou a tal ponto que seu Romão, líder na comunidade dos Poções e partidário da UDN, passou para o partido rival, a fim de apoiar o vigário. Para se ter ideia da importância do seu Romão, a urna do distrito era esperada ansiosamente na apuração, por se ter a certeza de conter cerca de 500 votos para os udenistas. Contava-se que seu Romão sabia até mesmo quem votou contra ele em cada eleição.

Contestado pela decisão, o líder comunitário enfatizou que não estava filiado ao partido e que votava no candidato. Acrescentou que Padre Henrique tinha feito, ao seu lado, um belo trabalho nos Poções, e era muito querido por todos, inclusive porque, aos domingos e em datas especiais, nunca deixara de celebrar missa no local.

Com tudo isso, o coronel resolveu intervir. O jeito era eliminar o padre. Em silêncio, chamou o Fidélis, que costumava prestar-lhe vários serviços, incluindo viagens a Belo Horizonte, para compras e tratar de assuntos que não fugissem à sua competência.

Cabe registrar que Parrudo era grato ao coronel, porque o grande desejo de seu pai era tê-lo servindo no Exército. Como a mancha no rosto poderia impedi-lo, o coronel usou de sua influência para que ele fosse admitido. O pai dele morreu pouco depois, mas teve o prazer de ver o filho fardado e abraçá-lo.

Radamés sabia também de sua habilidade no manejo de armas, o que foi possível conservar, porque, embora passados cinco anos de sua saída do Exército, ele treinava semanalmente nas terras do coronel. Parece que Parrudo estava sendo preparado para um momento especial.

E a hora chegou. O último comício seria na comunidade dos Poções, inclusive para agradecer o apoio de Romão.

Parrudo foi para um mato que ficava mais adiante do local do comício. Pelo calculado, a distância permitiria um tiro certeiro com seu revólver Smith & Wesson calibre 45, e a vegetação alta não permitiria identificar o atirador. Um capanga do coronel estava com ele e levou um cavalo para que Parrudo, aproveitando a confusão, fosse até uma cidade próxima onde pegaria um ônibus para Belo Horizonte. Para todos os efeitos, ele trataria de assuntos ligados ao coronel. Tudo bem planejado, não haveria erro.

Como palco para o comício, foi utilizada a carroceria de um caminhão com as grades recolhidas para que as pessoas subissem.

As crianças subiam pelas rodas traseiras para ter acesso ao palco improvisado.

Foi quando Flechinha, que estava ao lado do padre, viu a pequena Alice tentando subir. Ela estava com dificuldade, e Flechinha ficou com receio de que caísse. Para ajudá-la, decidiu correr até lá.

Para isso, tinha de passar pelo padre e, no exato momento em que ficou na frente dele, ouviu-se um disparo que atingiu em cheio o rapaz.

Uma chuva que já se prenunciava começou a cair. Confusão geral, o que permitiu que Parrudo fugisse sem saber que o tiro teve outro destino.

Flechinha foi levado para a Santa Casa e atendido pelo Dr. Rubens, um dos dois médicos que atendiam na cidade.

A bala foi retirada, mas o paciente não suportou.

O médico colocou a bala em um plástico e pediu à enfermeira que o deixasse na mesa de seu consultório. Ela assim o fez.

O hospital estava cheio com curiosos e pessoas que necessitavam de atendimento devido ao corre-corre após o tiro no comício.

Assim, ninguém reparou que Bibina, a faxineira, na sua inocência, tinha tirado a bala e a guardado como recordação do Flechinha, de quem sempre gostou, sem nunca ter tido a coragem de se declarar.

Uma semana depois um amigo do coronel procurou Parrudo em Belo Horizonte e o colocou a par de tudo. Disse que não foi culpa dele e que o pagamento pelo serviço seria feito. E que poderia voltar à cidade.

Depois que o homem saiu, Parrudo não escondeu sua felicidade. Por engano, tinha se livrado de uma pessoa que detestava. E, no ônibus, foi pensando que agora ocuparia o lugar do Flechinha e o povo lhe daria o merecido valor.

Chegou à cidade e, na comoção que tomava conta do povo do lugar, ninguém reparou na sua ausência; porém, como esperava, começou a ser mais chamado para serviços e notou que as pessoas se mostravam mais receptivas.

Só não contava com a surpresa que o esperava. Ao entrar em uma rua, deparou logo na esquina com uma placa. O nome tinha sido mudado: não era mais rua Boa Vista e, sim, Lourenço Pereira dos Santos. Entre parênteses: "Flechinha".

O povo de Amaraí ficou sem entender porque Parrudo nunca mais foi visto por aquelas bandas.

Gostosas tardes de domingo

No dia do lançamento do livro *Minhas memórias do futebol*, de Luiz Viana David, 24 de junho de 2017, eu e meu irmão Lúcio resolvemos entrar no campo do Paraense. Era noite e algumas luzes distantes nos auxiliaram um pouco em nossa missão de rever o estádio, pois havia muitos anos que não íamos ali. Primeiro, deparamos com um busto em homenagem ao Bruno Marinho, o que muito nos agradou, por ter sido talvez o mais apaixonado torcedor do Paraense, chegando até a cuidar pessoalmente do gramado, extrapolando a função de técnico. Tateávamos com pés e mãos na tentativa de encontrar dois meninos.

De repente, tarde de sol, e não nós, maduros, mas sim os dois garotos de calças curtas no alambrado ocupando os losangos que o formavam. Os olhos ávidos em dois deles, as mãos mais acima apoiadas em outros dois, os corpos quase avançando a tela. Após a missa das crianças com o Padre Hugo, o frango domingueiro feito no capricho pela dona Geralda no almoço e a matinê no Cine Vitória, chegou a hora mais esperada. No início da partida, os jogadores entraram correndo e, chegando ao meio do campo, saudaram a torcida. No gramado, uma confusão de épocas: Nilton Pintado jogando ao lado de Zé Leite; Coteco colocando Paulinho Cai-Cai na cara do gol; Josué fez a defesa, mas foi Nem quem repôs a bola em jogo após dar três quiques contra o chão, como era costume. Mas também alguns lances factíveis, como o lançamento preciso de Mituca para o chute certeiro de Chinesinho. A elegância do futebol de Cato, o jeito clássico de Vivi, a efetividade de Careca no meio-campo. Sem falar em duas tardes inesquecíveis: com o América de Jair Bala e o Cruzeiro de Tostão, não pelas ondas do rádio, ou nas fotos dos jornais, mas com os ídolos pertinho da gente. Vitória do Paraense que, no final daquela tarde em que ficção e fantasia se completaram, agora enfrentava o arquirrival, o Sport Clube Itaúna. Os gritos, a alegria, abraços de torcedores. O seu Paiva passando com a bandeira para arrecadar o dinheiro para o "bicho" dos jogadores.

De repente, voltamos a ser nós mesmos e fomos para o carro. Não sem antes ver de novo os dois meninos jogando bola no espaço entre o ribeirão e a linha férrea. Nos trilhos, uma maria-fumaça descansava da lida diária. Fim da pelada com a chegada do crepúsculo maravilhoso de nossa terra que, depois de seu efêmero encanto, seria rendido pela noite.

E foi na noite fria que entramos no carro que nos levaria de volta à plena realidade. Nada a reclamar. Mas com aquele sentimento estranho e, ao mesmo tempo, tão gostoso... o de ter saudade de nós mesmos!

* Publicado no jornal *Diário*, Ano 19, de 5 de outubro de 2017, em coluna gentilmente cedida pelo escritor Luiz Viana David.

Eu compro essa mulher!

O coronel Terêncio chegou à casa enfurecido e gritou a frase. Entrou pela cozinha, empurrando a portinhola e quebrando a taramela que a fechava. Já na sala, mesmo com toda a fúria, tão acostumado estava, arremessou o chapéu, que caiu direto no suporte da parede.

Assustada, a eterna e fiel Marli, empregada da família há tantos anos, e que tinha certa intimidade com o patrão, até porque eram só os dois na casa, falou:

– Qui trem doido é esse, coroné? Isso é coisa de novela na tevê. O nome é isso que o sinhô acabô de falá.

– Que novela, que nada! Vai preparar o jantar, que estou com muita fome.

Enquanto jantava, ele resmungou: "Se for pra comprar, eu compro. E o Anastácio vai me vender, ele não tem saída".

A mulher a ser negociada era Nádia. Morava em Belo Horizonte com os pais, depois de dois casamentos interrompidos. O primeiro com Heraldo, que tinha sérios problemas respiratórios e faleceu menos de um ano depois. O outro com Roque, sujeito bom, mas genioso e temperamental, morto a tiros em uma briga de bar.

Nádia, com seus 28 anos, ficou desiludida e nem queria tentar outra vez. Filha única, ajudava a mãe, Laurinda, na lida da casa e o pai, Ari, em algumas pequenas tarefas da selaria que mantinha no anexo à residência.

Em uma cidade vizinha à de Terêncio, morava um fazendeiro não tão rico como ele, de nome Anastácio. Em uma de suas viagens à capital, precisando de serviços de selaria, indicaram a do Ari. Foi ao lugar e, quando acertava o valor dos serviços encomendados, viu Nádia entrar no recinto. E, até sair da selaria, não tirou os olhos da menina.

O seleiro, vendo o interesse do cliente e observando que não tinha aliança, puxou conversa. Anastácio ficou animado, e, diante de seu interesse, Ari apresentou-lhe a moça e depois o convidou para jantar em sua casa no outro dia, o que foi aceito, de imediato. A filha, notando a intenção do pai, chamou a mãe, à noite, para conversar.

Dona Laurinda, que havia visto o coronel, aconselhou a filha a aceitar. Nádia já estava com quase trinta anos, desiludida com o amor e, embora a diferença de idade (calculando a do pretendente em cinquenta e poucos anos), os dois poderiam ser felizes. Laurinda ainda lembrou sobre a situação financeira do postulante, que tinha de ser levada em conta.

No dia seguinte, o jantar transcorreu na mais absoluta paz. O fazendeiro disse que era viúvo e que nada impediria a união. Nádia observou que, apesar de seu aspecto rude, Anastácio era um homem bonito, educado, com quem poderia ser feliz.

E a ânsia do fazendeiro era tamanha que ele, demonstrando suas intenções, sem mais rodeios, pediu a mão da moça. O pedido foi aceito na hora.

O coronel fez uma proposta acatada por todos. Não queria noivado, festa, pretendia casar em Belo Horizonte mesmo e já retornar com a esposa ao interior. Concluíram que bastavam uns dias de mútuo conhecimento para se acertarem de vez. E definiu que ficaria mais uma semana na capital, para se encontrar com ela todos os dias.

Nádia pediu um conselho à mãe. Como iria para um lugar desconhecido e provavelmente Anastácio ficasse pouco tempo em casa, gostaria de levar com ela o afilhado Bernardo, que trabalhava na selaria. O rapaz viveu em fazenda até os 12 anos, quando foi levado para morar na casa de Ari, devido ao falecimento do pai. Formado como técnico em Contabilidade, poderia auxiliar nos negócios da fazenda e lhe fazer companhia. A mãe concordou.

Todos concordaram. Bernardo ficou feliz em morar novamente em uma fazenda e de ter a oportunidade de se ocupar de uma contabilidade maior. O fazendeiro também se animou, porque queria um controle mais efetivo de suas finanças.

Anastácio concordou e, possivelmente, concordaria com a noiva em outras tantas exigências. Nádia era mulher para impressionar qualquer homem. Sua postura altiva, seu corpo esguio e aquela leveza nos gestos, a fala mansa e sensual, entre outros atributos. Seus olhos e cabelos negros, em contraste com a alvura de sua pele, levam-nos a uma citação de Chico Buarque em um de seus romances: "Ela é uma mulher por quem todo homem gostaria de padecer".

Anastácio pensava também na reação de Terêncio. Tinha certeza de que ele ficaria com exacerbado ciúme. Havia certa rivalidade entre os dois, e Terêncio se irritaria por ter melhor condição econômica e financeira, ser mais novo e deter grande influência não apenas em seu município, como também no de Anastácio. Mas não poderia fazer nada.

Enfim, houve o casamento, e Nádia, meio sem jeito, pediu ao marido que fossem a Buenos Aires, na lua de mel, porque gostaria de conhecer uma casa de tangos. Anastácio gostou da ideia e conheceu mais uma qualidade da esposa: dançava maravilhosamente o ritmo portenho. Nádia, no entanto, ficou preocupada pelo fato de o marido ter ido ao cassino nas três noites que passaram por lá. Anastácio a tranquilizou alegando que, pelo fato de os cassinos serem proibidos no Brasil, deu-lhe vontade de jogar um pouco, para conhecer. Só que perdeu um bom dinheiro.

Depois, Anastácio retornou, com Nádia, ao interior. O comentário na cidade não poderia ser outro: a bela mulher do coronel. E Nádia dava atenção a todos, tratava educadamente a qualquer pessoa que dela precisasse.

Tudo ia maravilhosamente bem. No entanto, se Anastácio revelou à Nádia que era viúvo, não falou sobre o filho que teve com o primeiro casamento, de nome Arlindo. Por um esquecimento, não de momento, não ao acaso, mas possivelmente por um esquecimento que ele desejava ter, totalmente, com referência ao rapaz, que, depois de crescido, sempre com a proteção materna, só lhe dera desgostos.

Quando a mãe faleceu, um pequeno comerciante da cidade, de nome Artur, afilhado de Anastácio, propôs ao padrinho uma sociedade com Arlindo, com os dois se mudando para Brasília, ou uma das cidades da vizinhança, pois muito se ouviam casos bem-sucedidos de pessoas que foram tentar a sorte na nova capital. Artur entraria com a experiência comercial e o fazendeiro com o investimento financeiro que se fizesse necessário. Anastácio concordou, confiante de que a sociedade faria bem ao rapaz, aliado ao fato de que o teria longe de si.

Artur e Arlindo se instalaram em Taguatinga, e o comércio ia bem, com o pai recebendo, de vez em quando, um telegrama informando sobre o assunto.

Devido ao entusiasmo com o casamento e à paixão por Nádia, a viagem ao exterior, Anastácio não percebeu que os telegramas cessaram. Até que um dia recebeu um telefonema do delegado de Taguatinga, para ir à cidade o mais rápido possível. Falou com a esposa que viajaria para tratar de negócios, e ela concordou, por ser comum na vida do marido.

Chegando lá, foi colocado a par de tudo. Para sua surpresa, Arlindo enganou o filho e fugiu com boa quantia em dinheiro, sem deixar rastro. Artur, desejando mostrar ao pai que saberia resolver tudo sozinho, tomou dinheiro em um banco e, diante de várias dívidas acumuladas com fornecedores e não honradas pelo sócio, responsável pelos pagamentos, recorreu a agiotas.

Um deles começou a fazer cobranças ostensivas, com ameaças. Em uma delas, o rapaz se irritou e deu-lhe um tiro. O agiota não morreu, mas Artur foi preso, por tentativa de homicídio.

Por se tratar, até então, de "terra de ninguém", com dinheiro tudo ia sendo solucionado. Anastácio contratou o melhor advogado criminalista de Brasília. A família do agiota preferiu exigir uma bela quantia para não registrar a queixa, o advogado cobrou um valor considerável pela causa, e diversos credores exigiram pagamentos com juros pelo não cumprimento do prazo.

Além disso, os negócios da fazenda ficaram prejudicados, apesar dos esforços de Bernardo, porque muitos gostavam de negociar diretamente com Anastácio e alguns, diante das notícias de Brasília, temiam que ele não pudesse honrar os compromissos.

Afinal, depois de tudo resolvido, quase um mês, com a intervenção de um deputado conhecido, Anastácio conseguiu um emprego público para o filho, que se mudou para Goiânia.

Mas, voltando à cidade, entrou em desespero. O dinheiro perdido alcançara um valor que o patrimônio poderia não pagar.

Os bancos da cidade negaram-lhe crédito. E, na ânsia de conseguir recuperar parte do montante, se lançou a jogos de carta com apostas altas. E perdeu mais dinheiro ainda.

Anastácio tinha duas fazendas, vendeu uma a preço abaixo do mercado e não resolveu a pendência. Só lhe restava uma cartada agora: recorrer a Terêncio, com quem tinha um relacionamento cordial, para vender-lhe a outra propriedade. O coronel pediu-lhe um prazo de dois dias para dar-lhe a resposta.

Vencido o prazo, o coronel surgiu com uma proposta: compraria a fazenda, permitiria que Anastácio a explorasse e os dois dividiriam os ganhos. Mas, como o montante da aquisição não pagaria a dívida, fez uma proposta louca: "Eu compro a sua mulher. Ela vem morar comigo, você continua tendo terras para trabalhar e vai se reequilibrando com o tempo".

Anastácio se assustou e gritou: "Não, isso eu não posso fazer. Ela é uma pessoa, não um animal!". Terêncio perguntou com certa ironia: "Você tem outra opção?".

Não tinha. Com a cabeça baixa, envergonhado, foi falar com Nádia, que, para sua surpresa, respondeu: "Anastácio, não temos outra saída. Você é um homem bom, sou grata a você e não quero vê-lo na miséria".

Foi ela mesma falar com o coronel. E exigiu, além da divisão da fazenda, uma boa quantia a ser repassada a Anastácio. Pediu também para levar o afilhado com ela.

Feliz com a concordância de Nádia, autorizou levar seu afilhado, que seria útil na fazenda.

Nádia voltou-se para o coronel, com uma frieza até então desconhecida, e disse: "Coronel, não quero enganar mais ninguém. Tive três maridos, e nenhum dos três conseguiu me levar ao delírio nos lençóis. E, perdoe-me, mas não será o senhor que conseguirá. Por isso, levo Bernardo aonde eu for. Quando o senhor sair à noite, ou viajar, ninguém desconfiará. Onde eu assino? (referia-se a um documento particular a ser lavrado com a concordância dos interessados)".

Nem fazia tanto calor, e o coronel abanava o rosto com o chapéu e, com o lenço, limpava o suor da testa.

E se pôs a pensar: sempre mandou em quem quer que fosse, todos lhe tinham respeito e sua palavra era sempre a última, e definitiva. Assim, sentia-se ultrajado, humilhado, ferido em sua autoridade.

Por outro, a sede de poder, a vaidade, o desejo de acumular bens materiais não deixaram tempo para o amor, não se casara, tanto dinheiro para quê, para quem, se nem herdeiro tinha? E a companheira? Um homem precisa de uma para completá-lo.

E agora essa mulher à sua frente, com toda sua beleza, seu frescor, os olhos convidativos. O que é um beijo? Dera mil beijos, porém mais como parte do enredo de uma encenação em noites tresloucadas e vazias. De um beijo de amor, ou que seja de afeto, nem se lembrava mais.

Nádia permaneceu sentada em uma cadeira em frente ao coronel, impassível, sem um gesto ou palavras. Contava que aquele silêncio conspiraria a seu favor.

E por longos minutos, nada se disse naquela mesa. Até que Nádia, sabendo que seria a hora de intervir, pegou o documento e, com as duas mãos no papel, indagou: "Posso rasgar?".

Um sonoro não escapou de Terêncio, com sua voz cavernosa. Ficou em silêncio por mais alguns instantes. Pigarreava, rosnava, esmagava o chapéu com as mãos, alisava a barba, coçava a cabeça, enxugava a testa.

De repente, resoluto, tomando a caneta e o documento, jogou-se aos pés de Nádia e apôs sua assinatura com o colo dela servindo de apoio.

Hello, Goodbye

Em tempos de internet, já deve haver o "amor ao primeiro acesso" ou coisa assim. Só que o conhecimento pelas redes sociais pode gerar equívocos, sendo melhor o encontro físico o mais rápido possível. Foi o caso de Gisele e João Marcos, que, no dia seguinte, resolveram ir a um restaurante para jantar. Ao vivo e em cores, as fotos no perfil ficaram em segundo plano. Ficaram surpresos com o que viram um no outro. Em desvarios, a moça até pensou em um cavalo branco preso à calçada, e ele a imaginou tão bonita de cabelos grisalhos, mulher para envelhecer ao lado dele. Assim, nasceu o diálogo a seguir:

– Ele: Divorciado, sem kit.

– Ela: Solteira, sem compromisso.

– Galo!

– Cruzeiro!

– Mangabeiras.

– Santa Tereza.

– Ateu.

– Católica por convicção.

– Bolsonaro!

– Lula!

– Jazz, bossa nova e samba!

– Heavy metal!

– Tênis.

– Natação.

– Engenheiro de minas.

– Professora.

O garçom chega:

– Filé à parmegiana.

– Salada.

– Uísque.

– Suco de limão.

Cientes de que os opostos se atraem, conversa vai, conversa vem, tudo certo. Solicitada a conta, o garçom se apressa em levar:

– Deixa comigo, diz ele.

– Também quero pagar.

– Eu faço questão, o homem é quem paga.

– O certo é dividir.

– Por favor, eu pago.

– Quer me esnobar? Engenheiro, Mangabeiras, tênis, devia ter adivinhado.

– Quero pagar, por favor!

– Não! Metade é minha!

Apesar de falarem baixo, o som chegava como um grito para um e outro.

– Eu quero pagar!

– Machista!

– Eu vou pagar e pronto!

– Vai pagar esta e mais nenhuma. Homens são todos iguais. Tchau, goodbye.

Apesar de nervosa, ela saiu andando devagar pelo corredor das mesas, com a sensação de ter exagerado, baseada apenas nos seus rígidos conceitos. Mas continuou caminhando, com seus cabelos negríssimos e longos, saia rodada e um doce e suave balanço, que denunciava suas pernas torneadas. Os homens, mesmo os acompanhados nas mesas, olhavam para ela, encantados.

Ele, reconhecendo ter-se excedido, arrependido e pensativo, pediu mais um uísque e se propôs: "Não vou desistir, nunca! É ela quem vai mudar a minha vida. Eu não era assim". Esboçou um sorriso e começou a lembrar do antigo roteiro dos tempos de juventude, que agora queria de novo percorrer: Contorno, rua Mármore, Clube da Esquina, Bolão, Parada do Cardoso, os bares famosos da boêmia e romântica Santa Tereza...

Falem mal, mas falem de mim...

Em 1963, houve um rebuliço em um dos pequeninos pontos do mapa das Gerais, mais precisamente na cidade de Coromandel. Se hoje podemos chamá-la, com um pouco de bairrismo e de gostar da minha parte, de "Princesinha do Alto Paranaíba", naquela época não passaria de uma "Cinderela" antes de colocar seus delicados pezinhos nos sapatinhos de cristal.

Com energia elétrica gerada por um valente motor, que funcionava até às dez da noite, cercado de estradas de terra por todos os lados, o lugar era carente também de diversões. Uma sessão de cinema no Cine União, horas dançantes no Juca's Bar e, claro, o futebol, grande paixão do povo. Por isso, era costume juntar pessoas nas portas das casas e ouvir os jogos entre equipes do Rio de Janeiro (só pegavam as emissoras de lá) em rádios de pilha.

Na cidade, dois times disputavam a preferência dos coromandelenses: o Coromandel e o Maracanã. E cada partida entre eles era como se fosse uma decisão de Copa do Mundo. O primeiro, de uniforme azul, o segundo, de vermelho. O Maracanã nunca perdeu para seu arquirrival.

O leitor deve estar se perguntando sobre o rebuliço. Vamos lá: certo dia, correu na cidade a notícia de que um time carioca faria um amistoso contra o Maracanã. E o fato de a referida equipe ter jogado na vizinha Paracatu (se é que 180 km de estrada de chão poderiam tornar duas cidades vizinhas) aumentou o entusiasmo do povo.

Nem bem time carioca era. Tratava-se do Canto do Rio, com sede em Niterói, frequentador habitual das últimas colocações na tabela do Campeonato Carioca. Mas nada importava. Esse time jogava contra os grandes do Rio e, agora, enfrentaria o Maracanã.

Por ironia, o campo do Maracanã não tinha um fio de grama que fosse, o que, certamente, favoreceria o time da casa contra aqueles acostumados a pisar no tapete verde do maior estádio do mundo.

Pois bem, grande público assistiu à vitória dos cariocas por 2 x 0, placar considerado normal, inclusive porque ganharam antes em Paracatu e foram vitoriosos em todos os jogos da excursão pelo interior mineiro.

O craque do time carioca, de nome Fefeu, se transferiu depois para o Flamengo. E, em uma entrevista à *Revista do Esporte*, foi-lhe perguntado qual o melhor campo em que havia atuado. Resposta esperada: "O Maracanã". Qual o pior foi a pergunta seguinte. "O do Maracanã, também. Só que em Coromandel." E completou: "Eta campinho ruim!".

Só que o povo não se importou com o que seria uma desfeita. Pelo contrário, todos ficaram felizes. Afinal, a cidade foi citada na maior revista de esportes do país. A repercussão foi tanta que eu, menino ainda, com meus 12 anos, li pela primeira vez, o nome Coromandel.

Sem saber que oito anos depois, em 1971, tomaria posse no Banco do Brasil daquela cidade. À época, nem Cinderela, nem Princesinha, apenas uma mulher por quem eu me apaixonaria. Para definir, recorro à famosa frase mineira tão comum por aquelas bandas: "Trem bão demais, sô!".

Obs.: O Canto do Rio existe até hoje, inclusive com escolinhas de futebol e outras modalidades esportivas. Podem conferir no Instagram: *cantusca30*.

Hipercentro de BH

Estava no Centro de Belo Horizonte pronto para voltar para casa. Já ia acenando para um táxi quando resolvi pegar um ônibus. Às vezes, é bom andar num "busão", para ver/rever/sentir melhor as coisas. Com meu olhar crítico para fazer crônicas.

Poderia não pagar a passagem, mas ainda sinto certa vergonha. Tenho 61 anos, aparência de menos idade (me iludo!) e tirei os trocados do bolso.

Pelas ruas, gente e mais gente. Oferecem de tudo aos que passam. De produtos que achamos que ninguém compra à sorte grande. Conforme o aspecto físico do sujeito, oferecem um número tentando acertar o ano de seu nascimento. Só com os homens; com as mulheres não, por motivos óbvios. Músicas emanam de todos os lugares, entre elas o fenômeno *Ai, se eu te pego*, sucesso em quase todo o mundo. Espero que os estrangeiros se lembrem de que a *Garota de Ipanema* também é nossa.

Há o sol nas bancas de revista, mas não vejo tanta alegria. E pensando em Caetano, me pergunto por que ele citou Rita Lee em *Sampa*, e não Adoniran Barbosa, este sim a mais perfeita tradução de São Paulo. Qual seria a melhor tradução para BH? Passo a bola ao leitor.

De Caetano a Belchior: enquanto as paralelas me conduzem, me dá vontade de voltar pro sertão, lá na cidade aonde comecei minha carreira no BB. Ou de voltar para minha terra natal, Pará de Minas, onde em cada esquina me encontro comigo mesmo – o adulto, o adolescente e, sobretudo, o menino; ah, que gostosa infância!

Um ônibus vermelho encosta no meu azul e vejo uma menina de cabelos louros que a luz do sol ainda mais doura. Está inclinada no banco em breve cochilo. Talvez sonhando com um futuro melhor, um bom casamento, outra vida. Sem saber que, certamente, o seu príncipe encantado também passará pela roleta e a vida vai seguir repetindo o mesmo filme que se vê pela janela todos os dias. Mas deixa a menina sonhar!

Aposentados jogam damas na praça. Também sou aposentando e poderia me juntar a eles em vez de me debruçar sobre revisões de português, ou, como cita Drummond, brigar com as palavras mal rompe a manhã. Ou ainda quando o primeiro silêncio da noite se torna um parceiro. Mas gosto disso e imagino que o temido alemão não vá conseguir acesso fácil em um labirinto cheio de normas, vírgulas, hífens, crases etc.

O ônibus vai entrando no meu bairro, para num sinal e, em uma rua pequena e singela, vejo um fusca, talvez 68, estacionado, me querendo contar histórias. Mas não tenho tempo de ouvi-las.

E, finalmente, chego ao ponto onde devo parar. Ali, desço do ônibus... e da crônica.

Ligações nem tão perigosas

– Jurandir, quero perder a virgindade com você! Pronto, falei!

O chefe se assustou:

– O quê!?

– É isso mesmo! Você pode dizer que uma mulher como eu (desculpe a falta de modéstia), bonita, gostosa, charmosa, com 31 anos, não é virgem coisa nenhuma. Tudo bem! Mas a minha vida amorosa foi feita de equívocos, cansei de homens, todos a mesma coisa.

E, antes que o supervisor, ainda estupefato, interrompesse, ela continuou falando:

– Agora, estou namorando o Jorjão e acho que vamos nos casar. Tá certo que ele é o vigilante do banco. Mas é uma escultura e, como disse Nelson Rodrigues (ou Armando Nogueira, não me lembro) sobre o jogador Didi: "Um príncipe etíope". Que homem!

Jurandir tentou intervir, em vão. Ele chegava às sete da manhã, a moça antecipou seu horário, mas logo viriam outros funcionários. Pediu que fossem para o almoxarifado da empresa, para conversar com mais tranquilidade, ou ela monologar à vontade, como vinha fazendo.

– Jurandir, se eu cheguei até aqui, com todos estes requisitos, é porque homem nenhum me seduziu o suficiente para me levar para a cama. Já você é um sujeito sincero, confiável, leal, com quem trabalho há três anos. É você ou a humilhação de ter o Jorjão rindo de mim na lua de mel.

Até que enfim Jurandir conseguiu falar:

– Carol, ouvi tudo pacientemente; você é um mulherão, pessoa maravilhosa, mas sou casado e não traio.

– Olha, certa vez vi o cartaz de um filme com o título *Sexo por compaixão*. Não cheguei a assisti-lo, nem sei o enredo, mas o título diz tudo. Por favor!

O chefe prometeu pensar no caso.

Era sexta-feira e, ao chegar em casa, Marcela, sua esposa, disse que a filha iria buscá-la na manhã de sábado, para ela ficar com os netos até o outro fim de semana.

Criou-se a oportunidade. Assim, Jurandir se pôs a pensar que aceitar o convite daquela mulher seria uma questão de honra, de hombridade e, que fosse, de compaixão.

Na primeira vez, comprovou a virgindade. As outras noites foram maravilhosas, e tanto, que ele acabou por se separar da mulher. Marcela, para sua surpresa, aceitou a separação de modo quase pacífico, sem chorar um atlântico de lágrimas. Ele ficou meio decepcionado, mas concluiu que seria melhor.

Muitos, sobretudo muitas, falaram que Jurandir fez uma cachorrada com a esposa, mas ela não tinha deixado por menos.

Pela manhã levava sua cachorrinha Fifi para passear, sempre por volta das 9 horas. O Walter, morador do condomínio ao lado, passou a levar seu cachorrinho Fred no mesmo horário, para se encontrar com ela. Com a separação de Marcela, os quatro acabaram se juntando.

O Jorjão, por seu lado, chegou à conclusão de que deveria se valer de seus atributos para ganhar dinheiro. Deixou a empresa, formou uma carteira de clientes endinheirados e fiéis, e passou a ganhar mais que o os chefes da instituição.

* Publicado no *Jornal da AFA-BH* – Associação dos Funcionários Aposentados do Banco do Brasil – Belo Horizonte (MG) nº 210 agosto/setembro 2021.

Na manhã, de repente, a voz de Bethânia e uma lição de vida

1993. Uma gostosa manhã de uma feira qualquer. Ia para o trabalho, quando, antes de virar a esquina de Augusto de Lima com Espírito Santo, tocou em uma loja a música *As canções que você fez pra mim*, presente no LP de Maria Bethânia lançado naquele ano, e também presente que a cantora deu a Roberto e Erasmo, ao gravar doze músicas compostas pela dupla.

A diva, com aquela voz que acaricia o coração e afaga a alma, encheu a manhã com o alto som que vinha de uma loja de discos. Um momento de paz e enlevo na rotina da cidade grande, que já ganhava efervescência para se atirar na selvageria do dia.

De repente, vejo na Augusto de Lima uma mulher alta, magra, com a pele luzidia de sua negritude, que, por uns instantes, deixou de lado a faxina. Segurando a vassoura e formando um espaço que abrigaria o corpo de outra pessoa, começou a dançar. E bailava, indiferente a quem passava, à crítica alheia; dançava, não como quem estivesse em uma das principais avenidas da cidade, mas sim no aconchego de sua casa.

Não sei o que se passava na cabeça dela. Mas não custa fantasiar. Desse modo, aquela mulher pensaria em alguém que estivesse em outra tarefa e com ela se encontrasse à noite. Talvez em um amor platônico, contido no seu próprio universo, dois jalecos de um insípido cinza a rodar pela calçada. Ou, simplesmente, quisesse dançar e ser feliz, ainda que pelo breve encanto de um momento.

Sim, queria ser feliz, pelo menos estar feliz. Quando ergueu a vassoura, e deu uma volta com o corpo, lembrou uma porta-estandarte que dispensaria o mestre-sala, porque aquele momento era seu, somente seu.

Carros diminuíam a marcha, pessoas paravam, alguns aplaudiam. Porém, a agulha pulou de faixa no disco, o que a fez se lembrar de que precisava retornar à sua rotina.

Foi-se a música e, com ela, a dança, a alegria. A mulher voltou à sua rotina, o dragão do dia voltou a cuspir seu fogo, a pressa e o conformismo tomaram conta das pessoas.

Quanto a mim, desci pela rua Espírito Santo, com minha calça de grife, minha camisa social, a gravata italiana. E, depois de ver aquela mulher, depois de sentir a beleza daquele instante, segui tentando esconder a minha pequenez...

O Espelho de Branca

Muita coisa mudou em menos de um ano. O falecimento do pai, a mudança do Juninho para a Nova Zelândia e, depois, a morte da mãe. Assim, Branca ficaria sozinha no apartamento de quatro quartos e, por isso, resolveu vendê-lo e adquirir um de dois, que, para ela, divorciada e sem filhos, seria o ideal.

A venda para um casal que veio do interior, com dois filhos, foi feita de porteira fechada, mas ela fez questão de levar o espelho do quarto de sua mãe. Aquele espelho, oval e revestido por madeira trabalhada pintada de branco, causava-lhe certa curiosidade. Ficava no quarto da mãe, que não proibia, mas não gostava que ninguém nele se espelhasse. Nunca explicou o motivo, nem este lhe foi perguntado.

Depois de fechar negócio com os compradores, despediu-se e foi descendo, carregando o espelho com deselegância, tendo-o à frente de si, até chegar à garagem, onde se escondeu atrás de um carro para não se encontrar com a Sílvia, do 502, que, ao saber da venda do imóvel com tudo dentro, havia lhe pedido justamente o tal espelho. Como a vizinha era muito ligada a esoterismos, a curiosidade de Branca foi ainda mais atiçada.

E lá se foi ela a caminho do novo destino. Tendo morado a vida inteira naquele lugar, queria algo novo, que representasse mudança em sua vida, até mesmo radical, e, quem sabe, fazê-la encontrar um grande amor que a tirasse da solidão em que se encontrava.

Tudo novo, até o nome do bairro: Cidade Nova! Ao passar pelo túnel, veio-lhe um momento de angústia, sentimento que a vida, não raras vezes, a fazia sentir. Mas, ao sair, com o sol se derramando sobre o carro, percebeu que algo de muito bom a esperava.

Depois de tudo organizado no apartamento, teria calma para procurar o espelho. Foi até ele. Sentia-se como a criança que ouvia do pai a história de Branca de Neve e os sete anões; ou a adolescente ingênua e sonhadora de tempos atrás; ou até a mulher a quem a solidão prolongada trouxe um pouco de loucura. Mas estava resolvida. Assim, meio envergonhada, perguntou-lhe se era realmente bela, como todos diziam; e, se for verdade, por que vivia tão só. Sentiu um burburinho com vozes sussurrando ao mesmo tempo e, com certa dificuldade, obteve as respostas. A primeira, a de que era, sem dúvida, muito bonita. A outra se explicava pelo fato de os homens terem medo de mulheres muito bonitas e, se, aliada à beleza, estiver a inteligência, aí o receio será maior. E ainda mais, era muito seletiva e não sabia escolher o seu par. Dessa forma, o espelho reproduzia o que a sociedade pensava dela. Como estava muito cansada, foi dormir. Demorou um pouco a conciliar o sono, exaurida e cismada com o tal espelho.

No outro dia, antes de preparar o café, caminhou até a moldura novamente. Queria uma resposta que lhe desse esperança. Foi aí que notou, estupefata, que o espelho agora tinha a figura de um pequeno homem, formado apenas pelos círculos do corpo, mas com um rosto contendo nariz, boca e olhos. Lembrou-se do Bonequinho de *O Globo*. E o hominho disse que não o temesse e ficasse à vontade.

Branca insistia em duas respostas: o porquê de, aos 53 anos, tão bonita, corpo esbelto, cabelos louros e olhos verdes, viver tão só? O espelho confirmou o que as vozes disseram na primeira vez que o procurou: "Um dos motivos você já sabe, mulher bonita e inteligente. Também é muito seletiva e, embora a beleza inquestionável, já estaria em uma idade que não permite muitas escolhas. Um exemplo das opções erradas: quando se casou com o Alcides, o outro pretendente era o Rodrigo. Nem um dos dois a merecia, nem dava a impressão de amor 'infinito enquanto dure'". Assim, outros como Zé Humberto, Moacir, Alfredo etc., e põe et cetera aí, atestam o tal do "dedo podre", como costumam dizer.

Branca ficou chateada, até porque o espelho tinha sido tão sincero a ponto de ser rude com ela. Mas, depois do almoço, mais calma, voltou até ele e disse: "Seu espelho", sendo logo interrompida: "Espelho não, meu nome é Nestor, escolhido carinhosamente por sua mãe. Que, a propósito, me procurava muito pouco. Fui seu conselheiro. Por exemplo, quando ela quis se separar de seu pai, que a traiu com outra, eu a convenci, e as coisas se ajeitaram. Quando o Juninho foi para o exterior, provei que era o melhor para ele. Por ocasião do seu casamento, com que ela não concordava, dei alguns conselhos, usei palavras de estímulo. Não ficava bem para um consulente do meu gabarito, mas"... Foi aí que ela notou que seu rosto havia mudado e continha a figura de... um psiquiatra com divã e tudo. Ante o susto de Branca, ele disse, com voz grave e pausada, bem diferente da voz caricata do bonequinho: "Vi que a amiga precisa não de um conselheiro e, sim, de um especialista na mente humana. Talvez agora possa ajudar mais". E Branca disse que queria saber se, algum dia, encontraria um grande amor. Nestor pediu para pensar e que a esperava na manhã seguinte.

E, de novo, lá estava Branca. Novo susto, quando viu Nestor, agora com um turbante, um rosto com barba e bigode com pontas. E ele disse, com outro tipo de voz: "Cheguei à conclusão de que você precisa é de um vidente, por isso trouxe minha bola de cristal". Em seguida, fez movimentos com braços e mãos e, apontando para Branca, asseverou: "Ainda hoje você conhecerá o homem de sua vida". Branca se assustou, disse um obrigado nada convincente e ficou pensativa. Se nem pensava em sair de casa, como conheceria um homem naquele mesmo dia?

Lá pelas duas da tarde, tocou a campainha; ela atendeu e, surpresa, deparou com um homem de cinquenta e poucos anos, alto, olhos azuis, como se tivesse Sinatra à sua frente. Vendo sua reação, ele disse: "Muitos me acham parecido com ele. E meu nome ainda é Francis".

Ela o convidou a entrar e ouviu sua história recente. Veio de Porto Alegre, com a missão de dirigir a área de negócios internacionais da multinacional em que trabalhava. Passou a ocupar o apartamento vizinho ao dela, já mobiliado, reservado pela empresa. Desde que se separou da esposa, pensava em mudar de cidade. Só que não conhecia nada em Belo Horizonte e perguntou se, no início, poderia ajudá-lo.

Claro que a resposta foi positiva. Primeiro, o supermercado, depois o shopping, pois queria comprar ternos para assumir o novo cargo na empresa. Um jantar em um restaurante e, após ele, meio sem jeito, comentou que uma das músicas mais famosas de Sinatra era *Strangers in the Night*. Como na canção, os dois ainda eram estranhos um ao outro, mas a noite estava linda, convidativa... Ela entendeu, concordou e foram a um motel. No dia seguinte, combinou com ele de mostrar-lhe a cidade.

Antes de dormir, foi procurar o espelho. De novo como Nestor, que, surpreendendo-a mais uma vez, surgiu com uma trouxinha nas costas, como quem estava indo embora, por já ter cumprido sua missão. Desapareceu, de repente, e Branca não o viu mais.

Logo no início da manhã de domingo, Branca tocou o interfone no prédio da Sílvia para entregar-lhe o espelho. A ex-vizinha, cinquenta e cinco anos, bonita, sozinha, inteligente, história semelhante à dela. Só que, a partir de agora, com o Nestor...

* Publicado na Revista *Traços* (nome atual *Mar de Lá*) n. 2, junho/julho/2021, Paranaguá, PR.

O trem que não vem

A estação paralela às paralelas do trem. Era essa a visão preferida de dona Candinha, que, de sua varanda na parte mais alta da pequena cidade, gostava de ver chegar e partir os comboios, ainda que não fosse o dia da vinda do Pereirinha.

O marido era caixeiro-viajante e vivia nas estradas. De três em três semanas, regressava à casa, geralmente numa sexta-feira, voltando ao trabalho, quase sempre, na terça seguinte. Não se esquecia de passar um telegrama informando a data do retorno. Dona Candinha guardava a última folha recebida no sutiã, para ler e reler quando bem entendesse.

O casal tinha uma filha de nome Ruth, que trabalhava em um banco. Viveu uma grande paixão por um rapaz, de nome Pedro, que morava na capital e vinha quase todos os finais de semana. Separou-se dele, porém, quando ouviu dizer que tinha outra em Belo Horizonte, e que estariam noivos. Ruth era orgulhosa, vaidosa e não permitia ser exposta a uma situação como essa. Pedro bem que tentou, mas em vão. No dia da partida, ainda pediu que ela o ouvisse e revisse sua decisão. Ao se despedir, disse: "Tudo será esclarecido, e os mesmos trilhos que me levam me trarão de volta". E se foi escondendo algumas lágrimas furtivas. Mas nunca mais voltou, e nem ela nem ninguém na cidade jamais ouviu falar dele.

Naquela manhã de quarta-feira dona Candinha recebeu um telegrama em que o marido informava que não viria na sexta. Ela não se importou, pois o texto completava que Pereirinha chegaria na outra semana, quando se comemorava o aniversário dela. "Ganharei flores e um presente adquirido em alguma cidade por onde passou, como sempre." Em seguida, beijou o telegrama e o guardou no peito, substituindo o anterior, que seria arquivado em uma pasta, que gostava de abrir de vez em quando, emocionando-se com cada um como se fosse o último.

No dia marcado, compareceu à estação, com a alegria e a ansiedade de sempre. Os passageiros foram descendo, os vagões se esvaziando e nada de Pereirinha aparecer. Aflita, perguntou ao Emidinho, o maquinista. Este disse que o Pereirinha não tinha embarcado, o que foi confirmado pelo auxiliar e pelo chefe do trem. Emidinho completou dizendo que, em todas as viagens, Pereirinha sempre o cumprimentava ao embarcar e ao descer do trem, mas desta vez nem sequer o tinha visto.

Dona Candinha foi ficando nervosa e nem se importou de levar a mão direita ao sutiã, para confirmar. Era naquele dia mesmo. Foi quando chegou dona Edith, diretora do grupo escolar; vendo a inquietação da amiga, estranhou que o marido não tivesse chegado. "Candinha, eu estava indo em um carro de praça e vi o Pereirinha caminhando em direção à estação. Causou-me surpresa não o encontrar no trem." Ante o olhar de estranheza da amiga, completou: "Tenho certeza, era ele. Terno branco, gravata vermelha, guarda-pó e seu inseparável bigode, além da pequena estatura e do caminhar apressado". Realmente, ele fora muito bem descrito pela diretora, pois detinha todas as características citadas, o que lhe dava o aspecto de uma caricatura. Esperaram muito, até que a filha se juntou à mãe e foram para casa, pedindo a todos na estação que lhes dessem qualquer notícia a respeito.

No dia seguinte Ruth telefonou para a empresa onde o pai trabalhava em Belo Horizonte e esperou longo tempo para completar a ligação. Conversou com Ananias, o chefe, e este, para sua surpresa, falou que Pereirinha tinha pedido as contas e iria trabalhar em outra empresa, com uma comissão maior. Ele não sabia qual empresa, lamentou o fato e não rendeu assunto. Quando terminou a ligação, Ananias confidenciou a um assessor que, por se tratar da filha, não quis contar o que realmente tinha acontecido. A verdade é que Pereirinha fora despedido. Há muito se portava de modo diferente, sempre pedindo aumento da comissão e outras vantagens e com as vendas não apresentando o resultado de antes. Gostava do

Pereirinha, mas tinha que considerar a empresa, em primeiro lugar. O assessor, por sua vez, comentou que ele estava pedindo dinheiro emprestado a colegas.

Entre as várias tentativas de buscar o paradeiro do marido, dona Candinha se lembrou da Onilda, irmã dele, que morava em Patrocínio, onde ele costumava fazer a praça. A cunhada não nutria simpatia por ela, nem pela filha. Mas em um momento como esse, seria diferente. Ela respondeu que o Pereirinha tinha estado lá há menos de um mês e pernoitou em sua casa, como às vezes fazia, para economizar a diária do hotel, antes de seguir viagem. E que esteve em Ibiá, conforme confirmado pela Alaíde. Dona Candinha perguntou quem era essa mulher, e a cunhada, depois de uma pequena indecisão, lembrando seu ofício de costureira, falou que ele se incumbiu de levar um vestido para ela, que ficou de buscar na estação. E não escondeu seu entusiasmo em servir àquela mulher, viúva rica e que fazia boas encomendas.

Alaíde, pelos 45 anos, era bonita, refinada e administrava, com os filhos, as terras em Ibiá, Patrocínio e Coromandel. Tinha planos de vendê-las e mudar-se para o norte do Paraná, a fim de se dedicar a negócio de café, mas o marido jamais concordou. Agora, viúva, com o apoio dos dois filhos, sentia que era hora de mudar. Comentava-se na cidade que, primeiro, ela queria arrumar um novo companheiro, antes de se mudar para uma região, que, para ela, seria completamente estranha. Daí talvez a explicação para suas constantes viagens a Belo Horizonte e Araxá.

Ruth foi à capital e, nas pensões em que o pai costumava ficar, informaram que já há algum tempo ele não aparecia por lá. Foi à empresa onde ele trabalhou, e o chefe informou que tinha avisado a todos os vendedores, mas ninguém sabia notícia dele.

No mesmo dia Ruth viu na rua o Raimundinho, também vendedor, que afirmou que há tempos não deparava com o Pereirinha. Porém, falou que se encontrou com o Pedro em Belo Horizonte. Em conversa rápida, disse que ele continuava solteiro e estava à espera de um chamado para trabalhar em uma empresa do sul de Minas; que também perguntou pela Ruth e falou alguma coisa sobre trilhos, que ele não entendeu, e nem pôde esclarecer, porque estava perto da hora de seu ônibus partir. Voltando para casa, Ruth escondeu da mãe o que ficou sabendo sobre Pedro.

Dona Candinha estava cada vez mais triste. Abandonou seus trabalhos na igreja, o terço das segundas-feiras com as amigas, as missas e as idas ao cinema com a filha nos finais de semana. Todas as tardes, pelas quatro e meia, ia para a praça e sentava no banco mais próximo à estação para esperar o trem. Não permitia nem à fiel Bilica, que morava com a família desde a infância, sentar-se ao lado dela. A cada tarde, mais uma decepção. Passou a não conversar com ninguém, e as pessoas, mesmo os conhecidos, não mais a procuravam. Resolveu também vestir apenas roupas pretas, considerando-se viúva, esquecida de que ainda esperava pelo marido.

Como o povo do pequeno lugar começou a ironizar a situação, com expressões como o "banco da Candinha", "a viúva da praça", a filha resolveu mudar para uma casa próxima à estação de onde, na varanda, a mãe pudesse acompanhar o movimento. Tinha se aposentado e, agora, poderia ficar mais tempo com ela e ajudar no que pudesse para encontrar o pai.

O delegado, o vigário e o prefeito ajudaram nas buscas, entrando em contato com outras delegacias, paróquias e prefeituras. Foram publicadas matérias sobre o assunto em jornais da capital, mas nada de resposta.

E dona Candinha continuava cada vez mais triste. Cada apito de trem que soava antes das cinco da tarde era uma esperança e, logo em seguida, outra decepção. Já nem instruía a Bilica sobre os afazeres e não se importava com o que ela preparava para o almoço. Dona Candinha só dava atenção às suas flores e plantas e às vezes conversava com elas, provavelmente perguntando onde estaria o marido. A filha se incomodava, tentava de tudo, mas a mãe não reagia.

Os dias foram se arrastando, sem novidades, sem alegria e com a esperança se esmaecendo a cada número riscado por dona Candinha no calendário da parede assinalando mais um dia sem notícias.

E foi assim até que um dia Bilica chegou à varanda, viu a patroa com a cabeça inclinada e gritou o nome da filha. Não puderam fazer nada, dona Candinha havia falecido.

No dia seguinte ao velório Ruth chegou à varanda no horário de sempre. Começou a chorar ao não ver a mãe sentada no sofá. E, de repente, pensou no Pedro, na conversa dele com o Raimundinho e, justo quando o trem apitou ao longe, lembrou-se da frase: "Os mesmos trilhos que me levam me trarão de volta".

Exausta, já nem sabendo mais o que fazer, com uma idade que não lhe permitia aventuras, resolveu sentar-se no banco onde a mãe ficava. Assim, seguindo a rotina de todas as tardes, passou a ocupar o lugar dela na varanda, à espera do trem.

Only you

No quarto! Assustada, suada e imersa em pensamentos. Mais uma vez, tinha sonhado com a cena daquela noite em um tempo distante, jovem ainda. Que lhe trazia reações díspares; inquietação, repulsa, sentimentos estes em conflito com um forte desejo e a esperança de viver tudo aquilo outra vez.

As mesmas lembranças e sensações. A pequena cidade onde morava, a volta para casa, após as aulas do curso noturno. Não gostava de passar por aquele lugar, escuro e ermo. Mas encurtava bem o caminho. E alguma coisa a levava a fazer o trajeto naquela noite. Andava a passos apressados com o olhar atento a tudo que poderia acontecer pelo caminho. Não se via ninguém indo, ou voltando, e, em dado momento, ela decidiu correr um pouco.

De repente, o inesperado ou... não? Enquanto atravessava a ponte, sentiu as luzes de dois faróis jogados em cima dela. Desesperar-se, por quê?! Afinal, um sexto sentido poderia tê-la colocado ali. E ela sabia disso...

Outra opção não caberia... era ele! Ele e o carro do pai, com que costumava sair. A sensação de perigo e de desejo.

O rapaz desceu do carro, quis beijá-la, ela evitava e usava a pasta como escudo. E ficou entre o combate e a aceitação. Ele mudou de tática, evitando a força física e se valendo da sedução. O que sabia fazer muito bem. Até que ela cedeu. Jogou a pasta no chão para dar-lhe altura. E se envolveu com ele!

A rua, tortuosa, não calçada, escondida e mal iluminada, era puro silêncio; apenas o trilar dos grilos, o coaxar dos sapos e o sussurro das águas, que rolavam mansas no ribeirão. No rádio do carro, a música *Only you*. E gemidos contidos se uniram aos sons emanados no local.

De volta... para o presente! No quarto, sentada na cama, sem ânimo! Este sonho lhe vinha de vez em quando, mas nunca o onírico se aproximou tanto do real quanto agora.

O sol! Achava-se em devaneios, quando a luz, entrando pela janela, a chamou para a realidade. Hora de se levantar, de se arrumar e ir para a empresa. Seguiu a rotina diária, fazendo um lanche rápido e, ao se vestir, optou pela cor bege, por achar que lhe dava sorte em reuniões de negócios fora da empresa; após, seguiu o roteiro de sempre até chegar ao local de trabalho.

Às 8 horas! Pontualmente! Um cumprimento e um sorriso dirigidos à secretária, que a lembrou sobre a reunião das dez em outro local. Leu a correspondência, telefonou para setores internos e, às nove e meia, desceu para a garagem onde o motorista a esperava.

A reunião! Tinha certeza de que seria mais um negócio rentável para a empresa, que vivia bom momento, apesar da crise por que passava o país. Comentava-se, à boca pequena, que ela seria destacada como empresária do ano e, embora não revelasse a ninguém, tal desejo crescia dentro dela a cada dia.

O perfil! Tudo nela era calculado, a exemplo dos passos com que caminhava até o carro, o que lhe aumentava a elegância e o charme, aliado à altura e ao corpo esguio, qualidades adequadas a uma mulher que pretende se impor. Muitos na empresa a consideravam pessoa que se julgava superior, de nariz empinado, mulher cheia de mistérios, esquecidos de que os salários eram bons, pagos em dia, com leis trabalhistas sempre cumpridas.

Negócios, sempre! Com as pessoas de convívio mais próximo, porém, tudo era diferente. Tinha muita simpatia pelo seu motorista. Ao entrar no carro, cumprimentou-o e perguntou-lhe como foi o fim de semana. O veterano chofer, conhecido como Alemão, por sua pele clara e o rosto avermelhado, desferiu um sorriso, ao responder que, no sábado, estreou no Clube de Jazz. Ela recebeu a notícia também com um sorriso, parabenizou-o e sentiu que aquela felicidade era um pouco dela também. Só que nunca revelaria a ele que conseguira sua admissão no clube ao conceder à filha do diretor um lugar na contabilidade da empresa. De qualquer forma, a filha seria admitida pelo bom currículo e por seu desempenho na entrevista. Uma mulher de negócios, porém, sempre veria oportunidade em tudo e, neste caso, ambas as partes seriam beneficiadas, dado o fato de que o motorista era tão hábil no sax como no volante.

Incertezas! De novo, o sonho! No trânsito, voltou a pensar na cena fielmente retratada no sonho. Em seguida, recordou a agonia que sentira depois daquela noite, marcada pelo medo de que alguém descobrisse e o pavor de que algo grave tivesse acontecido. Na semana seguinte, tudo se resolveria: o pai foi transferido para a sede da empresa na capital, mudaram-se de imediato, enquanto o rapaz foi estudar interno no colégio de outra cidade. Nunca mais se viram.

Ele, e mais ninguém! Depois apostou em envolvimentos que nada lhe trouxeram e, para compensar tudo, a total dedicação à empresa. Aos trinta e quatro anos, com a morte do pai, já viúvo, ocupou a direção da instituição, inclusive pelo fato de ser filha única. Agora, aos quarenta e cinco, tinha certeza de que ninguém foi tão marcante quanto a presença daquele rapaz em sua vida. Aquela canção e aquele momento ficariam marcados para sempre.

A confiança! Quanto à empresa, ia cada vez melhor. E, agora, ela estava indo para uma reunião, que, certamente, lhe traria ainda mais vantagens. Chegando ao prédio, dispensou o elevador, o encontro seria no segundo andar. Foi pensando, degrau por degrau, que, seguindo a rotina por ela adotada, evitaria as preliminares, tão comuns nesses encontros. Nada de comentários sobre o tempo, a bolsa, a política. Iria direto ao assunto. E, diante do outro negociador, ditaria as regras, e ele não teria outra opção a não ser render-se às suas propostas. Como em outras ocasiões, veria aquele homem reduzir- se à sua frente e estaria pronta para devorá-lo. O Dr. Rodolfo Maia, apesar da reconhecida competência, seria mais um a cair em sua teia.

Enfim, a reunião! Ao chegar à recepção, a secretária, visivelmente nervosa, antes mesmo de lhe pedir para assentar-se, disse-lhe que não houve como avisá-la a tempo. Que o presidente tivera um mal-estar quando vinha para a empresa, e fora hospitalizado.

Deveria ficar em observação e, por isso, não poderia participar do encontro. Pediu-lhe o obséquio de escolher entre marcar uma nova data ou ser recebida pelo diretor financeiro. Já ia responder que preferia o adiamento, quando a secretária completou que o Dr.

Eurípedes já estava à sua espera. O nome, pouco comum, lhe soou muito bem, trouxe até uma interrogação ao pensamento, que ela logo afastou, atribuindo o fato às emoções da noite anterior. Mas acabou optando por entrar.

Expectativas! Por seu lado, o diretor, que tinha sido transferido há um mês para a sede, ficara curioso quando ouviu o nome de sua interlocutora. Mas o sobrenome Silva Pereira poderia levar a vários homônimos. Afastou o pensamento, porque deveria se concentrar naquela negociação, devido à importância de seu resultado para a empresa e porque fora escolhido de última hora, o que lhe trazia certo nervosismo.

A apresentação! Ela foi anunciada e, quando entrou, ficaram frente a frente, e se olharam. Fez-se o silêncio imposto pelos grandes momentos. De novo se olharam e, surpresos, mantinham o silêncio. O espanto tomava conta de ambos. Foi então que os olhos dela, de um infinito azul, não tiveram dúvida: era ele! Ele, que também a reconheceu. E ficaram se observando, em pé, admirados e incrédulos. A interrogação cedeu lugar à exclamação! Ela, contrariando seu jeito de ser, mostrava-se agora ansiosa. Os olhos dele tinham o brilho envolvente e inquietante dos faróis naquela noite. Instintivamente, ela colocou as mãos espalmadas e trêmulas na mesa, gesto a que ele respondeu; não havia indícios de compromisso. De súbito, tirou a pasta da frente e, por descuido ou propósito, deixou que ela caísse. O silêncio se estendeu e, certamente, só ouviriam o trilar dos grilos, o coaxar dos sapos, o sussurro das águas do ribeirão e os murmúrios de um imenso e recatado prazer. E, logicamente, a música! Da interrogação foi-se à exclamação, a que agora se juntavam gostosas reticências...

A espera! Enquanto isso, o fiel motorista, como sempre, aguardava sua patroa lendo o jornal do dia. Sem nem imaginar que, na volta, conduziria uma nova mulher...

Em 7 de setembro de 2020, data em que Coromandel completa 97 anos de emancipação política, publiquei crônica em que presto uma homenagem à cidade que tão bem me acolheu e onde vivi por 11 anos, tendo me casado e constituído família.

Retalhos do paraíso

Outro dia, me veio o pensamento de que o Grande Pastor concede a algumas de suas ovelhas, com o objetivo de evitar que se desgarrem do grande rebanho, alguns retalhos do paraíso, uma espécie de amostra grátis, para convencê-las a querer obter, no futuro, a peça inteira.

Cito duas experiências: a de minha infância em Pará de Minas e de minha juventude em Coromandel. Sobre a primeira já escrevi algumas vezes, por isso hoje dedico-me à segunda.

Tudo começou no dia 11 de agosto de 1971, quando, na hora do crepúsculo, meu pai chegou em casa, demonstrando a felicidade sempre discreta como era de seu feitio, dizendo: "Você vai para Coromandel". Tratava-se da minha posse no Banco do Brasil, tendo sido a cópia entregue por um funcionário, já que sua oficina ficava perto da agência.

Foi o primeiro retalho. Em Coromandel já atuavam dois conhecidos que me deram informações favoráveis. A partir daí foi preparar o "enxoval", como se dizia, e sonhar. O processo foi lento, e somente em 18 de setembro, às 5 da manhã, tomei o ônibus para o novo destino. Cheguei a Patrocínio pelas 3 da tarde e embarquei em outro carro para Coromandel.

Ao chegar, o nervosismo, a ansiedade. Conto porque sei que muitos, pela emoção do momento, fizeram isso. Na época o anexo de um bar da cidade fazia as vezes de rodoviária. Desci e fui logo perguntando onde era o Hotel Maracanã, em que os novos funcionários do BB tinham-se alojado. Dedos apontaram para o outro lado da rua, onde letrais garrafais identificavam o hotel. Na segunda, dia 20, fui tomar posse. Calça social, gravata. O sonho do menino que morava em frente ao BB na rua Direita em Pará de Minas agora se transformava em realidade.

Uma nova etapa em minha vida começava. O meu paraíso era bem simples: pouco mais de 5.000 pessoas, cerca de 200 km de terra para chegar lá. Só pegava a Globo; e o jornal *Estado de Minas* chegava no outro dia, pelas 5 horas da tarde, notícias atrasadas. Fila para banho no hotel e ligações interurbanas que demoravam quase um dia para ser completadas. E, para ligação urbana, tínhamos de pedir o número à telefonista. E, dada a precariedade do sistema, conversas em linhas cruzadas, ou seja, nossa privacidade era prejudicada. Se bem que, em uma cidade pequena, todos sabem da vida de todos, as "redes sociais" funcionavam bem e a gente era feliz. No banco, tempo da gelatina (placa gelatinosa utilizada para fazer cópias de documentos), das cartolinas (os extratos de hoje, em que se registrava a movimentação do cliente), as chapinhas com letras impressas para identificar o nome do correntista no talão de cheques. Manivelas nos mimeógrafos, nas calculadoras, e na máquina do tempo, que parecia palpável e estar também sob nosso controle.

No dia a dia da agência, os clientes deveriam ficar perplexos quando a voz de um funcionário (tinha de falar alto no caso de interurbanos), vinda de uma pequena sala, dizia palavras estranhas ao telefone, geralmente nome de pessoas ou cidades, que serviam para indicar, por exemplo, o favorecido de uma ordem de pagamento. Se o cliente se chamasse HEITOR, o funcionário dizia: H de Homem, E de Ernesto, I de Ipameri, T de Taubaté, O de Oscar e R de Rio. Ah! e as filas. Extensas, com o murmurinho de conversas entre os clientes. Pode-se dizer, sem medo de errar, que ali eram feitos negócios, como venda de bois, carros, trocavam-se informações, contavam-se causos e mentiras. Até mesmo namoros devem ter começado nas filas, unindo pessoas que estão juntas até hoje. Em compensação, convivíamos com gente boa, receptiva, hospitaleira, que se orgulhava de ver pessoas, vindas de fora, se adaptando bem à cidade, e até se apaixonando por ela.

Dois bons clubes recreativos, cinco médicos, Santa Casa e uma clínica. No banco, o orgulho de ser útil e notar que a instituição era vital para o crescimento do município. Era comum ver, na época de plantio, o chão marcado pela poeira ou lama das botas dos fazendeiros em busca do crédito. Na porta, cavalos presos a argolas. "O maior banco agrícola do mundo" era o slogan da época.

Coromandel, ou simplesmente Coró, terra de produção própria, nada de importados, terra de causos. Vamos ao mais famoso: havia um avião da Nacional Cia. Aérea que parava em Coromandel para abastecer. Em época de muita chuva, o avião simplesmente... atolou. O fato inusitado fez o povo ir em romaria para ver a cena. Até que chegou o Hilarino, famoso por suas tiradas bem-humoradas, e ficou andando em volta da aeronave, observando tudo. Irritadíssimo, o piloto perguntou: "Você nunca viu um avião na vida?". Ao que ele respondeu de pronto: "Uai, sô, ver eu já vi. Mas atolado é o primeiro".

Havia ainda o famoso "banco da Ford", localizado também em frente ao Hotel Maracanã e frequentado por uma turma de amigos que dava notícias de tudo e de todos na cidade. E cada um se esforçava para não ser o primeiro a sair para não passar, de imediato, a ser o tema das conversas ao longo da noite. Outra boa fonte de estórias eram as pescarias, sobretudo no rio Paranaíba, onde se fisgavam peixes e mentiras de variadas espécies.

Coromandel, cidade dos diamantes. O maior do Brasil, que ganhou o nome do então presidente Getúlio Vargas, foi encontrado lá, em 1938, no rio Santo Antônio, com 726,6 quilates. Era normal ouvir que fulano "bamburrou", ou seja, encontrou um diamante ou um xibiu, como eram conhecidos os menores. O garimpo era uma grande fonte de renda para o município.

Terra natal de grandes músicos, Abel Ferreira, o maior clarinetista do país, seu filho Leonardo Bruno, maestro da Globo por bom tempo, e o compositor Goiá, que, com Belmonte, fez o hino sertanejo mais cantado no Brasil, *Saudade de Minha Terra*, gravado por várias duplas e com milhões de cópias vendidas. Além dos famosos carnavais de salão, inclusive atraindo pessoas de cidades vizinhas. Do profano ao sagrado: ouviam-se, pelo microfone da Matriz, as músicas colocadas pelo padre Lázaro Menezes saudando as manhãs. E as festas de Sant'Anna, São Sebastião, Nossa Senhora da Abadia, quando havia peregrinação ao município vizinho de Abadia do Dourados, além dos tradicionais festejos juninos.

Em 1973, após uma sessão de cinema, conheci uma menina de nome Wanda Lúcia; depois de dois anos e meio nos casamos, e, mais um ano à frente, nascia minha filha Ana Luísa. Quando a vi pela primeira vez, foi estranho. Um pequeno ser humano à minha frente, um pedaço de mim. Sensações indescritíveis. Retalhos, retalhos e retalhos. Tudo ficou ainda melhor.

No Coró, a vida era assim: a gente chegava a um bar, ouvia uns modões, escutava uns causos, tomava goles de cerveja ou da branquinha, discutia futebol, comia "pelotas" (nome das almôndegas por lá), rodeado de gente amiga e alegre. Tudo simples assim, feliz assim, gostoso assim.

Para arrematar: o escritor Carlos de Laet afirmou: "A vida se tece de mil mortes". Porém, dentro da minha pequenez, acho que, como contraponto, ela também cerzirá, pelo caminho, mil retalhos de felicidade.

* Publicado no *Jornal da AFA-BH* – Associação dos Funcionários Aposentados do Banco do Brasil – Belo Horizonte (MG), nº 213, março/abril 2022.

O velho Ataliba

Impossível imaginar o que nos espera nas curvas deste grande caminho que insistimos em percorrer por mais pesada que seja a caminhada. O imponente doutor, agora com 82 anos, com a saúde fragilizada desde os 70, estava aos cuidados de Gertrudes, que fora criada com sua família, dependente dela quase como uma criança da mãe.

Naquele domingo ele saiu, pontualmente, às sete e meia da manhã, para ir à missa das oito. Embora a igreja ficasse na mesma quadra, a antecedência se devia à ansiedade que os mais velhos trazem consigo. Apoiado na bengala, vestia o insubstituível terno azul-marinho dos domingos e, apesar do céu de brigadeiro, levava seu guarda-chuva, porque, a exemplo da ansiedade, a segurança é outra característica dos que têm a sua idade.

Com 82 anos, cometia a peraltice de sair de casa sem a Gertrudes. Como um menino que pula o muro para se fartar das frutas alheias, aproveitou o fato de ela estar regando as plantas e saiu de mansinho. A cuidadora, bondosa e com o zelo de sempre, deixava-o sair de vez em quando e ir sozinho à missa. O estado de saúde exigia cuidados, mas ela o via pela janela e seguia seus passos. Não precisava atravessar nenhuma rua, e as amigas da igreja já estavam avisadas e tinham o número do telefone da casa, para qualquer necessidade.

Nessas ocasiões, quando ele chegava, ela o repreendia com os olhos, e ele respondia com outro olhar que não escondia seu contentamento. As fases da infância e da velhice, muitas vezes, se confundem e se parecem.

Saía muito pouco de casa. Às vezes uma ida à padaria, ou um pequeno passeio na rua principal do bairro, quando se sentia bem ao ser reconhecido por algumas pessoas e ser por elas elogiado e festejado.

Mesmo em casa não dispensava o uso do terno e da gravata, tinha uma coleção deles ao seu dispor. Por gostar de ser servido, ou por querer sentir o toque dela, cabia à cuidadora vestir-lhe diariamente o terno, dar o nó e ajeitar a gravata, apertar os botões da camisa e levá-lo ao espelho, que, certamente, refletiria o presente, entremeado ao passado, para alegria daquele Narciso envelhecido e mergulhado em saudáveis memórias.

Naquele domingo, enquanto esperava o almoço, ele pediu um chá, e ela foi preparar. Ao tomar, notou algo que por vezes acontecia. Os olhos miúdos e azuis de Gertrudes o fitavam, não com a submissão de sempre, mas de um modo ameno, convidativo e, ao mesmo tempo, sofrido. Ele fixou-se nela também. Aquela troca de olhares sempre os fazia retornar no tempo. Ele se recordou de quando voltara à fazenda da família, com trinta anos, formado e após residência feita em um dos melhores hospitais da capital mineira.

Lá encontrou-se com aquela menina, com seus quatorze anos, que a mãe trouxera da roça para ajudar na lida da casa. A menina o olhou fixamente e, apesar de seus verdes anos, dava para imaginar a bela mulher que aquele corpo adolescente prenunciava.

Voltando a Belo Horizonte, Dr. Ataliba casou-se e foi feliz com Iolanda, mulher bonita e pertencente à alta sociedade belo-horizontina. Porém, a esposa veio a falecer, quando ele tinha quarenta e dois anos. A família insistiu para que se mudasse, mas ele preferiu continuar em Belo Horizonte, por motivos profissionais. Não mais se casou. De vez em quando, pensava na menina, sobretudo quando das visitas à fazenda, onde mútuos olhares se repetiam. Mas não se animava devido à diferença de idade, embora a distância social também pesasse, por se tratar de pessoa simples, humilde, de pouco estudo.

Aos setenta anos, Ataliba adoeceu seriamente, e os filhos enviaram a Gertrudes para cuidar dele, que insistia em morar sozinho. Teriam até então anos de boa convivência, mesmo com suas ranzinzices e manias. Alguém da família o visitava de vez em quando, o que para ele era indiferente, servindo apenas para comprovar ao parente, mais uma vez, que ele estava muito bem cuidado. Ela, eternamente virgem e dedicada. E os olhares se repetiam, sem censura, sem esperança, mas trazendo um sopro de vida aos dois.

Aos sábados, sentava-se com ela na varanda, ocasião em que relembrava o passado, sob o olhar doce da cuidadora, que, se nada tinha a contar, deliciava-se com as histórias de Ataliba, ainda que a maioria fosse repetida. E, de tanto ouvi-las, sabendo-as quase de cor, tentava buscar um fato novo, e o interesse inflava o ego de Ataliba. Por vezes, ele pegava sua mão direita, beijava-a e, depois, a devolvia ao colo da companheira.

Voltemos à realidade do domingo. Seguindo o ritual do dia, Gertrudes colocou para tocar o *Bolero* de Ravel. Ataliba, já com fome, e com um misto de rudeza e carinho, como era costume, mandou-a preparar o almoço. Ela, como sempre, obedeceu, e ele ficou a sentir o morno sol da manhã como uma carícia, assim como a brisa, a entrar por uma fresta da janela, embalado pela música, que tomava conta do ambiente. Veio-lhe o pensamento de quanto havia perdido não só de carícias, mas de tudo que constitui um amor verdadeiro.

Olhou para o relógio da parede e pensou nas várias voltas que os ponteiros poderiam ter dado envolvendo momentos tão felizes. Ficou observando o pêndulo, e este, como a hipnotizá-lo, o fez dormir.

Da cozinha Gertrudes o via descansar na cadeira de balanço e notou que o pêndulo parou, de repente. E pensou no quão inútil era manter o relógio, que sempre dava problemas. Em seguida, voltou a preparar o almoço domingueiro, o indefectível frango com quiabo.

Um momento sempre feliz e repetitivo na convivência dos dois. Gertrudes buscava o patrão na cadeira, afagava os cabelos que lhe restavam, dando-lhe a mão, para levá-lo à mesa. E ele, como se fosse surpresa, se alegrava ao ver seu prato preferido, beijando-lhe a testa em sinal de agradecimento.

Porém, naquela manhã, quando foi buscá-lo na cadeira, a fiel e dedicada Gertrudes comprovou, estarrecida, que não somente as máquinas param.

Na radiola, o *Bolero* também dava sinais de cansaço, diminuindo o ritmo. Nesse momento, ouviram-se as doze badaladas do sino da igreja, que dobraram como reverência ao grande homem que partia...

Sons da infância

Em primeiro lugar, os sinos! Anunciavam as horas, as chamadas para as missas e, embora tão distintos, formavam com os teares um dueto poético, que se tornou o *slogan* da cidade e consta do belo hino composto pelo Padre Hugo. Momento especial acontecia às 18 horas, ou 6 da tarde, hora do Ângelus. Era costume o sino tocar, as pessoas pararem e ficarem imóveis, para receber a bênção. Alguns chegavam inclusive a se ajoelhar nos passeios. Costume de uma cidade em que a religiosidade tinha uma força muito grande, com eventos que se espalhavam pelo calendário. Prova disso é que em uma data prevalecia não o barulho, mas um silêncio quase pleno, só quebrado pelo som da matraca, manipulada pelo folclórico e simpático Zé da Varge, e pelo cavalgar dos cavalos, com as ferraduras tilintando nas pedras das ruas. Era a Sexta-Feira da Paixão, dia da procissão do Senhor Morto, ou do Enterro, como se dizia. O cortejo começava na Igreja Matriz, se estendia pelas ruas de baixo e, apesar da extensão do percurso, quando os primeiros fiéis retornavam à igreja, muitas pessoas ainda estavam iniciando a caminhada.

Mas, no Domingo de Páscoa, a alegria era retomada e a festa se fazia na Praça da Independência com a queima do Judas, quando se lia o testamento por ele deixado com "bens" destinados a pessoas conhecidas na cidade. Geralmente, cabia ao Zé Campos, com seu humor refinado, ler o testamento, levando o público às gargalhadas. Depois, a explosão de um boneco recheado de bombas fazia a alegria sobretudo da meninada.

Um local que me chamava a atenção era a rua Dr. Higino, no espaço compreendido entre a praça Torquato de Almeida e o colégio das irmãs. Os teares funcionando a todo vapor na então Cia. Industrial

Paraense, o trem passando pela cancela e o barulho da serraria que ficava quase na esquina. Sem contar o ronronar das meninas voltando do colégio das irmãs, com saias plissadas azul-marinho e passos apressados, ou lentos, para conversas ao pé do ouvido.

O trem merece uma citação especial. Com seu barulho característico e seu apito ao longe, avisando que era hora da chegada ou da partida. Os nossos olhos infantis nunca se cansavam de ver o trem passar, e as nossas retinas hoje fatigadas, como disse o poeta, gostariam de vê-lo novamente, se possível todos os dias.

O burburinho do *footing* com as moças passando e grupos de rapazes formados ao longo do trajeto na porta da Farmácia Santa Maria, da loja do Domingos Amaral, Loja Avenida, Cine Imperial. Naquele espaço de pouco mais de uma quadra conversava-se sobre quase tudo, sendo a parte mais animada, e mais ruidosa, a esquina do Bar do Ary, onde o futebol predominava no bate-papo, principalmente o do Rio de Janeiro, em uma época em que as ondas cariocas eram bem mais fáceis de sintonizar do que as mineiras. No mês de maio, o *footing* se esvaziava um pouco com as tradicionais barraquinhas nos bairros de Lourdes, conhecido como Alto, e Nossa Senhora das Graças.

No domingo à tarde, o rebuliço causado pelas matinês com faroeste no Cine Imperial e comédias do Mazzaropi no Cine Vitória. Mais tarde o foguetório no campo do Paraense na entrada do time e na comemoração de um gol. E ainda podíamos ter, no caramanchão da Praça da Estação, os dobrados entoados pela Banda Santa Cecília.

Se tínhamos uma religiosidade forte, havia também o lado profano, representado pelos carnavais no Centro Literário. Eu morava em uma casa na Dr. Higino bem próxima ao clube e ficava escutando as marchinhas, até quando o sono me vencesse, e observando o entusiasmo dos foliões. Lembro-me dos lança-perfumes em um frasco dourado, confetes, serpentinas e tudo o mais que fazia a alegria dos salões.

Sirenes e apitos de companhias de tecidos, da fábrica de balas do João Binder, da Cerâmica Raquel, da Cooperativa de Leite. E buzinas na entrega do leite e do pão, este a cargo do Vasco Padeiro, que tinha um burrinho chamado Periquito, que, pela rotina diária, sabia o lugar exato das casas onde deveria parar. E o silêncio costumava ser interrompido também pelas explosões na serra de Santa Cruz, com a exploração da mina de agalmatolito, deixando uma cratera que depois a vegetação cobriu.

São esses os barulhos característicos da minha infância. Poderia dizer que os meus preferidos eram: o gostoso "tec-tec" dos meninos do seu Chico capinando as ruas; a voz de minha mãe me chamando para ouvir a Consagração a Nossa Senhora Aparecida na voz do Padre Vítor, às 3 horas da tarde, costume que mantenho até hoje, mas pelo computador e em horários variados; o apito do trem, o chacoalhar do trem, o encanto do trem.

Uma lembrança que merece destaque e que, quando me vem à memória, me emociona, principalmente em época de Natal, e que simboliza bem a Pará de Minas daqueles tempos: trata-se da voz do Zico Mãozinha em um carro de som, anunciando eventos ou com publicidades do comércio da cidade, tocando, nos intervalos, *Moendo Café*, com Poly e seu conjunto.

E quem me conhece bem sabe que não poderia faltar a narração de um gol do Flamengo pela Rádio Nacional, que escapulia do velho rádio Telefunken.

Tudo bem, caros leitores! E, às vezes, me vem a quase certeza de que essas lembranças, ao mesmo tempo em que me afagam, enchem-me de esperança de poder estimular os mais jovens a se abrirem a essas gostosas sensações nesta era da pressa virtual...

* Publicado no jornal *Diário*, Ano 21, n. 5.772, 15 de fevereiro de 2019, em coluna gentilmente cedida pelo escritor Luiz Viana David.

Trem das sete

O trem era tudo para ele. Morava perto da estação, próximo à rotunda. Até no apelido que o povo carinhosamente lhe dera ao chegar à cidade para a inauguração da linha: Piuí, lembrando o apito da locomotiva. Melhor que Próspero, seu nome de registro, que lhe rendia brincadeiras irritantes, sobretudo nos finais de ano. O trem era tudo. Não gostava de futebol, de pescaria, dos jogos na praça, de nada.

Teve amor por uma mulher e por ela estava apaixonado. Até que um dia Raquel lhe falou com a simplicidade de quem diz um bom-dia: "Não vai dar mais!". Aquilo não era uma frase e, sim, uma sentença, que o condenou à mais abissal das solidões. Era filha de um gerente de banco, que foi transferido para uma cidade do interior de Mato Grosso, a distância não permitiria. Sabia que ela tinha um namoro em cada cidade, mas pensou que com ele seria diferente. E nem lhe fora permitido fazer como Jacó que esperou 14 anos por sua Raquel. De Lias não quis saber, seguiu sozinho.

Pediu a ela que pelo menos deixasse para partir num dia em que estivesse de folga, no que foi atendido. Que outro levasse o seu amor, a mulher a que tanto se dedicara. Amor que não valia nada, que não chegou ao seu destino, nem mesmo até a baldeação: parou em uma estação qualquer, deixando um inverno prolongado no coração do pobre homem.

A estação paralela às paralelas do trem. E nessas paralelas ele tocaria o trem e tocaria a vida que seguiria nos trilhos. Tudo muito bem, ou quase tudo muito bem, até uma manhã em que, ao chegar à cozinha para o café, olhou a folhinha e deparou com algo assustador. Faltava um ano para sua aposentadoria.

Um ano exato para tudo se acabar. E Piuí começou a se preocupar. O que faria sem o trem em sua vida? Vivia com a irmã, a Das Dores, também solteira, que fazia todas as tarefas da casa. Preparava os pratos de que ele gostava, deixava tudo sempre limpo. Da casa só saia para as compras necessárias e para ir à missa todos os dias à noite na Matriz, levando seu missal, sua fé e sua simplicidade, cumprimentando todos que lhe cruzavam o caminho com um sorriso discreto.

O sorriso para substituir as palavras. Dasdores era surda e mais surda ficava com o passar do tempo, motivo por que os diálogos com o irmão, sempre raros, só o necessário, se tornavam mais escassos a cada dia. Podia-se dizer que a companhia de um aumentava a solidão do outro.

Na sua preocupação, que com o passar dos dias ia se transformando em agonia, Piuí pensara em outra atividade, talvez um carro na praça a ser comprado com suas economias; continuaria, assim, a serviço do povo. Mas não. Três, dois, na maioria das vezes um solitário freguês. Ficaria confinado a poucos metros quadrados sem a grandiosidade do comboio e com horários não planejados que lhe cortariam a rígida rotina de seus dias. Tudo seria bem diferente daquele amontoado de gente, que chegava, que partia, abraços, lágrimas por motivos antagônicos, a alegria das crianças, a estação cheia.

Tudo era agradável na rotina do trem. Passar pelos povoados que ficavam no caminho, ver pessoas, sobretudo crianças, admirando o trem naquele retalho de felicidade quotidiana para aquela gente humilde e sofrida. A alegria de passar pelas estações, o gostoso tumulto entre a parada e a partida, o apito que soava como música para seus ouvidos.

Isso tudo o fazia importante aos olhos do povo e aos seus próprios olhos. Sentia-se como que uma autoridade na pequena cidade, era saudado nas ruas. E as crianças muitas vezes se juntavam ao seu redor para ouvir histórias. Os garotos que jogavam bola em um terreno baldio ali por perto, os engraxates da praça, os meninos que trabalhavam na horta em frente à estação. A maioria das histórias era real, mas ele inventava algumas, para criar suspense e prender ainda mais a atenção da garotada.

Mas agora daqui a um ano teria de parar. O calendário na folhinha da parede virou um tormento. Aquela sucessão de números um dia chegaria ao total tão temido, os 30 anos de sua felicidade com o trem. Cada folha tirada pela Dasdores no calendário da parede lhe trazia um frio na alma e no coração.

Nesse dia, às sete horas da manhã, quando assumia o comando do trem, este ficaria a cargo de outro. Não haveria mais o trem das sete, ou "das sete e lá vai fumaça", como brincava o povo, porque às sete ele nunca chegava à pequena estação.

Até que esse dia chegou. Piuí foi se deitar no dia anterior sem saber o que fazer no dia seguinte.

E nesse dia tão temido, eram exatamente sete horas da manhã quando o trem apitou na estação. O apito tão estridente soou suave aos ouvidos de Dasdores, que ficou assustada porque o trem chegou na hora certa, o que nunca acontecia. Dentro de seu pequeno mundo, pensou que se tratasse do dia de folga do irmão. Por isso, resolveu não o chamar, porque nesses dias ele dormia um pouco mais.

Assim, se pôs na janela a se divertir com a pressa dos passageiros que corriam para pegar o trem, porque a chegada no horário alterou a rotina de todos, acostumados que estavam com seus atrasos.

E, depois, foi com seus passos lentos ao quintal para cuidar das flores e plantas. Com elas era possível dialogar.

Últimas vezes

Hoje, faço, mais uma vez, o trajeto de todos os dias. Estranho, e gostoso, pensar que, em uma cidade como Belo Horizonte, pessoas ainda conseguem ir a pé para o trabalho. As mesmas ruas, avenidas, as mesmas cores e, talvez, o mesmo número de passos. Só que, hoje, há uma diferença: será a última vez. Amanhã, não mais, cumprida, e comprida, a missão após 30 anos.

Última vez. Se esta vez derradeira, ainda que tão modesta, vai ficar marcada, seria o caso de me perguntar sobre tantas outras últimas vezes. E aí me lanço a esse exercício. Qual a última rede que balançou com um gol de Pelé, qual o Andrada que teve a honra de tomá-lo? Quais as últimas notas que Jobim acariciou ao piano, buscando a si mesmo em algum lugar do passado ou tecendo uma nova canção que não chegou até nós? Qual o último verso de Drummond, talvez aposto em uma folha que o poeta enrolou e jogo no lixo, julgando-se vencido na luta vã e quotidiana com as palavras? Qual a última ironia de Machado de Assis na sua também eterna batalha, cujas palavras o tipógrafo não pôde pinçar ao contrário e que não foi entintada na alvura da página?

Qual a última vez que nos lançou aquele olhar ameno/pleno/envolvente uma pessoa que tanto significou para nós e que hoje se encontra em outra dimensão? Qual a última vez que a pele da mulher amada tocou a pele daquele homem que hoje só tem a leveza do toque da camisa do seu time nas tardes de domingo?

Última vez. Qual a última vez que o bonde percorreu nossas ruas? Teria subido Bahia, descido Floresta? Qual o último beijo nas telas do Metrópole, qual o último beijo nas poltronas do Palladium, a arte imitando a vida, a vida imitando a arte?

Última vez, nunca mais. E eu caminho tranquilo, talvez porque, refazendo a rotina de todos os dias, ainda não tenha me dado conta de que nunca mais vai se repetir.

Um Buick nas tardes de domingo

Ano de 1962. Berta e Magda eram gêmeas e moravam em uma casa em um bairro de Belo Horizonte próximo ao centro da cidade. Berta trabalhava em um banco, e a irmã era enfermeira. Viviam sozinhas e sozinhas estavam no mundo. A mãe e o pai já haviam falecido. O pai, senhor Heinz, de origem alemã, deixou a terra natal e optou por Belo Horizonte, devido à sua experiência em comércio e ao clima, que diziam ser favorável à saúde de Heidi, sua mulher. Estabeleceu-se na capital mineira com uma loja de tecidos e, devido à habilidade nos negócios, construiu bom patrimônio, deixando gorda herança de que, com o falecimento da mãe pouco depois, as filhas passaram a usufruir.

Irmãs, gêmeas univitelinas, 24 anos, louras, bonitas, olhos verdes, amigas, com poucas diferenças entre as duas. Como no vestuário, por exemplo. Cada uma tinha seu guarda-roupa; Berta era mais conservadora no vestir, enquanto a irmã tinha um pouco de ousadia, sobretudo para aqueles tempos.

Magda era também mais namoradeira, três homens já tinham passado pela sua vida. Berta, por seu lado, convivia há um ano com Otávio, representante comercial de uma grande empresa. Alto, bonito, educado, tinha vários predicados para seduzir uma mulher.

Magda tinha certo ciúme, mas contido, mostrando-se amiga de Otávio. Inclusive, por ter mais dotes culinários que a irmã, costumava fazer os almoços de que o futuro cunhado participava, não economizando elogios a ela. Nesse quesito, uma ponta de inveja se instalava em Berta, que nada comentava.

Quando um Buick aparecia, tinha-se a certeza: era Otávio. O carro de praça era de um amigo dele de muita confiança, motivo da preferência. E o automóvel parou na porta em um domingo que marcou as duas irmãs, principalmente Magda.

Não era costume, mas naquela tarde ele portava um termo azul-marinho, uma gravata também azul, tudo parecendo de propósito para combinar com a cor de seus olhos, que Berta tanto admirava. Naquela tarde, ela usava, pela primeira vez, um vestido branco com listras pretas, que destoava de suas vestes habituais, sobretudo por conter um decote, ainda que pequeno, mas que mostrava a leve ousadia da moça de costumes tão conservadores.

Berta abriu a porta, correu e, subindo na ponta dos pés, abraçou e beijou o namorado. A irmã ficou olhando de longe e se impressionou com a cena. Talvez fosse o dia da afirmação daquele amor, que, provavelmente, em breve, se transformaria em noivado. Pensou até mesmo se ele faria o pedido naquela tarde. Incomodada, foi para o quarto, deitou-se e, quando foi avisada da presença de Otávio, pediu a irmã que se desculpasse com ele, por estar indisposta.

A partir daí Berta não teve dúvida: Otávio era o homem certo para ela. Honesto, reconhecido como excelente profissional pela empresa em que trabalhava, sem vícios, educado, gentil. Já Magda também chegara à conclusão de que não encontraria ninguém melhor do que Otávio. Não podendo fazer nada, confiava que o tempo lhe traria não o homem ideal, mas um homem a quem confiaria seu amor, mesmo sabendo que seria impossível esquecer Otávio, e que teria de se acostumar com isso. Magda ia se desculpando dia após dia pelo sentimento que guardava em seu íntimo e, ao mesmo tempo, mantendo o desejo de ter aquele homem.

O que Magda não imaginava, porém, era que aquele poderia ser o último encontro romântico de Otávio e Berta. Na madrugada de domingo para segunda ela ouviu um barulho no quarto da irmã e, ao chegar, deparou com uma cena que, certamente, nunca mais sairia de sua memória. A irmã estava com a boca um pouco torta, debatia os braços, tinha dificuldade na fala e, quando conseguia, eram frases desconexas.

Magda não perdeu tempo e a levou imediatamente ao hospital em que trabalhava, providenciando sua internação. O atendimento ficaria a cargo do Dr. Amadeu, uma das referências da área neurológica na capital mineira, e a paciente teve toda a atenção da equipe do hospital.

Magda se dedicava integralmente à irmã, levando as outras enfermeiras a se preocuparem. Há duas noites não conseguia conciliar o sono. Depois de muita insistência, conseguiram que ela fosse à sua casa, descansasse e voltasse na manhã seguinte.

Ela tentou novo contato com Otávio e conseguiu localizá-lo, tendo a promessa de que ele viajaria no dia seguinte.

Ouvindo sua voz, após o telefonema, Magda entrou em pânico. E, aos prantos, foi se condenando pelo que se passava em seus pensamentos. Queria que a irmã vivesse, mas, ao mesmo tempo, poderia ser a oportunidade de ter aquele homem para si. E se penitenciava por ter certeza de que as pessoas que elogiavam sua dedicação desconheciam o dilema que dividia seus sentimentos.

Na noite seguinte Magda sonhou com Otávio, que se declarava para ela. Amanheceu assustada, tendo Otávio ao pé da cama da irmã. Otávio tentava ouvir o que Berta falava, mas não entendia. Otávio e Magda se abraçaram, choraram juntos, e ela o colocou a par de tudo que acontecia.

Magda notou que, toda vez que procurava Dr. Amadeu, ele tentava dar-lhe esperança. Mas, por ela conhecer bem o médico, pressentia que também estava preocupado com a dificuldade de Berta em dar sinais de reação. Quando ela, junto com Otávio, foi perguntá-lo mais uma vez, notou que ele se mostrava ainda mais reticente.

Fala-se muito que certas pessoas esperam uma outra pessoa chegar, ou um fato acontecer, para depois se entregar. Otávio retornou à tarde; à noite, queria dormir no hospital, mas Magda preferiu ficar. E, na madrugada, Berta não resistiu mais.

Não havia mais nada a fazer a não ser tomar as providências necessárias nessas ocasiões. Depois de tudo, Otávio disse à Magda que faria uma longa viagem ao norte do País, onde a empresa queria expandir os negócios. E que, após esse tempo, faria a ela uma visita.

No mês seguinte recebeu um telegrama em que ele informava estar em São Paulo e que chegaria a Belo Horizonte dentro de dois dias. Com o tempo, Magda começou a se punir menos. A visita foi marcada para o primeiro domingo depois do término da viagem, na hora do almoço. E, levado pelo costume, pediu-lhe que fizesse um de seus pratos preferidos, à escolha dela.

A moça foi se preparando para aquele encontro. Jogaria todas as fichas naquela tarde. No domingo, logo após ter preparado o almoço, tomou um banho demorado. Depois, fez uma maquiagem que induzia à sedução. No momento de escolher o vestido, pensou, ficou na dúvida e, afinal, se decidiu: usaria o mesmo que Berta naquele domingo. E pôs-se a esperar.

Quando viu da janela da sala o Buick se aproximando, abriu a porta, caminhou apressadamente e, na ponta dos pés, abraçou aquele homem, beijando-o apaixonadamente. Ele correspondeu, e ela teve a certeza de que teria seu sonho realizado.

O Buick foi se afastando, e os dois caminharam lentamente, abraçados, com brilhos nos olhos, sem censura, como se o tempo tivesse parado no encontro do primeiro domingo e a cena continuasse agora. E como se nada houvesse acontecido nesse período.

Um capricho

Ele abriu a porta de saída do apartamento como fazia, invariavelmente, todos os sábados para ir à casa da mãe, que ficava no outro lado da cidade.

Só que desta vez a diferença começava pelas malas que ele nunca levava, por se tratar de breve visita. Ele estava, na verdade, deixando aquela casa. A situação se tornara insustentável, e Laura praticamente o havia expulsado dali após oito anos de união. Teriam de se ver, uma vez ou outra, por causa do pequeno Pedro, de seis anos. Mas seria só!

Antes de sair deram um último olhar em que, de um lado e de outro, foram recordados bons momentos. Mas depois, na sequência do filme daquelas vidas, veio o turbilhão de desavenças e confrontos. Não havia outro jeito. Ele abriu a porta e se foi.

Um mês depois Laura soube, por uma amiga, que ele estava com outra. Sem querer prolongar o assunto, respondeu, tentando aparentar tranquilidade, que ele cuidasse de sua vida, porque ela também iria recomeçar a sua. Só que com calma para não cair no mesmo engano pela segunda vez.

Chegando em casa, porém, uma dúvida começou a atormentar aquela morena com redondos 40 e dona de uma beleza e charme que lhe subtraíam pelo menos uns cinco anos, apesar da vida tumultuada dos últimos tempos.

Uma interrogação faz misérias na alma feminina. Este ponto que lembra um guarda-chuva, o mais simpático no nosso idioma, costuma fazer estragos incalculáveis. E a dúvida, ou melhor, a quase certeza, era: ele estava com uma loura. Só podia ser!

Uma loura! Detestava as louras. Desde a infância, quando nas reuniões familiares ou nas férias na fazenda da avó materna se irritava com a preferência de todos pela prima Estefânia, com seus cabelos ondulados e louros. Havia também na rua onde morava uma menina chata, feia, gorda e sardenta como que usurpada do conto *Felicidade Clandestina*, de Clarice Lispector, só que com os cabelos arruivados substituídos por uma densa cabeleira... loura, é claro! Ela, tentando compensar a falta de dotes físicos, andava sempre com o nariz empinado a zombar das outras crianças por ser rica, ter a casa mais bonita e tudo o mais que pudesse ser valorizado por aquela menina intragável.

Oxigenada, mas loura! Quando o namoro começou, no Científico, uma colega, Tereza, dava em cima dele. Fez tanto e tanto fez que os dois mudaram de colégio para que Laura tivesse paz.

Depois Carla, que fora contratada pela empresa onde ele trabalhava e era sua subordinada. Essa era loura, incontestavelmente loura, com uma pele alvíssima que lembrava os versos de Cruz e Sousa no poema *Braços*: "... brancas opulências, brumais brancuras, fúlgidas brancuras, alvuras castas, virginais alvuras (...)". E, como se não bastasse, um belo par de olhos verdes dignos de outros versos. Uma mulher impossível de passar despercebida por qualquer homem. Laura sentiu que precisava agir rápido e, usando a força da persuasão feminina em momentos de perigo – fez com ele se valesse da sua hierarquia na empresa, e Carla acabou indo para outra unidade, com promoção, porque, além dos dotes já citados, destacava-se na vida profissional. Antes um ponto final do que as interrogações que a enlouqueciam.

Finalmente, a vizinha do 302, Raquel, que se mudara para o prédio. Outra oxigenada, pintura forçada, mas loura. Até foi bom, porque Laura voltou a insistir com o marido e não só conseguiu se livrar da outra como concretizou o sonho de morar na Zona Sul.

Uma loura! Ele estava com uma loura! Todos os domingos ele buscava o filho que à outra se referia como tia Vera. Mas não queria colocar o inocente menino na história. Ou teria medo da revelação? Amigos comuns de que ela se mantinha afastada desde a separação também poderiam tirar a dúvida, mas ela não queria dar a ninguém o prazer de pensar que estava enciumada. Ou será que não haveria nela o prazer de regar esse sentimento como o fazia com as plantas a que dedicava um especial cuidado todas as manhãs?

Até que em um domingo o interfone tocou. Uma voz feminina se identificou como Vera. Disse que ele não pôde buscar o menino e pediu-lhe o favor de descer com o Pedrinho.

Era a oportunidade. Desceu pelo elevador imaginando vários rostos de louras, cabelos longos ou curtos, olhos verdes, azuis ou castanhos, oxigenadas ou não, lactescentes, bronzeadas, idades diferentes. Seria mais bonita do que ela? Mais nova?

Ao chegar à portaria, viu um carro estacionado com uma mulher dentro. E Pedrinho falou: "É a tia Vera!".

Quando ela foi se aproximando, e o vidro foi se abaixando, uma surpresa, ou melhor, um espanto. Deparou-se com uma mulher morena, bem morena, de uma cor marcante que denunciava certa influência indígena.

Vera a cumprimentou, e ela, estupefata, nada respondeu. Nem mesmo se abaixou para beijar o filho, como sempre fazia. Vera então abriu a porta, o menino entrou e foi embora. Provavelmente pensaria que a reação da outra fora motivada por ciúme.

Após o carro se afastar Laura ficou parada na calçada, sem esboçar ação nenhuma até que o porteiro se aproximou e perguntou se ela estava bem. Aí, sem nada dizer, ela foi até o saguão do prédio. Outro que pensaria tratar-se de ciúme.

Não chamou o elevador. Embora morasse no oitavo andar, começou a subir as escadas vagarosamente. De repente, sentiu uma gostosa sensação de alívio. E pelo trajeto deixava transparecer aquela alegria interna, que, se os lábios não acatam, os olhos deixam alardear.

Subia devagar, mas decidida a recomeçar sua vida a partir daí...

Um motel, uma preliminar...

Antes de contar a história, que é verídica, pergunto ao leitor qual o torcedor mais apaixonado que ele conhece. E garanto que, seja em quem for que o leitor tenha pensado, errou. E essa história – que volto a afirmar ser verídica diante de uma compreensível incredulidade de muitos – vai comprová-lo.

Aconteceu com um funcionário do Banco do Brasil do interior, que veio fazer um curso na capital. Tendo se divorciado há pouco, arrumou uma namorada bem mais nova do que ele, o que é muito comum aos homens.

A moça não conhecia Belo Horizonte e resolveu vir na quarta-feira e ficar até o fim de semana; assim, depois do curso que se encerraria na sexta, poderia aproveitar mais a companhia dele no fim de semana.

Mas, na quarta mesmo, foram a um motel. Início de namoro, o sujeito estava apaixonado. Apaixonado sim e, para ele, só havia uma paixão maior do que aquela: o time do Fluminense. Não perdia um jogo da Máquina dos anos 1970, época em que o tricolor esteve no auge.

Chegando ao motel, instalados no quarto, os dois na cama, ela teve uma ideia dessas que as mulheres amam ter, sobretudo nas ocasiões menos apropriadas, e... ligou a televisão! Foi aí que ele deu de cara com uma bola no centro do gramado para uma emocionante partida entre... Fluminense e Olaria!

O sujeito não sabia que o jogo ia ser transmitido, porque no interior não era costume. E o que sucedeu, meu caro leitor?

A morena estendida na cama, lingerie nova e com um perfume escolhido especialmente para a ocasião, à sua espera. Mas ele preferiu o pó de arroz tradicional!

E viu o primeiro tempo. No intervalo, assistiu aos melhores lances na voz vibrante de Leo Batista. O segundo tempo também foi totalmente acompanhado pelo fanático torcedor. Que comemorou a goleada do seu time: Fluminense 5 x Olaria 1.

E só depois do apito final do árbitro é que rolou a outra paixão e ele, afinal, desincumbiu-se da missão a qual se propusera naquela noite...

Certo é que mulheres gostam de preliminares. Mas dessa a morena não deve ter gostado é nada...

Uma história de Chico Anysio sobre Coromandel

Observação: conta-se que Chico Anysio fez este texto para tripudiar com seu amigo, o músico Abel Ferreira, nascido em Coromandel e considerado o maior clarinetista do nosso cancioneiro popular.

Nos anos 1960 o humorista Chico Anysio gravou um LP com vários monólogos, que faziam grande sucesso na época. E, em uma das faixas, falou sobre um personagem de Coromandel, que ele diz ter conhecido em conversa com Ziraldo.

Pois bem, o que se poderia esperar do maior humorista do País em todos os tempos, falando sobre uma cidade com o nome Coromandel (que soa estranho a quem nunca ouviu), em plena década de 1960? Uma tremenda zoação. Bem, vamos ao texto do monólogo:

"Coromandel é uma cidade que fica tão longe, que lá nem tem Casas Pernambucanas. Um dia, Neoquim, nascido no lugar, em viagem ao Rio de Janeiro, foi levado a uma boate onde haveria um strip-tease. E isso o Neoquim nunca tinha visto nem em casa. E tinha nove filhos.

Aí apareceu uma morena, morena mais pelo sol de Copacabana do que por assim ter nascido, uma morena de olhos negros, longos e lisos cabelos, que lhe caíam fartamente. E a morena usava um vestido onde sobrava um pedaço de voal. E ela dava voltas, e a cada volta que dava, o voal passava na cara de Neoquim.

Até que a morena começou o trabalho dela... que era tirar toda a roupa. E ela tirou o vestido, tirou a combinação (a história é antiga), tirou sobreloja, subsolo... e Neoquim encantado. Era a primeira que ele via, pessoalmente. Ele ficou tão nervoso que não bebeu o uísque, bebeu o balde com gelo. E a morena ainda andou para lá, para cá e dava novas voltinhas. E, de repente, apagaram-se as luzes e ela sumiu.

E Neoquim disse: "Quando chegar em casa, vou fazer isso com minha muié".

O dia seguinte era o da viagem e ele, antes de viajar, foi a uma loja e comprou uma vitrola, comprou um disco, na falta de ideia melhor, comprou *Saudade do Matão*. Pegou um avião, desceu em Uberlândia, desceu do avião, pegou um trem, andou um dia e uma noite, desceu do trem, pegou um cavalo, andou dezesseis horas, chegou em casa.

E botou o disco na vitrola.

– Belarmina, vem cá, muié! Belarmina, tira a roupa aí, muié!

– Que é isso, Neoquim? Meio-dia em ponto, ocê com essas ideia?

– Tira a roupa, sô!

Dona Belarmina, uma mulher nascida e criada em Coromandel e que de Coromandel nunca saiu um dia. Uma mulher familiar, domiciliar, o que tinha de fazer era obedecer. E fez o melhor possível. Tirou o vestido, tirou a combinação.

– Belarmina, agora cê anda até a porta da cozinha, vorta pro quarto, vem até o meio da sala.

Foi aí que, comparando a companheira de todos os dias com a fogosa morena do Rio de Janeiro, Neoquim desabafou:

– É muié, você é uma porcaria memo!".

Microcontos

A escritora

Em suas ficções, como severa juíza, impõe, aos seus personagens, duras sentenças. Irreversíveis!

Quem mais sofre, porém, é ela própria, ao cravar o derradeiro ponto final.

Descobre, sempre, que a esses seres de papel transfere apenas o que lhe vai no coração e na alma.

Dia de Reis

A maior alegria de dona Vivi, 91 anos, é a montagem do presépio. Ela e a filha vão colocando carinhosamente as peças.

Dia de Reis, hora de desfazê-lo.

Dona Vivi faz questão de recolher o Menino Jesus.

E, apertando a imagem contra o peito, ela implora: "Só mais um ano, meu filho! Um ano só...".

Dúvida nem tão cruel

Sábado, cedo. Cedo ou não? Tantas juras de nunca mais diante do espelho inquiridor. À tarde. Arde o desejo. As paredes, confidentes, silenciosas.

À noite. O açoite da solidão. As confidentes, não mais silentes, murmuravam.

Domingo pela manhã. Dia claro. Claro que tudo se consumou.

Pés

Ela tem os pés maravilhosos. Tanto que, descalços, dispensam outros nudes.

Cena bem mineira

Sábado, carrão do ano, sofrendo no chão batido, vi dois caipiras acocorados na linha do trem. Parei. Com chapéus, bigodes, pitando um cigarrinho de palha. Logicamente, o dedo de prosa. Riam gostosamente.

Pareceu-me que caçoavam de mim.

Semana de 2022

Tinha um Pedro no meio do caminho. No meio do caminho tinha um Pedro. E foi com ele que Leopoldina, moça pobre do subúrbio, se casou e fez sua independência.

Banhados em luar

Quando a viu no alto da torre, o homem apaixonado gritou: "Ismália, jogue-me suas tranças!". Ela jogou, ele subiu. E foram loucos e felizes para sempre.

Namorados

Inconformado com o fim do namoro, o rapaz ligou pedindo um encontro para rever a situação. A moça o esnobou: "A fila anda!". E andou mesmo. Quando deu por si, já era o próximo na fila da vacina.

Conquista

Finalmente, ele aprendeu a dar o nó na gravata. Chegou a duvidar, mas voltou ao espelho e comprovou. Só então se lembrou de que era o dia de sua aposentadoria.

Vida a dois

Os dois se conheceram. Namoraram. Termina, volta, termina, volta. Casaram-se. Aí, tudo se normalizou. E a vida do casal escorre lentamente como água cristalina em uma fonte. Insípida, inodora e incolor.

Pequena história

O pai, alcoólatra; o mais velho, à toa; a mãe, coitada! Adolescência, só nós dois, me obrigava a transar com traficante. Um dia, um homem; o casamento, uma filha. Tudo ia bem, mas perdeu o emprego, passou a beber e me agredia. Por que vivo aqui entre homens rudes e estranhos? Porque são melhores que todos os que conheci.

E agora?

Anos 60, normal bancário com gravata. Mas ele usava em qualquer lugar, e ninguém o via sem ela. Daí o apelido: Gravatinha. Um dia, o dono do hotel disse à sua noiva que ele a colocava até para dormir.

Na lua de mel, quando chegou à cama, ela se assustou: "Sem gravata? Nunca!".

Historinha

Ao acaso, no ocaso de nós dois, tivemos um caso. Redimiu-nos de todo o tempo perdido.

Indecisão*

Comprou formicida e guaraná, balas para o revólver. Ligar o gás e fechar a casa, outra opção. Resolveu pelo tiro. Faltava escolher o dia. Hesitava. Avocando para si o direito, o destino interveio. Em uma manhã, o infarto. Fulminante como o tiro que não houve.

* Publicado na Revista *Traços* (nome atual *Mar de Lá*) n. 2, junho/julho/2021, Paranaguá, PR.

Casos

A "concordata" da empresa

O caso se deu quando a Centro BH implantou o grupo de visitas na agência. Cada gerente de contas era acompanhado por um funcionário que lhe dava suporte interno, o chamado "sombra". Um dos gerentes tinha a Lúcia Helena como sombra. E os dois estavam preocupados com a situação de uma das empresas da carteira.

Naquela época, o cartório enviava uma relação contendo as anormalidades registradas contra as pessoas jurídicas.

Certo dia, colocaram em minha mesa o documento, e vi que, na última página, havia um espaço em branco. A máquina utilizada era elétrica, igual a que tínhamos em nosso setor. Aí, resolvi colocar o nome da empresa, o CGC (identificação usada naquele tempo) e o número do processo, seguindo o modelo do cartório. Precisava de um nome de juiz e coloquei Hugo Belardi, autor da música *Fim de Semana*, que estava nas paradas com a dupla sertaneja As Marcianas.

Quando a Lúcia viu aquilo, se descabelou. Ficou apavorada e tentando encontrar seu gerente, de todo jeito, para comunicar-lhe o fato. Não havia celulares, e sim o famigerado bipe. E ela não encontrava o colega em lugar nenhum.

O fato se deu pelas 11 horas e, quando foi por volta de 17 horas, a Lúcia conseguiu achar o colega. Na hora de falar com ele sobre o assunto, veio-lhe um clique e ela disse:

– Meu caro, não é nada não. Isso é coisa do Geraldinho...

A Rainha da Sucata

Estou evitando citar nomes, mas, em alguns casos, é impossível. E com a Lúcia eu sei que não há problemas, porque bom humor é o que não lhe falta.

Pois bem, no ano de 1993, a Globo lançou uma novela que fez muito sucesso. Com uma abertura diferente, uma música contagiante, contava a história de Maria do Carmo, personagem vivida por Regina Duarte, que ficou milionária com o aproveitamento de sucata.

Nessa época, a Lúcia era caixa no atendimento dos aposentados. Sempre atendendo muito bem, com muita amabilidade, se tornou um ídolo para o pessoal. Era uma espécie de "Xuxa ao contrário". Em vez da criançada, o pessoal da maturidade. Alguém, então, colocou-lhe o apelido de Rainha da Sucata.

Um dia, estava eu no atendimento, que conjugava aposentados com o pessoal da ativa. Um dos aposentados que estava na minha frente falou com o outro, apontando para a Lúcia:

– Sabe como eles chamam aquela morena? De Rainha da Sucata. Isso é pra você ver a consideração que esse pessoal tem com a gente...

E eu fiquei olhando para o teto, como se nada tivesse ouvido...

O início do processo de Qualidade Total

Nem japoneses, nem Falconi, nem ninguém. O processo de Qualidade Total teve início em uma agência do Norte de Minas. A dependência tinha apenas oito funcionários, e serviço que não acabava mais. E havia ali uma funcionária, de nome Maria João, que era um trator para trabalhar. Sua dedicação e sua produção eram inigualáveis, fatores que não eram contestados por ninguém na agência.

Só que havia um problema: no ciclo menstrual, a mulher "acabava", a ponto de a produtividade reduzir consideravelmente.

Preocupados com isso, administração e funcionários armaram um esquema para os dias de menstruação da superfuncionária. As datas eram controladas, e ninguém poderia faltar naquele período. Os serviços que poderiam ser antecipados eram feitos antes do período, e os que pudessem ser postergados no prazo em questão ficavam para depois. Todos teriam horas extras, ainda que compensatórias com dias de ausência. E mais alguns detalhes.

Assim, com esse EAP – Estudo de Aperfeiçoamento de Processos, conseguiu-se minimizar as dificuldades que surgiam com o período de menstruação da Maria João.

Tratava-se de "regra" a ser fielmente observada por todos na agência.

Eu quero ver a Xuxa

Havia na Centro uma funcionária loura, alta, que alguns chamavam de Xuxa, o grande sucesso da época. Só que a loura não gostava de fazer greve. Em um dos movimentos de setembro, vários funcionários se colocaram na porta da agência e "saudavam" os que entravam. Quando foi a vez dela, a turma gritou ironicamente: "Xuxa? Xuxa!".

Uma das funcionárias estava com a filha, então com seus três aninhos, e a menina, quando ouviu aquilo, virou-se para a mãe e disse:

– Mamãe, eu quero ver a Xuxa!

E foi uma dificuldade para contornar a situação. Como dizer para uma criança de três anos que a Xuxa não era a Xuxa?

A TV do Ricardinho

Década de 1970. Em Coromandel, aos domingos, gostava de assistir aos jogos na casa do meu compadre Ricardo Zerbeto, mais conhecido como Ricardinho. As esposas, sempre muito amigas, deixavam-nos à vontade, a comadre Nilda fazia ótimos tira-gostos, rolavam cervejas, beleza pura! E um fator decisivo para a escolha: meu time, o Flamengo, não perdia se eu visse o jogo na televisão da casa. Tratava-se do começo da Era Zico, o que explica a boa fase do time.

Mas superstição é coisa bem ligada ao futebol. O Ricardinho gostava de pescar e poderia ir, desde que deixasse a chave comigo. O negócio chegou a tal ponto que um grupo de vascaínos queria fazer uma vaquinha para comprar a TV.

Porém, certo domingo, o Flamengo perdeu, e de goleada, para o Palmeiras: 4 x 1!

Foi-se o encanto. Mas, quando o Mengão atravessa uma fase ruim, me dá vontade de perguntar: Será que a televisão ainda existe, jogada num canto qualquer?

O plantio de feijão

Os créditos agrícolas eram centralizados na agência Carijós. Daí, decidiram que todas as agências de Belo Horizonte teriam de atender aos que a procurassem para obter financiamento. Ufa! Foi o mesmo que alguém ir à agência de Coromandel ou de Manga para fazer uma operação de câmbio.

Certo dia, uma funcionária que nunca deve ter ido a uma fazenda na vida foi procurada por um agricultor. E, apavorada, sabendo que eu trabalhara no interior por muitos anos, chegou esbaforida em minha mesa:

– Olha, você tem de me salvar. Eu não entendo nada de crédito agrícola. E há um senhor aí querendo plantar feijão solteiro. E completou:

– Eu nem sabia que feijão casava...

No outro dia, o Lilico, que trabalhava na Cacex, fez uma charge com dois bagos de feijão, um vestido de noiva. Foi uma festa...

Pra ver a banda tocar

No meu setor, entre outras coisas, a gente trabalhava com a Fundação Banco do Brasil. E um belo dia eu precisei de uma vistoria em uma escola de música que pretendia um crédito. E chamei a Xênia para fazê-la. Quando viu do que se tratava, a loura veio com aquele discurso petista dos anos 1990. Aliás, ela faz questão de enfatizar que hoje não faria isso.

– Puxa vida, crédito para escola de música!? O banco devia se preocupar é com a população mais carente, com educação, com melhores condições de vida.

E acrescentou, antes de sair "pisando duro", como se diz quando uma pessoa está contrariada:

– Eu só vou porque você mandou!

Quando voltou à agência, a Xênia estava emocionada. E contou, quase com lágrimas nos olhos, que, quando chegou, os músicos estavam perfilados no pátio e a receberam tocando dobrados.

Dizer que o parecer foi favorável nem é preciso. Mas não foi por causa da homenagem, porque a Xênia era muito séria em seus serviços. É porque a instituição fazia jus ao crédito. Bem, vários presidentes do BB em seus 200 anos podem não ter sido recebidos com bandas de música. Mas a Xênia, assistente do setor de cadastro da Centro, foi...

Uma questão de... QI

A turma estava jogando cacheta no reservado de um bar próximo a uma agência do interior.

Para quem não sabe, uma rápida explicação para entender o caso. Na cacheta, o jogador sai com nove cartas na mão. E pode escolher se vai participar da rodada ou não, em vista da qualidade das cartas recebidas. Às vezes, é melhor retroceder e perder um ponto do que arriscar, perdendo dois pontos, se algum adversário bater...

Bem, para esse tipo de jogo, é essencial que haja um "sapo" na roda. E, nesse dia, havia um. E bem chato!

Certa hora, um jogador saiu com cartas muito boas, que induziriam qualquer um a ir para o jogo com convicção. Mas o jogador, na hora de resolver, olhava para as cartas na mão, pensava, pensava e não se decidia.

Olhando aquelas cartas tão favoráveis com o sujeito, o sapo não aguentou:

– Isso é até uma questão de QI...

E o jogador respondeu de pronto:

– É uma questão de QI mesmo. QI, vai; não QI, não vai...

Chaves em dois minutos

Hoje ele é gerente em BH. Mas, na época, era menor aprendiz em outra agência. Garoto muito inteligente, o pessoal acabava passando para ele serviços que não eram próprios de menor.

Certo dia, chegou um inspetor na agência. E o homem acabou reparando naquilo. Foi acompanhando o menino até que o chamou e, para alcançar seu objetivo, apelou para a vaidade do garoto. E disse:

– Garoto, pelo que vejo você é muito bom de serviço. Faz tudo.

E foi perguntando se fazia isso, aquilo, aquilo outro, e o menino respondendo, com orgulho, que fazia tudo. Aí o inspetor lançou um desafio:

– É, mas tenho certeza de que há um serviço que você não dá conta de fazer.

– Bem, seu auditor, tudo que me dão eu faço. Mas qual é o serviço?

– Aquele de fazer chaves para ordens de pagamento naquela maquininha...

– O quê? Olha, e não erro uma!...

Era um serviço que exigia sigilo e que devia ser feito por um funcionário e conferido por outro. Daí a irritação do inspetor.

Ele chamou os dois administradores e foi inventado o "créu". Depois, veio a dança...

A operação de câmbio

Depois ela se tornou uma das grandes administradoras em Belo Horizonte. Mas todo começo é difícil. Quando foi transferida para a mesa de negócios de câmbio, ela se mostrou toda disposta a aprender os serviços. Como a maioria sabe, as operações de câmbio têm nomes em inglês. E, no primeiro dia, um cliente, querendo ser amável diante da atenção demonstrada pela funcionária, falou:

– Olha, qualquer dia nós temos que fazer um *happy hour...*

Aí a funcionária, já muito ansiosa, ao ouvir aquelas palavras, nem pensou bem no que seria. E, tapando com a mão o áudio do telefone, falou:

– Gente, vocês têm que me ajudar. Estou com um cliente querendo fazer um *happy hour.* E eu nunca ouvi falar dessa operação...

Uma informação muito bem dada

Esta história aconteceu com meu amigo Luiz Araújo, com quem tive o prazer de trabalhar em Coromandel.

Certa época, o Banco resolveu que os funcionários que fossem aprovados no concurso para Nível Médio teriam que trabalhar em outras agências, inclusive, ou talvez sobretudo, naquelas consideradas como "de difícil provimento".

E o colega foi nomeado para Caiapônia, em Goiás. Se o nome da cidade já não era nada animador; ao procurar o mapa, a situação ficou ainda mais desconfortável.

Na viagem, à medida que o valente fusca adentrava o sertão, o moço observava, tristonho, que as coisas só pioravam.

Quando chegou a Rio Verde, precisou passar na agência para fazer um saque e aproveitou para perguntar ao caixa sobre a cidade. O colega disse que não conhecia, mas que ia chamar o Tatão, que já havia trabalhado lá.

Eis que chegou logo após um sujeito enorme, barbado, com uma proeminente barriga. Ao ouvir que o colega iria trabalhar em Caiapônia e queria saber como era a cidade, o Tatão falou com voz de trovão:

– O quê! Você vai para Caiapônia?!

E nada mais falou. Disparou uma sonora gargalhada e foi se abaixando aos poucos, sempre rindo, até ficar de cócoras, com o som se espalhando por toda a agência.

Imaginem com que astral o nosso amigo continuou a viagem...

É nesse caixa mesmo

Aconteceu na agência de Pará de Minas, com outro Luiz. Ele era caixa e, antigamente, cada um tinha o seu nome numa plaquinha.

Havia um senhor, com aquele ar de gente simples do nosso interior, que sempre ia ao caixa do Luiz. Outro não servia, só ele. Clientes com preferência por determinado caixa era algo muito comum nas nossas agências, por isso o fato passava despercebido.

Porém, certo dia, o Luiz pegou um atendimento complicado, com muitos papéis, e o pessoal da fila, atento ao fato, foi se transferindo para outros guichês. Mas o homenzinho continuava firme na fila do Luiz.

Ao chegar sua vez de ser atendido, o caixa lhe falou:

– Olha, fico honrado de o senhor sempre vir ao meu caixa. Mas hoje eu tive de demorar muito, e o senhor poderia ter ido a outro.

– Uai, seu moço, tem jeito não! Eu tenho de vir é aqui mesmo!

Sem entender nada, o Luiz lhe perguntou o motivo, ao que ele respondeu:

– É que eu sempre venho pagar uma conta. E na plaquinha aí tá escrito: "LUIZ!".

Favor dirigir-se ao piano ao lado

Por ocasião das comemorações dos 75 anos da Centro, vários eventos foram promovidos. Entre eles, um pianista que tocava músicas no andar térreo, chamando a atenção de todos, inclusive com clientes do andar de cima se debruçando no mezanino para ver e ouvir.

Mas sempre há aqueles para os quais nada serve. E um dia um cliente desabafou:

– Que piano que nada! Tinha de pôr é mais caixas...

O cheque-bolero

Hoje, o sistema de compensação está mais ágil. Mas, antes, no tempo em que este caso se deu, demorava vários dias, sobretudo se envolviam as chamadas praças "de difícil acesso".

Eu estava no setor de estudos de operações, e uma funcionária que sempre trabalhou no antigo Setop e nunca carregou um baú na vida veio me perguntar quantos dias levaria a compensação de um cheque do Rio de Janeiro. Às vezes a gente faz umas perguntas ao léu, sem motivo nenhum que se vincule ao assunto. E eu perguntei à funcionária de quem era aquele cheque, ao que ela respondeu:

– Ah!, este cheque é de uma pessoa famosa. É do João Bosco, aquele cantor e compositor. Ele é casado com a irmã de uma das funcionárias da minha equipe.

Aí eu lhe disse:

– Então são quatro dias. Dois pra lá, dois pra cá...

O cheque grávido

Na época, eu trabalhava no PAB Prefeitura. Minha mesa se localizava perto do caixa para atendimentos especiais: idosos, pessoas com deficiências e mulheres grávidas.

Aí uma caixa chegou perto de mim e disse que um garoto que estava na fila alegou ter entrado nela porque o cheque era da irmã dele. E ela estava grávida...

Olhamos para o garoto e percebemos, na cara dele, um ar de inocência.

E, acrescendo o fato de o expediente estar tranquilo, autorizei o pagamento do cheque. Pelo menos, deu uma história...

A pior agência do BB

O inspetor chegou à cidade e, depois de instalado no hotel, perguntou onde era a agência do Banco do Brasil. Foi informado que ficava na esquina da rua principal. Chegando ao banco, rapidamente providenciaram uma mesa para que ele ocupasse. Tão logo se ajeitou, pediu documentos e mais documentos.

Após analisar alguns, chamou o gerente e disse:

– Que coisa horrorosa! Nunca vi uma agência do Banco do Brasil trabalhar tão mal!

E o gerente, entre surpreso e aliviado, lhe disse:

– Meu senhor, aqui não é o Banco do Brasil! A agência de vocês fica na outra esquina...

Bota insônia nisso

O inspetor chegou ao hotel da pequena cidade e se instalou no primeiro andar. Ao deitar-se, nem sequer se preocupou com os zumbidos dos pernilongos, com os quais já estava acostumado. E, quando estava conciliando o sono, ouviu dois repetidos barulhos no andar de cima. E não mais conseguiu dormir.

No outro dia, queixou-se ao gerente do hotel, que lhe disse tratar-se de um fazendeiro que chegava a altas horas e tirava suas botas, jogando-as no chão. Ele garantiu que iria pedir ao fazendeiro que evitasse fazê-lo.

Na outra manhã, o inspetor aparece de novo com olheiras, e o gerente pergunta:

– O senhor não conseguiu dormir?

E ele respondeu que o motivo foi novamente o fazendeiro com suas botas.

– Mas eu conversei com ele mais cedo. Ele me disse que chegou, jogou uma bota e aí se lembrou do meu pedido e colocou a outra com cuidado no chão.

E o inspetor explicou:

– Pois é, ele chegou e jogou uma bota no chão. Aí eu fiquei a noite toda esperando que ele jogasse a segunda...

Um avião... atolado!

Leitor, imagine o ano de 1958 e uma cidade encravada nos sertões das Gerais, com estradas de chão batido, sem energia elétrica a não ser a de um motor que funcionava das 19 às 22 horas (isso quando não estava estragado).

Trata-se da minha querida Coromandel, onde trabalhei no BB por onze anos, casei e constituí família. Lugar de gente muito hospitaleira e também terra de artistas, berço do grande saxofonista Abel Ferreira, de seu filho, o respeitado maestro Leonardo Bruno, e também do festejado compositor Goiá, autor, entre outros sucessos, de *Saudades de minha terra*, regravada por tantos cantores e considerada um dos hinos da genuína música sertaneja do nosso país. Ah!, também terra de diamantes, tendo sido lá descoberto o maior do Brasil, que ganhou o nome do então presidente Getúlio Vargas.

Mesmo com todos esses fatores a favor, o quadro não era dos mais favoráveis para quem estivesse acostumado com cidades maiores, sobretudo a capital. Pois bem, nessa época um avião da Cia. Nacional fazia a ligação entre Araguari e Belo Horizonte e pousava em Coromandel, para abastecer.

Numa época de muita chuva, o avião simplesmente... atolou! E, como a chuva persistia, o avião não conseguia decolar. E o povo do lugar, sem muita distração, a não ser pescarias, a "branquinha" e ouvir pela Rádio Nacional os jogos de futebol dos times do Rio de Janeiro, fazia romaria para ver o fato inusitado e insólito.

Um dos que foram lá para ver o tal avião chamava-se Ilarino, conhecido na cidade por suas tiradas bem-humoradas. E ele olhava, espiava, dava voltas em redor daquele baita avião, coçava a cabeça, punha a mão no queixo, parecendo não acreditar no que via.

Imaginem o estado de desespero do piloto, naquela cidade há uns três dias, sem conseguir decolar. E, ao ver o Ilarino, olhando sempre para o avião que continuava atolado, perguntou, furioso:

– Ô, caipira, você nunca viu um avião na vida?

E o Ilarino prontamente respondeu:

– Óia, moçu, vê inté queu já vi. Mas atolado... é o primeiro!

Um apoio bem discreto

Esta também aconteceu em Coromandel. Em 1965, houve eleições para o Governo de Minas. Pelo lado do PSD, Sebastião Paes de Almeida, conhecido como "Tião Medonho" e, representando a UDN, Roberto Resende.

Já com a campanha iniciada, o governo militar impugnou a candidatura de Sebastião Paes de Almeida, e o PSD chamou Israel Pinheiro para substituí-lo. Mesmo "pegando o bonde andando", Israel Pinheiro foi o vencedor com 937.555 votos (53,2%) contra 793.409 (45,0%) do seu principal adversário.

A nossa história aconteceu em Coromandel, onde houve um padre, chamado Lázaro Menezes, que muito fez pela cidade, inclusive liderando a construção da Matriz de Santana, com uma arquitetura diferente dos padrões daquela época.

Em uma procissão antes das eleições, o povo se reuniu na Praça da Igreja, para ouvir o vigário falar. No final do sermão, Padre Lázaro disse: "Meus queridos paroquianos, estamos nos aproximando das eleições de outubro para o governo do Estado. Nós, padres, não devemos nos meter em política. Por isso, só lhes digo uma coisa: de um lado, nós temos o Dr. Israel Pinheiro, homem santo, de comunhão diária. Do outro, um tal de Roberto Resende, que eu não conheço...".

Ibope particular

No interior, o período de eleições é bem interessante. Há uma divisão entre amigos, parentes e até entre os funcionários do banco.

Depois do pleito, uns costumam ficar de cara virada para o outro, mas é por pouco tempo, depois tudo volta ao normal.

Em Coromandel, há um distrito com o nome de Pântano, em que houve um grande líder muito estimado pelo povo do lugar: o Sr. Pedro Caixeta de Carvalho, mais conhecido por Pedro Nêgo. E com uma influência tão grande que a urna do povoado era ansiosamente esperada tanto pelos seus partidários como pelos opositores. Se o partido dele estivesse na frente, era bem ampliada a diferença; se os adversários estivessem mais fortes, podia até mesmo haver uma reviravolta.

Conta-se que numa eleição, entre os cerca de 600 votos da localidade, o Pedro Nêgo teve apenas cinco que não votaram no partido dele. E que teria afirmado:

– Já sei quem foram: aqueles dois mesários que vieram de Coromandel, mais o fulano, o beltrano e o sicrano.

Pelo visto, naquele tempo, o voto no Pântano não era nada secreto...

Que banco é esse?

O cliente ligou para a área internacional e pediu para falar no setor de ordens de pagamento. Disseram que o assunto teria que ser analisado pelo Temístocles Mithriades, que se encontrava em horário de almoço.

O cliente então pediu para falar no setor de importação, e o funcionário respondeu:

– Vou passar o senhor para falar com o Aulus Gelius.

Aí o cliente, assustado, perguntou:

– Espera aí. Eu liguei para o Banco do Brasil ou da Grécia?

Troca de nome

Na extensa fila do Banco do Brasil em Coromandel, anos 1970, vários clientes comentavam sobre problemas na coluna. Aí um caipira falou:

– Uai, sô! Quando esse trem chamava suã, ninguém chiava!

Movido a álcool

O Dr. Sebastião, médico que prestou relevantes serviços à cidade de Coromandel, foi chamado em uma localidade na zona rural. Foi a cavalo, porque era impossível chegar de carro. De repente, chegou diante de um riacho. E um homem que estava por ali se ofereceu para levar o médico "na cacunda", como costuma dizer o pessoal da roça.

Só chegando ao outro lado é que o médico notou que o sujeito estava embriagado. Mas deu conta do recado...

Endereço errado

Houve uma época em que o BB oferecia crédito agrícola a juros subsidiados. Depois, com as mudanças da economia, o banco passou a não fazê-lo. Muitos que estavam acostumados com o crédito fácil e barato não concordavam com isso.

E, em uma agência do Vale do Jequitinhonha, um cliente procurou o gerente e começou suas lamúrias: que o banco era do governo, que tinha por obrigação dar assistência ao homem do campo. Que era necessário voltar com os juros subsidiados, que os créditos deveriam ser rápidos e sem muita burocracia, que tinha de haver o perdão das dívidas em caso de problemas com a safra, que era preciso cumprir o papel social do banco, afinal, era o Banco do Brasil etc.

O gerente ouviu as reclamações e, pacientemente, tentou explicar-lhe os motivos que levavam o banco a não fazer tais ações.

E, ao final da conversa, acompanhou o cliente até a porta da agência. Lá chegando, disse-lhe:

– Olha, pelo que eu ouvi do senhor, só me cabe fazer um complemento. – E falou: – Aqui, apontando para o imponente prédio, é o Banco do Brasil. A Sociedade São Vicente de Paulo fica mais à frente...

Foi só um sonho...

Em Coromandel, uma pessoa muito popular foi o Sr. Antônio Aguiar. Ele, como a esmagadora maioria da população da cidade, gostava da branquinha e da lourinha. Ficando doente e proibido de ingerir qualquer bebida alcoólica, certo dia ele sonhou que tinha ido a um boteco e pedido uma pinga acompanhada com fernet (espécie de bebida amarga). O dono do boteco não tinha fernet, mas, com aquela boa vontade da gente do interior, resolveu ir buscar num bar próximo.

Enquanto isso, o Antônio acordou. E se lembrando do sonho, bateu com a mão na cabeça e desabafou:

– Poxa, eu devia ter bebido sem fernet mesmo!...

Remédio eficaz

Seu Gama era um farmacêutico de Coromandel em tempos que longe se vão e personagem de bons causos.

Uma noite, chegou uma senhora com uma coceira irritante no braço e pediu-lhe um remédio para aliviar o incômodo. De pronto, ele pegou na prateleira uma pomada e deu à mulher, que perguntou:

– Esta pomada é boa mesmo, Seu Gama?

– É ótima, minha senhora.

– E melhora mesmo?

– Pode ter certeza.

– E se não resolver?

Aí o farmacêutico, já impaciente, deu a dica:

– Aí, a senhora mete a unha e coça...

A lei e a leitoa

Havia numa cidade das Gerais um juiz sério, sisudo, intransigente e que tinha uma particularidade: detestava ganhar presentes, por achar que seria uma forma de tentar induzi-lo a dar uma sentença favorável.

Por isso, quando o mineirim disse que queria mandar uma leitoa para o juiz, seu advogado foi logo tentando fazer com que ele desistisse da ideia. Disse que o processo era fácil, que ele iria ganhar com certeza e que, se estava demorando, é porque a Justiça é assim mesmo, a comarca era muito grande, havia muitos processos etc. E enfatizou que o juiz não gostava de receber presente, e que isso poderia atrasar o processo.

Passado menos de um mês, o advogado foi informado que seu cliente ganharia o processo. E, imediatamente, foi informar ao mineirim.

Este então falou:

– Qué dizê intão que a leitoinha que eu mandei pro dotô ajudô...

– O quê? – admirou-se o advogado. – O senhor mandou uma leitoa para ele?

– Sim, uai. E com um bietinhu muito do inducado...

– Mas o juiz detesta receber presentes!

– Mais eu mandei, sim, uai. Só qui em nome da ôtra parte...

O toque retal

Pedro e Paulo são gêmeos e, ao completarem 45 anos, marcaram seus primeiros exames de próstata, de que sempre consta o toque retal. Os exames seriam no mesmo dia, um após o outro, para facilitar.

Porém, a secretária notou que havia se enganado e ligou para Paulo pedindo-lhe mil desculpas e perguntando se a consulta poderia ficar para o outro dia, porque o horário marcado estava reservado a outra pessoa. Tudo bem.

O Pedro foi, fez o exame, nada comentou com o Paulo, que também nada perguntou. No outro dia, ao entrar no consultório, o médico, ao ver o Paulo, foi logo dizendo:

– Poxa, mas você gostou do exame, hein?

Orçamento na hora, sem compromisso

Numa das cidades por que passei havia um rapaz que costumava se trajar de maneira bem exótica. Barba bem grande, cabelos desgrenhados e uma espessa sobrancelha. Tudo isso cobrindo-lhe o rosto mal deixava espaço para os olhos. E gostava muito de andar com roupas pretas. Só que era muito inteligente e muito espirituoso. Um dia, um amigo lhe disse:

– Poxa, você desse jeito parece gente de outro mundo. Quanto você cobra para assombrar uma casa?

– Ué, depende. De quantos cômodos?

Tirando a carteira de motorista

Um dia, a banca do Detran foi a Coromandel e um senhor, conhecido por suas tiradas bem-humoradas, resolveu fazer o exame.

Ao passar por um dos hospitais da cidade, o instrutor mandou que buzinasse, ao que ele atendeu prontamente. Aí, o instrutor falou:

– Olha, não é permitido buzinar perto de hospitais.

E ele não perdeu a pose:

– Esquenta não, sô! Esse povo anda muito careiro! Tem ninguém internado aí não!

Chá comigo que é café pequeno

Entre os ex-funcionários da agência de Coromandel há uma controvérsia a respeito desta história. Os mais velhos, que tomaram posse na década de 1960, dizem que o fato não aconteceu e que é invenção dos "novos", que para lá foram na década de 1970 (que bom estar entre os "novos").

Bem, nos anos 1960 os telefones eram realmente pretos. Para conseguir uma ligação na cidade, era preciso falar com a telefonista. Pedia-se o número 361 para falar na casa do Benedito Dentista; 392, para falar na casa do Elpídio Barbosa, e assim por diante. E a pessoa precisava tomar cuidado porque as linhas se cruzavam facilmente. E conseguir um interurbano era tarefa das mais difíceis.

Falar então com Brasília era quase impossível. Naquela época, não existiam as superintendências em cada Estado e tudo era centralizado em Brasília. Desse modo, qualquer assunto referente ao funcionalismo tinha de ser resolvido na Capital Federal.

Mas uma vez um funcionário, além de conseguir a ligação, foi atendido por um funcionário muito educado, bastante cortês, que lhe deu toda a atenção possível. Seu nome era Ribamar. E aí virou moda falar com o Ribamar. Esse, sim, iria resolver os problemas e, se demorava, é porque as coisas eram difíceis mesmo, mas a qualquer hora a solução viria.

Certo dia, um funcionário, pretendendo uma transferência e sendo informado sobre o Ribamar, ligou ansioso para falar com o alto funcionário da Direção Geral.

Foi então informado que o Ribamar se encontrava em férias. E que ele era o contínuo do Departamento do Funcionalismo, tendo, entre outras tarefas, a de servir o cafezinho aos colegas...

O poder da Máquina

Em Coromandel, havia um cliente, de nome Geraldo Teodoro da Silva, que assinava seus cheques e, invariavelmente, colocava ao lado as letras FLU. Perguntado sobre o fato, que alguns pensavam ser um apelido, o cliente disse:

– Ah!, é porque eu sou apaixonado pelo Fluminense do Rio de Janeiro.

Em uma tarde, eu estava fazendo os lançamentos nas famosas cartolinas, quando vi um cheque do Geraldo. Só que não havia assinatura, mas das letras ele não tinha se esquecido: estavam lá o F, o L e o U.

Avisado sobre o caso, o caixa correu atrás do cliente, que, muito correto, providenciou a assinatura do cheque, e ficou tudo resolvido.

Só que o caixa teve de aguentar a gozação dos colegas.

É verdade que o Fluminense tinha uma grande equipe. Craques como Carlos Alberto Torres, Paulo César Caju e o grande astro Roberto Rivelino, entre outros, formavam o time que era conhecido por Máquina.

Mas daí a dispensar a assinatura em um cheque, com a simples aposição de suas iniciais, já são outros quinhentos.

Que, por sinal, era o valor do cheque...

Quantas ruas há em Belo Horizonte?

Quando eu trabalhava no Posto Avançado de Iguatama, o banco lançou a caderneta de poupança. O fato nos deixou entusiasmados, porque só tínhamos o RDB/CDB para captação e, agora, contaríamos com uma aplicação popular para conquistar os clientes.

Uma tarde apareceu na agência o Sr. Lélis Paulinelli. Pessoa tradicional, influente na cidade, tio do ex-ministro da Agricultura Alysson Paulinelli e, acima de tudo, gente finíssima. Após o atendimento, ele disse que iria à Minas Caixa para fazer uma aplicação em poupança. Foi quando eu lhe disse que, agora, o banco também tinha poupança e que ele deveria aplicar conosco. Ele me indagou por que escolher o BB e não a Caixa?

Então apelei para o seu espírito comunitário. Aleguei que o BB aplicava os recursos oriundos da poupança em agricultura, que era o forte da economia do município. E acrescentei que a Caixa, por outro lado, direcionava os recursos para o financiamento imobiliário. Assim, ao escolher a Caixa, ele poderia estar contribuindo para a construção civil. Aí, me lembrei de onde meu irmão morava e enfatizei:

– O senhor pode estar financiando a construção de um prédio, por exemplo, na Rua Marabá, em Belo Horizonte, por onde o senhor nunca vai sequer passar.

O argumento foi convincente, e o Sr. Lélis fez a aplicação conosco.

Passado um tempo, vi o Sr. Lélis vindo em direção ao Pavan, como era chamado o posto de atendimento. Pessoa de boa altura, um porte elegante apoiando-se na bengala, o indefectível terno, mesmo que fizesse um calor insuportável, e os óculos estilo *pince-nez*, características que lhe davam o ar de um lorde inglês.

Ao atendê-lo, o Sr. Lélis foi logo dizendo:

– Senhor Geraldo (apesar da diferença de idade, ele me chamava de senhor), ontem, me lembrei do senhor. Porque eu estou ajudando minha filha a comprar um apartamento em Belo Horizonte, e nós fomos conhecer um.

E completou, esboçando um sorriso:

– Na Rua Marabá...

A cerveja que desce...

Esta aconteceu com um grupo de doutorandos em Biologia da UFMG. O grupo foi fazer um trabalho de campo no interior de Minas, mas bem no interior mesmo. Depois de uma semana colhendo amostras no meio do mato, eles voltaram à vilinha, onde nem energia elétrica havia chegado ainda. Mortos de sede, avistaram uma vendinha – a única do povoado. Não sei se vocês já viram aquelas vendas com uma prateleira de madeira pregada na parede, no alto, atrás do balcão, onde ficam as bebidas. Pois tinha uma daquelas com algumas cervejas expostas. O grupo vacilou um pouco, mas acabou pedindo uma quase fervendo mesmo, pois a vontade era medonha. O dono, um mineiro típico, bem cortês, serviu a bebida. E aí foi a primeira, a segunda, a terceira... Quando pediram a sexta, o dono deu um sorriso amarelo e falou, constrangido:

– Cês vão me desculpar, mas agora só tem gelada...

O boteco tinha gerador próprio e uma geladeira lotadinha de cerveja "trincando". Perguntado por que não lhes dera da gelada, o dono da venda disse:

– Uai, os moços pediram da quente...

Vamos ver...

João Evangelho era um famoso marcador de quadrilhas em Coromandel. Ele e Jeromão eram famosos e muito requisitados para festas juninas.

Certa vez, o João estava com sua mulher em uma festa, quando viram dois periquitos. O macho bicava as penas da fêmea, aproximava-se de seu rosto, enfim, um belo namoro. Aí a esposa falou:

– Ô João, você devia ser mais romântico. Olha, até os bichos são carinhosos.

O João respondeu:

– Muié, vou te dizê uma coisa. Tenho certeza de que aquela não é a oficiar dele não...

DAM
ABCFG
MNTRS
VTKOAE

LÚCIO CÉSAR DE FARIA

A
Flávia e Mariana,
com todo o meu amor.

Prefácio

Lúcio, como ele mesmo costuma dizer, escreve para se divertir: se ele gosta e diverte-se, publica em redes sociais. A inspiração vem das caminhadas diárias com a esposa, na praia, com ela e amigos, de conversas em bares, mas, na maioria das vezes, emerge de momentos solitários, quando afloram saudosas memórias carinhosamente guardadas na mente, no coração e na alma.

Suas narrativas não têm a intenção de mudar o mundo, nem provocar polêmicas; tanto que temas políticos não são tratados. O objetivo é oferecer ao leitor a leveza de que tanto precisamos, resgatando o simples e o belo da vida, em escritos que nos alertam para a busca da felicidade que o menino teve, de sobra, e que o adulto pode resgatar, e reciclar, em parte, porque a vida sempre tem algo de bom a nos oferecer.

Não esconde que seu ídolo literário é Luiz Fernando Veríssimo, com seu humor inspirador.

O humor vem do pai, Henrique, que um dia brincou, dizendo que o filho teria que ser doutor, senão seria chamado no interior de "Sô Luço".

Não virou doutor nem ficou no interior, mas a sua terrinha querida, como se refere a Pará de Minas, continua dentro de si, evocando lembranças e, o melhor, gerando crônicas.

E é isso que veremos em seus escritos: humor, os tempos de infância e juventude e também temas atuais, não podendo ser esquecida sua grande paixão: o futebol.

Espera-se que os leitores se divirtam com seus textos, assim como ele se divertiu ao escrevê-los e se sente entusiasmado em compartilhá-los.

Prefiro não me identificar de imediato, utilizando-me de um pseudônimo e deixando ao leitor a conclusão de quem realmente sou ao ler a crônica intitulada *Idade*.

Mário Lúcio Faria

Paixão nacional

Como toda 4ª. feira, findo o expediente, ele dirige-se à feirinha próxima ao seu local de trabalho, para uma cervejinha regada a um bom papo – não, não está trocado: o objetivo é a cerveja, e o papo é acessório. De luxo, mas acessório. Assim como as próprias compras de verduras e legumes. Mas o que acompanha bem a cervejinha são os seus olhares a uma morena escultural, que só não se pode dizer que é de parar o trânsito porque ali o tráfego de veículos já é temporariamente proibido em razão da feirinha.

Esse dia foi especial: a sua mesa ao lado da turma dela, suas cadeiras lado a lado como se estivessem sentados à mesma mesa. E o assunto, por pior que fosse, era comum: a iminente guerra dos Estados Unidos contra o Iraque.

Vai-se um, outro mais, e logo restam poucos em ambas as turmas; o assunto, que já era o mesmo, acaba se tornando comum, agora sim como se estivessem em uma mesma mesa.

Assusta-se quando se vê ali, coladinho à sua musa, como se fossem parceiros de copo e de cruz.

E ela começa a lhe falar sobre a guerra, ou melhor, o absurdo da guerra, o desrespeito de Bush à ONU; quem era mais teimoso, ele ou Saddam, quantas vítimas em nome de uma guerra particular contra a qual o mundo se opunha, o risco de gerações americanas continuarem pagando por isso em atentados de radicais mulçumanos. A partir de então, ele não se lembra de mais nada do que ela falou, só tinha ouvidos e olhos para aqueles negros cabelos longos e ondulados, aquela boca carnuda, aquelas pernas longitudinais, aquelas coxas ressaltadas pela saia curta.

Só ficava imaginando uma batalha campal, um atracado ao outro.

De repente deu-se conta de que mais pessoas foram embora e outras ao banheiro e só os dois estão ali. Precisava urgentemente falar alguma coisa inteligente, mas, diante daquela visão perturbadora, o que lhe saiu foi apenas que ainda é mais a favor do lema "faça amor, não faça guerra".

Quando percebeu o chavão e já estava pensando em como se suicidar ali (talvez cravando um espetinho de coraçãozinho no seu próprio, já que a coerência sempre foi uma de suas buscas interiores), eis que aquela voz sensual simplesmente respondeu: "Eu também".

Depois de tantas cervejas, tentando ativar algum neurônio lúcido para um comentário menos idiota que o anterior, saiu-se com essa: "Bem que podíamos fazer amor como protesto a essa guerra estúpida".

E não é que colou?

Dali para o motel foi um pulo, ou melhor, vários, porque a cada sinal ele pulava sobre ela.

Chegando lá, a imaginária batalha campal tornou-se realidade. Seus corpos atiraram-se um ao outro, e entre abraços e beijos as roupas começaram a se espalhar pelo chão.

Eis que surge uma visão maravilhosa: um belo par de seios, naturalmente siliconados por Deus, tentando em vão ser escondidos por um sutiã vermelho-pecado. E continuaram com as trocas de carícias, que só depois foi entender por que são chamadas de preliminares.

Por fim, cai a saia, revelando uma minúscula calcinha preta, rendada.

E assim vê o seu pensamento de toda 4ª. feira materializar-se em sua frente: aquela morena maravilhosa, ali, deitada seminua, esperando para fazerem amor.

Ele em pé, diante daquela maravilha da natureza enfeitada por um sutiã vermelho e uma calcinha preta, ao tirar o relógio deu-se conta de que era chegada a hora de desfrutar do maior prazer da vida.

Deu meia-volta, pegou uma cerveja no frigobar, ligou a TV.

Que sorte! O jogo acabara de começar. E o Flamengo no ataque: Bola com Léo Moura, toca para Vagner Love...

* Publicado em maio de 2012 no blog *paraensedeminas*, de Luiz Viana David.

Amor à primeira vista

Foi amor à primeira vista. De início, platônico, porque, muito novo, nem saberia como lidar com ela. Crescemos juntos, e o contato foi-se acentuando. Ainda criança, lembro-me de ter dormido com ela ao meu lado na cama. Até que pude conquistá-la e tê-la completamente.

Nunca mais nos separamos. Eu tratava-a cada vez com mais carinho, e ela sempre correspondendo aos meus afagos, com infelizes exceções de rudeza. Nunca tive ciúmes; pelo contrário, ficava admirado quando via outro tratando-a com mais zelo do que eu. Mas muitas vezes tive que dividi-la com outros e fazer de tudo para que permanecesse comigo.

Ela sempre se renovava, mas eu envelheci. Hoje temos pouco contato físico: nossos encontros não são mais tão frequentes, e nem tenho o mesmo ímpeto. O que não quer dizer que a paixão tenha acabado, pois persiste mesmo à distância.

A você, bola, musa de tamanhos, marcas e cores diferentes, a homenagem de um amante que sempre se deliciou com sua forma e com os prazeres que proporciona.

* Publicado em junho de 2012 no blog *paraensedeminas*, de Luiz Viana David.

Mudanças

Naquela 6ª. feira tudo parecia igual: muito trabalho, calor, mas era 6ª. feira, e isso, sim, fazia a diferença; no sábado não haveria trabalho, poderia agora sair do serviço, passar pelo bar, tomar umas cervejas com os amigos e ir para casa. Quem sabe, fazer amor com a mulher, despreocupado, depois assistir à televisão?

A ideia o entusiasmava, e decidiu dispensar a cerveja no bar: hoje não, tenho de ir, quem sabe semana que vem...

Foi direto para casa, apesar das reclamações dos amigos. No caminho, pensava no trabalho: puxa, como é cansativo, mas recompensador. A turma é boa, o salário não é ruim.

Em casa, a mulher sentira o dia diferente. Algo lhe incomodava; olhou a casa e pensou em como gostava dela, em como era feliz ali, mas era sempre a mesma coisa. Sim, já se acostumara tanto, mas por que não dar uma mexida?

Pensou e começou a agir, em pouco tempo, com a ajuda da empregada, trocando tudo de lugar: os móveis da sala, da copa, dos quartos... Só a cozinha e o banheiro permaneceram incólumes àquele furor de mutação.

Ele chegou cedo em casa, mas a mudança já terminara. Abriu a porta, deu um passo e parou. Achou que tinha errado de casa, mas após alguns instantes reconheceu os móveis.

Entrou, deu um beijo na mulher, perguntou o que havia acontecido, cadê as crianças. Resolveu ir tomar banho.

– Decidi mudar, as meninas saíram, acha que ficou melhor assim?

No banho ficou pensando no impacto que a mudança lhe causara: iria se acostumar?

Voltando para a sala, passou pela cozinha, abriu a geladeira, pegou uma cerveja em lata e foi ligar a televisão.

Sentou-se: parecia estar em outro lugar. O velho sofá era o mesmo, assim como a televisão, mas estavam diferentes. Daquele lugar, nem parecia que o apresentador do telejornal falava com ele.

Começou a sentir-se um estranho em seu próprio lar. Levantou-se, foi até a janela, pensativo, e decidiu voltar ao bar.

Lá, tudo parecia mais íntimo. O dono, os garçons eram os mesmos. Até o pôster do Flamengo campeão do mundo em 81 estava lá, no mesmo lugar. Sabia aquele time de cor, sempre pensava como Raul fora injustiçado na seleção, na habilidade de Leandro e Júnior, na garra de Mozer e Marinho, na tranquilidade de Andrade e Adílio, na aplicação de Tita e Lico e nos gols de Nunes e Zico.

Ah, o Zico! Lamentava não ter tido um filho homem, que viesse a gostar de futebol e para o qual pudesse contar que havia visto atuar o melhor jogador do Brasil depois da Era Pelé.

De repente, pensou no serviço. Apesar de muito trabalho, gostava. Fazia anos que estava ali, sabia de tudo e era respeitado. Interessava-se por tudo, procurava ajudar a todos, era querido.

Pensou na casa: por que aquelas mudanças lhe fizeram tão mal? Teria que voltar para lá: ou se acostumava ou convencia a mulher a voltar tudo como era. Essa segunda opção era mais difícil. Voltou a pensar no trabalho, deu vontade de já ser segunda-feira e estar lá. Afinal de contas, sentia-se bem, seguro, estável, nunca imaginara que em casa pudesse ser diferente.

Pagou a conta, olhou pela última vez para o pôster do Flamengo e começou a caminhar para casa.

Afinal, logo seria segunda-feira, retornaria ao trabalho, ali não mexiam com ele. De repente, sentiu uma pontada no peito, lembrou-se da mulher, de sua casa e se perguntou: até quando?

* Publicado em julho de 2012 no blog *paraensedeminas*, de Luiz Viana David.

Pelos caminhos de Pará de Minas

Pará de Minas existe sim, senhor. E, se quiser conferir, fica a 80 km de Belo Horizonte, na margem direita da BR 262, na direção do Triângulo Mineiro. Com muito orgulho, sou de lá. E mais, flamenguista e pará-minense sou tanto nas horas boas quanto nas ruins. Por exemplo, de ouvir do Noé a seguinte comparação, referindo-se à tendência do ser humano à acomodação e não aceitação de mudanças: "Para quem não conhece Paris, Pará de Minas é bom". Como toda cidadezinha (o diminutivo aqui vai no sentido afetivo) do interior, Pará de Minas também tem causos de seu povo, alguns dos quais me atreverei a contar aqui.

Poderia muito bem começar descrevendo nossas glórias, como: "Terra de pessoas ilustres – Benedito Valadares, Ovídio de Abreu, Fernando Marinho, Hudson Praxedes, Manoel Deodoro, Joaquim Almeida...". Mas, como existem tantas virtudes na cidade, prefiro ficar com algumas exceções, nos casos que se seguem.

Os pará-minenses são chamados de "patafufos", porque o fundador da cidade foi um português baixo e gordo e por isso mesmo apelidado de "Pato Fofo", o que evoluiu (ou involuiu) para "Patafufo". Em compensação, os moradores de Itaúna, tão logo se inaugurou a luz elétrica em Pará de Minas, iam lá, curiosos, rodear os postes, pelo que foram alcunhados de "siririca, uma mosquinha que ficava voando em torno da luz. E assim ficamos vingados.

Em sessão na Câmara Municipal, há muito tempo, um vereador propôs a construção de mais um grupo escolar. Tendo sua ideia rebatida por outro edil, que afirmou já haver lá muitas escolas, lançou ao colega a seguinte afirmação: "Pois eu acho que a cidade deveria ter uma casa e um grupo, uma casa e um grupo, para ver se assim não aparecem sujeitos ignorantes como você!".

Como não poderia deixar de ser, em se tratando de interior, em Pará de Minas a birita come solta. E agora uma das grandes preocupações na cidade é quanto à próxima inauguração do Velório Municipal – como é que se comemora?

Deslizes linguísticos também acontecem por lá. Como a faixa que, na Praça de Esportes, anunciava a futura construção de importante obra: "Neste local será construído o Ginásio Pólio-Esportivo". O Ginásio hoje existe, para orgulho da cidade, e por lá atuam saudáveis atletas e não, felizmente, vítimas da poliomielite como se previa.

Como em muitas cidades do interior, existe em Pará de Minas uma rua principal (a rua "Direita"), onde se concentram o comércio e os bancos. Amigo nosso, bancário, muito ligado em remédios, todo dia, antes de ir para o serviço, passa pela rua Direita, de farmácia em farmácia, e pergunta, da porta, na maior expectativa: "Ô Fulano, algum produto novo?".

Já outro amigo, também bancário, muito gozador, aprontou boa com um ingênuo cliente. Tão logo lançado o Bolão Milionário do Galo, um dos compradores dirigiu-se ao caixa de nosso amigo para efetuar o pagamento da mensalidade. Como o banco não constava da relação de recebedores, nosso colega, para não deixar escapar a chance, saiu com essa para cima do cliente: "Aqui não recebemos esse carnê, porque todo mundo é cruzeirense. Você vai ter de pagar no Banco X". E lá se foi, humildemente, o nosso amigo efetuar o seu pagamento no banco indicado.

Há também o caso daquele conterrâneo, católico fervoroso, desses de puxar o coro na igreja, que veio à capital a negócios. Terminando mais cedo os compromissos, resolveu ir ao cinema e, vendo anunciado *Calígula*, entrou. Logo no início do filme passou mal, teve vômitos e, apressadamente, retirou-se. Quando contou o caso na terra, os amigos assustaram-se: "Mas como é que você vai a um filme desses?". E ele: "Pelo título, pensei que fosse filme bíblico".

Ah, ia me esquecendo: qualquer semelhança com pessoas vivas ou mortas é mera coincidência.

A crônica acima foi publicada originalmente, em dezembro de 1984, no *Janelinha*, jornalzinho da Associação dos Funcionários do Banco Central em Belo Horizonte. Naquele tempo, éramos cinco patafufenses no Banco Central em BH: eu, Fernando Marinho, Hudson Praxedes, Manoel Deodoro e Joaquim Almeida, este último falecido e os demais aposentados, restando o pretendente a escriba como legítimo representante ativo da colônia patafufense. O citado Noé não é o da arca, pois não sou tão velho assim, mas um colega aposentado.

* Publicado em setembro de 2013 no blog *paraensedeminas*, de Luiz Viana David.

Processo decisório

Há tempos ouvi um *feedback* sobre decisões que, como toda "retroalimentação" (interessante como hoje temos que dar destaque, em alguns casos, a traduções e não às palavras estrangeiras), foram devidamente consideradas e bem analisadas, sob dois enfoques: o primeiro, sério, como deve ser pelo lado profissional, e o segundo, como convém a todo "metido a engraçadinho", pelo lado do bom humor.

Pelo lado sério, podemos considerar que o processo decisório possui quatro dimensões:

Normativa

A mais tradicional. Se a norma permite, sim; caso contrário, não. O que parece óbvio nos leva àquele famoso caso do gerente do Banco do Brasil que, questionado por um funcionário sobre sua decisão, sob a alegação de que não tinha amparo na CIC (Consolidação das Instruções Codificadas), afirmou taxativamente: "Se fosse só para ler CIC, não precisava de gerente". Neste caso, incluem-se dentre as normas os critérios e orientações traçados pelas unidades centrais e seu importante papel de uniformizar procedimentos, para dar equidade às decisões das unidades descentralizadas. A estas cabe exercer o seu papel de, antes de qualquer submissão do assunto à unidade central, aprofundar o exame da matéria, se possível com o seu posicionamento a respeito, e não simplesmente "alçar o assunto por falta de previsão normativa".

Hierárquica

A decisão é influenciada, positiva ou negativamente, pelos superiores hierárquicos, que podem ser mais ou menos audazes com relação à interpretação ou questionamentos de normativos ou também conhecedores ou desconhecedores da matéria a ser decidida. Guarda intensa relação com a quarta dimensão, a pessoal, abaixo descrita.

Participativa

A rigor, sendo a competência regimental ou delegada para decidir exclusiva de determinada função hierárquica, cabendo ao seu ocupante a responsabilidade, este não estaria obrigado a optar pela abertura à participação de outros na decisão. A adoção de um processo decisório participativo está então vinculada ou a um modelo de gestão, tácito ou não, ou a característica pessoal, o que é mais comum.

O processo participativo deve estar claro desde o início, para que todos saibam se é o caso de se adotar a decisão consensual ou da maioria ou se o responsável pela decisão quer ouvir opiniões de diferentes pessoas para embasar sua decisão. A falta de clareza do processo pode levar pessoas a deixarem de participar, sob a alegação de que já ofereceram diversas sugestões que nunca foram aproveitadas.

Há o risco da "participativite", que é o exagero de banalizar o envolvimento da equipe em decisões mínimas.

Pessoal

A questão da personalidade entra em jogo: uns, mais corajosos ou atirados, outros, mais reflexivos ou tímidos; uns, mais democráticos e participativos, outros, mais determinados ou autoritários. Essas diferentes personalidades são fator determinante das decisões. Essas características pessoais podem se chocar com o modelo decisório adotado: uma pessoa autoritária terá dificuldades em ouvir opiniões diferentes das suas, bem como uma pessoa mais democrática, por querer ouvir sua equipe, poderá não tomar decisões tão rápidas quanto gostariam outros mais determinados.

Na dimensão pessoal, ou seja, consideradas as características individuais, desmembramos nossa profunda análise "profissiopsicossocial" em duas variantes: o metafórico e o astrológico.

Considerando as várias características individuais, desde aquele sujeito que, tomando conta de duas tartarugas, deixou uma fugir até aquele que teve a iniciativa de devolver a baleia Willy ao seu habitat, podemos identificar alguns tipos:

a) "Ejaculador precoce": é aquele que, antes de lhe ser completada a formulação do problema, já tem a solução pronta, completa, acabada e definitiva. Gera duas consequências: ou é o "fodão" respeitado por todos ou é visto como autoritário, por não ouvir mais ninguém;

b) "Japonês descansado": é aquele que adota de forma exacerbada o método japonês, ou seja, planeja, planeja, planeja, ou melhor, pensa, pensa, pensa, tanto, mas tanto, que acaba perdendo a oportunidade da decisão;

c) "Judiciário": protela deliberadamente a decisão, até que ela se dê por decurso de prazo e enseje o arquivamento do caso;

d) "Legalista": aquele que só aprova o que está explicitado em lei ou regulamento, ou seja, aquilo que independe de sua própria existência para produzir efeitos, já que está previsto em regulamentação. A palavra discricionariedade lhe causa, no mínimo, arrepios;

e) "Guilherme Tell": o que quer ter certeza de que vai acertar o alvo. Sua decisão tem que estar de acordo com sua equipe, com seus superiores e com a parte envolvida;

f) "Participativo egocêntrico": quer que todos participem da decisão, de forma consensual, desde que prevaleça a sua opinião. Se não for, cai no caso seguinte;

g) "Pôncio Pilatos": não assume como sua a decisão grupal, apenas lavando as mãos quanto à decisão escolhida. Guarda sempre a seguinte indagação: "Eu não falei que não ia dar certo?".

Pelo lado astrológico, considerando meus parcos conhecimentos, só posso analisar meu próprio signo, Gêmeos.

Os nascidos sob o signo de Gêmeos têm dupla personalidade. Por causa dessa dupla personalidade, o geminiano é tido como pessoa com dificuldade decisória. Essa dificuldade já começa ao acordar: qual o lado da personalidade exercer hoje? O lado extrovertido ou o tímido? O lado corajoso ou o medo de barata? O romântico ou o carnal? O espiritual ou o mundano? O sério ou o gozador?

Agrava-se a situação quando o geminiano olha-se no espelho e não coincide sensação e imagem.

Ele se imagina carnal e vê uma figura mal-acabada, barba por fazer, olheiras. Sente-se bem-humorado, mas mal consegue abrir a boca para escovar os dentes. Percebe-se corajoso, mas um simples corte ao fazer a barba o deixa com a sensação de estar esvaindo-se em sangue.

Foi por causa dessa característica geminiana que eu tive a ideia de fundar a AGEIS - Associação dos Geminianos Espertos, Incompreendidos e Sensatos, cujo estatuto se segue:

Art. 1° - Poderão associar-se à AGEIS os nascidos entre o período de 21 de maio a 20 de junho, desde que tenham certeza de sua data de nascimento.

Art. 2° - São direitos do associado:

a) Por não ter escolhido o signo sob o qual nasceu, ter prioridades em todas as escolhas durante sua vida;

b) ao morrer, escolher entre o céu e o inferno, ficando, enquanto decide, no purgatório;

c) querer e não poder.

Art. 3° - É dever do associado colocar sempre em dúvida qualquer questão que lhe for apresentada.

Art. 4° - O associado receberá uma carteira de sócio, com retrato de frente e de perfil, que lhe dará direito a intermediar conflitos em brigas de trânsito, reuniões de condomínio, mesas de bares, brigas de marido e mulher, discussões sobre futebol etc., cabendo-lhe o direito de não tomar partido por nenhum dos lados.

Art. 5° - A Diretoria será composta por um Presidente e um Secretário, podendo um mesmo associado ocupar os dois cargos.

Art. 6° - A Associação fará realizar uma reunião ordinária anual, que, para assegurar a tomada de decisões, terá caráter permanente, iniciando-se em 1° de janeiro e terminando em 31 de dezembro.

Art. 7º - Os casos omissos serão resolvidos por nativos de Leão.

Porém, como coisa típica de geminianos, a Associação não foi pra frente, talvez por falta de quem tomasse a iniciativa.

* Publicado em outubro de 2012 no blog *paraensedeminas*, de Luiz Viana David.

Compras

Antigamente era bem mais fácil comprar. Minha mãe me mandava lá no armazém do Zé Gentil, onde era atendido pelo Amadeuzinho. Feijão, roxinho ou preto; arroz, inteiro ou três-quartos, que era um arroz quebrado e mais barato. Algumas coisas tinham marca específica, como a gordura de coco Carioca, a farinha de trigo Boa Sorte e o fermento Royal.

Ainda havia os vendedores de porta em porta, de verduras e de frutas, sem falar no leite da vaquinha e na carrocinha de pão.

A carrocinha de pão, do Vasco Padeiro, era tradicional. Chegava pelo meio da tarde, buzinando, e as pessoas saíam de suas casas para comprar o pão ali na porta. A vaquinha, algum tempo depois, já se modernizou e era um carro com um tambor atrás, que vendia leite de porta em porta.

Lembro-me também de minha mãe me mandar comprar, no Bar do Ari, um copo de cachaça para colocar na pimenta que ela ganhara. Lá ia eu, menino, só de calção, copo lagoinha em uma das mãos e dinheiro na outra e depois voltando com a preocupação de não derramar uma gota sequer de um copo cheio de cachaça. Os mais novos irão estranhar venderem o "precioso líquido" ou "a malvada" para um menino, mas os tempos eram outros. E éramos vizinhos do Bar do Ari, já conhecidos.

Vinho era branco ou tinto; cerveja, Brahma ou Antarctica. Hoje, tudo está mais complicado.

As opções para compras são variadas, com infinidade de marcas, qualidades e preços. Ainda bem que existe o celular, para quando você se aventurar sozinho pelo supermercado e precisar esclarecer se o atum que está na lista é sólido ou ralado.

Por falar em compras, recentemente li que uma das melhores opções de paquera em BH é o Supermercado Verdemar. O que se confirmou posteriormente com o caso de uma amiga nossa que foi paquerada lá, com direito a número de celular e tudo o mais.

Aí fiquei me perguntando como seria essa paquera em supermercado. O homem, cervejeiro por natureza, coloca no carrinho uns vinhos franceses e queijos, para impressionar as mulheres. Já estas, para atraírem os homens, devem encher os carrinhos com pacotes de cerveja, carvão para churrasco, picanha. Os homens mais atirados colocam um pacote de camisinha extra large, tentando impressionar. Puxar papo é arriscado. Tem que ter cuidado para não parecer ignorante. O homem não pode parar em frente a uma banca de repolhos e perguntar à mulher se pode ajudá-lo a escolher uma boa couve-flor.

Nada se aplica mais do que o cuidado em não confundir alhos com bugalhos. Já que este espaço é livre e pode arriscar-se a também ser cultura, para facilitar a vida do leitor mais curioso, já adianto resultado de pesquisa na internet, dizendo que "bugalho é uma excrescência de forma arredondada que se forma em algumas espécies de árvores do gênero *Quercus* (carvalhos, sobreiros e azinheiras) na sequência do depósito, num dos seus ramos, de um ovo de vespa, que se desenvolve e se alimenta no interior do bugalho, onde passará por todas as fases das suas metamorfoses: larva, ninfa e adulto".

Vamos agora falar de vinho, ao qual estou tentando me acostumar, optando pelo tinto, não só pelo sabor, mas principalmente pelos benefícios ao colesterol. Ou melhor, ao colesterol, não; a mim, assim espero. Hoje não basta você escolher pela origem – argentino, chileno, português etc. Você tem de saber sobre a uva – cabernet, merlot, entre outras – e, ainda mais, tem de saber se no ano da safra choveu, fez frio, a seleção do país perdeu algum torneio importante, ou seja, tudo que possa ter afetado a cultura da uva e, em consequência, a sua qualidade e, com isso, o impacto no sabor do vinho produzido.

Cerveja tinha loura e preta, a qual se dizia boa para as mulheres darem leite. Hoje, prezado leitor, segundo o Sindicerv – Sindicato Nacional da Indústria de Cerveja, existem mais de 20 mil tipos de cervejas no mundo. Imagine que, se você quiser experimentar uma a cada dia, gastará 55 anos para a empreitada. Se excluir a segunda-feira, como tem gente que respeita, levará 63 anos!

Bem, meu caro amigo, se me suportou até aqui, vou lhe dar um conselho. Não ligue para essas minhas bobagens. Procure se interessar por bons vinhos, experimente novas cervejas, o que está na moda. Mas não se esqueça de que, melhor do que a qualidade da uva e do sabor da cerveja, o que interessa mesmo é a boa companhia. Sua esposa, namorada, seus bons amigos ou você mesmo, vendo um bom jogo ou um bom filme, lendo um livro interessante ou então escrevendo bobagens, como esta.

Um brinde à vida. Com moderação.

* Publicado em novembro de 2012 no blog *paraensedeminas*, de Luiz Viana David.

Natal e reflexões

Mesmo não acreditando que o mundo fosse acabar, a falta de tempo ou a praticidade, para não dizer a preguiça, fizeram-me esperar, pois não custava nada aguardar o fatídico dia 21. Como o mundo não acabou, aí vem o Natal e o fim do ano, tempo de reflexões.

Antes de falar no Natal, penso que o falso alarde sobre o fim do mundo deveria servir como reflexão sobre como podemos estar acabando com ele e avaliar a contribuição de cada um de nós para sua perenidade. E também para pensarmos se o que está acabando realmente não é o ser humano, que está perdendo emoções, tornando-se um autômato, um "tecnocólatra" insensível.

Não há como negar a importância e os benefícios da tecnologia e seu impacto sobre nossas vidas. Chegar hoje a uma reunião de trabalho sem um *tablet* faz qualquer um sentir-se um homem da Idade Média ou, pior, um homem das cavernas, se levar caderno e caneta.

A tecnologia está aí para nos ajudar, recusá-la é parar no tempo. Ou, usando uma linguagem moderna, parar na linha do tempo do Facebook. Porém, como quase tudo na vida, a tecnologia é uma moeda de duas faces: a boa, que aproxima, e a má, que afasta.

Mensagens eletrônicas são curtidas, compartilhadas, reenviadas sem nenhuma reflexão, sem crítica. Pessoas começam a "bater letras" – o bate-boca eletrônico – gratuitamente, em comentários de notícias, sem nenhum senso crítico, muitas vezes até desviando o assunto a partir das agressões.

Enfim, nada contra mensagens eletrônicas. Continuemos enviando mensagens, trocando informações. Mas vamos refletir sobre elas, sobre o interesse de cada um de nossos amigos em recebê-las. E, acima de tudo, vamos abraçar, beijar, amar mais. Não só pessoalmente; por mensagem também. Não é incoerência, é só colocar emoção.

E chegamos ao Natal. No meu tempo de menino, a Rua Direita, como assim era conhecida a Rua Benedito Valadares, na minha Pará de Minas, era um universo. Ali ficavam as lojas, as farmácias, os bancos, os cinemas, além de várias casas residenciais, hoje quase inexistentes.

Na tardinha do dia 24, o programa era percorrer a Rua Direita vendo as vitrines, as pessoas saindo com compras, um movimento infinito para um garoto da minha idade. As lojas concentravam-se praticamente em um quarteirão, mas para um menino aquilo deveria equivaler ao movimento atual de Nova York. Está bem, sem exageros: pelo menos ao movimento atual da Rua Direita em um sábado de manhã, que me espantou na última vez que estive na terrinha.

Depois do passeio, a ansiedade em esperar o presente de Natal, desejando ganhar um jogo de futebol de botão ou o melhor de todos os presentes, uma bola de futebol, musa-objeto de paixão eterna. E dormir abraçado com ela, aguardando ansioso o dia seguinte. Que era só de felicidade, só criança alegre nas ruas, com seus novos brinquedos.

E aqui não posso deixar de lembrar-me de meus pais, que, apesar das dificuldades financeiras, nunca deixaram faltar o nosso presente de Natal.

Com essas boas lembranças, desejo um feliz Natal para todos e um 2013, número da sorte, de plenas realizações, felicidade, amor e paz.

* Publicado em dezembro de 2012 no blog *paraensedeminas*, de Luiz Viana David.

Nota: em fins de 2012, veiculou-se a interpretação de que o fim do mundo estaria marcado para 21 de dezembro, com base em inscrições realizadas em pedaços de pedra com mais de mil anos, descobertas no século 20 e mal interpretadas desde então. Essas inscrições representariam o calendário usado pelo povo maia, que duraria exatos 5.125 anos.

Reflexões praianas

Para a maioria das pessoas, praia é local de relaxamento e lazer, mas, depois de certa idade, serve também para reflexões e contrariedades.

Quando me aposentar, devo frequentar Cabo Frio, minha cidade praiana preferida, fora de feriados, mas por enquanto é encarar essas temporadas, com excesso de seres humanos, como costumo dizer.

Antes das contrariedades, as reflexões. A que me vem sempre à mente, em qualquer praia, é a coragem dos primeiros navegantes em subir num barco ou em uma caravela, mesmo assim, precária, com seus rudes conhecimentos e aventurar mar adentro à procura de outras terras. Coragem semelhante, para o menino que eu fui, nos tempos de peladas na porta do campo do Paraense, vi a dos garotos do bairro Cerâmica, comandados pelo Ney, irmão do Vianey, que se lançaram em uma jangada nas águas tormentosas do ribeirão Paciência.

Coisa feia, mas inevitável em praia lotada, é ouvir conversa alheia. Com tantas barracas encostadas umas às outras e beneficiado pelo princípio de que o som se propaga em todas as direções e sentidos, não há como não ouvir a prosa dos outros. Às vezes me vem a vontade de dar uns palpites ou puxar conversa. Não há esporte melhor para relaxar do que jogar conversa fora, em boa companhia e em qualquer lugar.

A conversa muitas vezes vem carregada de sotaque mineiro naquelas areias fluminenses. É fácil distinguir mineiros de cariocas, fora o sotaque, claro. Antes, é necessário distinguir fluminense de carioca: fluminense refere-se ao Estado do Rio de Janeiro e carioca, à cidade maravilhosa. Pois bem: chegou e sentou ou deitou-se na canga, é carioca; chegou com isopor ou, como é chique agora, *cooler*, é mineiro.

Hora das contrariedades. Sim, leitor, já vou concordar parcialmente com você antes mesmo de você chegar a esta conclusão: a idade vai aos poucos nos deixando mais impacientes e sistemáticos, este conceito na visão geral. Mas aqui eu vou me defender, dizendo que ser sistemático é simplesmente não mais concordar com a maioria e fazer o que ela quer: é fazer o que a gente quer, aquilo de que aprendeu a gostar e evitar ou condenar o que a vida nos ensinou assim.

Preocupação com o próximo na praia? Esqueça. Queria evitar o infame trocadilho de que "o próximo está cada vez mais distante", para me poupar dos preciosos comentários dos leitores de que, além de sistemático, estou ficando bobo, mas essa é a verdade. A do trocadilho, não a do possível pensamento de vocês a meu respeito.

Vilão número 1: frescobol. Praia lotada, crianças indo e vindo do mar, casais fazendo caminhadas, e várias duplas reservam-se o direito a um espaço particular para o frescobol, interrompendo centenas que estão indo ao mar ou fazendo caminhada na areia. Com tanto espaço livre atrás das barracas, esses seres têm que se exibir ali, talvez na falsa ilusão de que a praia inteira irá parar para aplaudir suas jogadas. Isso sem falar no risco de levarmos raquetadas e boladas.

Antes da segunda condenação, tenho que pedir clemência aos deuses do futebol, esporte que tanto admiro, pois o meu coração dói em apontar isso: bola na praia, seja em pelada, roda de bobo ou altinho. Meu coração se divide, não posso negar que às vezes dou uma espiadinha na categoria de alguns atletas, mas o efeito negativo em praia cheia é o mesmo do frescobol, por não ser usado o espaço próprio, e sim a faixa entre as barracas e o mar.

Terceiro: lixo nas praias. Aliás, isso não é só nas praias, mas em qualquer lugar. Desculpem-me os amigos fumantes, mas alguns simplesmente terminam o cigarro e jogam a guimba onde estiverem: praia, rua, vaso de planta, como se em seguida o cigarro simplesmente se autoexterminasse. Tudo bem que, no final da tarde, um batalhão da prefeitura passa limpando a praia, mas pergunto: custa levar um saquinho de lixo e coletar nele restos de comida, copos descartáveis e outras coisas? A exceção são as latinhas de cerveja, que servem de sustento para os catadores. Eu e minha filha ficamos condoídos em ver uma gaivota comer um pedaço de plástico.

Tentando minimizar o risco de ser considerado mentiroso pela jangada nas águas tormentosas do Paciência, bobo pelo trocadilho e sistemático, deixo aqui o meu otimista recado final: vale a pena; o que recompensa tudo é a beleza do mar, uma boa caminhada pela areia, uma água de coco gelada e depois algumas cervejas com um bom papo, levando fé em que as pessoas possam se despertar para a consciência coletiva.

* Publicado no blog *paraensedeminas*, de Luiz Viana David, em fevereiro de 2013.

Pesos e medidas

A passagem de um asteroide de 45-50m de diâmetro e 130 mil toneladas me fez consolidar algumas reflexões sobre pesos e medidas. O asteroide passou próximo à Terra, a apenas 27,7 mil km. Parece longe, mas isso equivale a menos de um décimo dos 384 mil quilômetros entre a Terra e a Lua. Primeiro, a imagem sensacionalista do asteroide tangenciando a Terra me trouxe à lembrança o meu professor de Geometria, Mozart Campos. E também o Vicente de Paulo Mendonça, de Física, sobre erro relativo, que significa que errar meio metro em onze metros é bem diferente do que em 27 mil km. Ronaldinho Gaúcho que o diga, no pênalti perdido contra a Inglaterra.

A primeira vez que eu tive a sensação de voltar no tempo foi num ônibus da empresa Santa Maria: saindo do trevo da terrinha, Pará de Minas, uma placa anunciava Belo Horizonte a 83 km; passados 10 km, outra placa, desta vez com a distância de 93 km. E essas placas ficaram lá durante anos. Claro que percebi logo tratar-se de erro, pois não imaginei que o ônibus estaria de ré. Não por azar, como imagina o Cuca, que não gosta que o ônibus do seu time dê ré, mas porque não sou bobo nem supersticioso.

Para mim, algumas coisas tinham que ser regulamentadas pela ABNT. Um exemplo: apetite de garçom. Um casal no restaurante pergunta ao garçom se o prato é individual ou se serve duas pessoas. Dependendo do apetite do nosso estimado servidor, que embasará sua resposta, compramos gato por lebre, às vezes literalmente, mas na maioria das vezes deixando sobrar ou faltar comida.

Ainda sobre restaurante, a foto no cardápio também deveria ter norma da ABNT, pois pode ser enganosa, ou seja, dependendo da proximidade ou do afastamento da imagem, dá impressão de que a quantidade de comida é muita ou pouca. Eu já me enganei assim com a foto de um joelho de porco no cardápio, que me fez pedir um só para mim. Quando chegou o prato, meu primeiro pensamento foi conhecer um porco fornecedor, cujas proporções até hoje não consegui imaginar diferentes das de um boi.

10min ou 2 gols. Até hoje me arrependo das regras de nossas peladas de futebol de salão na Praça de Esportes, principalmente da duração da partida, 10 minutos ou 2 gols. Quem desse o azar de cair num time pior, corria o risco, pela quantidade de times, de jogar 5 minutos de meia em meia hora, enquanto privilegiados permaneciam na quadra por meia hora ou mais. Outra bobagem era, no caso de empate, em vez de par ou ímpar, a disputa de pênaltis, às vezes interminável. Ainda bem que a experiência serviu para corrigirmos essas bobagens na nossa atual pelada de sábado em BH: à exceção da primeira partida, o time joga duas de 15 minutos e sai, independentemente de resultado, procurando equilibrar o tempo de jogo para todos. Além disso, garante pelo menos 30 minutos de exercício, assegurando o que afirmam ser o mínimo para o bem da saúde, que são 20min. Em caso de empate, cara ou coroa, decisão rápida. Fica a dica para a meninada afoita, que um dia precisará focar mais a saúde do que a vontade.

1 hora e meia ou 40min. A missa do Padre Hugo, com seus intermináveis avisos paroquiais antes da bênção final, e a do Frei Amâncio, ou Frei Guilherme, na capela do Hospital, com a objetividade do ataque do Botafogo daquele tempo, do qual era torcedor.

16 anos ou 18 anos. Com 16 já se pode votar. E também roubar, assaltar, matar, porque a maioridade penal é só aos 18 anos; por isso, não raro, em qualquer atitude criminosa está envolvido um "de menor" para assumir o crime e minimizar a pena dos seus amiguinhos.

60 ou 70 anos. 60 já te dá regalias da melhor idade, mas a aposentadoria compulsória no serviço público é aos 70 anos. Aos 60 anos, gostaria de desfrutar de meus direitos da melhor idade, transitando entre Copacabana, Leblon, Ipanema... bairros de BH, que seriam alcançados pelo direito a ônibus de graça. Pensando bem, melhor não, assustado pelo parágrafo anterior.

0 mg/litro de ar e 1 ano. A vida toda você ouviu que um cálice de vinho tinto por dia faz bem à saúde. Agora isso é ainda

mais verdade, pois se for pego numa blitz da lei seca ficará andando a pé durante um ano, o que faz um benefício enorme à saúde. Um cálice, de vinho do Porto, em um homem de 70 kg, resulta em 0,11 mg/litro de ar, o que está dentro da faixa de 0,1 a 0,29 mg/litro de ar, que prevê multa e suspensão do direito de dirigir por um ano. E não adianta argumentar que Jesus transformava água em vinho, pois terá como resposta que naquela época andavam a pé ou no lombo de burro ou mula. Hoje, burros seremos nós, se continuarmos achando que temos consciência do nosso estado e condições de dirigir após os moderados hábitos que mantivemos durante muito tempo, pois agora nos transformam em potenciais assassinos, como diria o Arnaldo Cézar Coelho – embora eu preferisse citar o José Roberto Wright –, a regra é clara. Até a Igreja está recomendando aos padres trocar o vinho pelo suco de uva. Não me perguntem o que isso tem a ver com a renúncia do Papa, pois não faço a menor ideia.

13,5 a 15,6 cm. Disso muita gente gosta. É a diferença de tamanho entre as notas de 10 e 100 reais da segunda família do Real. Que irá aumentar, quando forem lançadas as novas notas de 5 e 2 reais, já que o novo padrão segue a linha de tamanho diferenciado em relação ao valor, para facilitar a identificação.

5 a 6 minutos: é o tempo que estimo para leitura deste texto. Proveito ou perda de tempo, fica por conta de cada um. Para mim, foi um prazer. Obrigado.

* Publicado em março de 2013 no blog *paraensedeminas*, de Luiz Viana David.

Rajadas do tempo

A chegada de seu time a competição tão importante no cenário mundial o glorificou. Adquiriu o direito de zoar o adversário, mas, mais do que isso, de sonhar. Não via a hora de chegar o início da competição. Um sorriso abriu-se debochadamente e em trocadilho infame, fazendo-o pensar se o trocadilho poderia vir de um sorriso: "não vejo a hora, então, vou comprar um relógio do meu time". Para ficar ali, marcando os segundos, os minutos e a hora do seu sonho. Comprou o relógio e colocou-o na parede, em cima da televisão. O tempo passava devagar. Não, não era o relógio que estava estragado, mas sua ansiedade que era maior que o passar do tempo.

Até que enfim chegou o momento do primeiro jogo. Tudo calculado com base no relógio. Alguns minutos antes, sobe a cerveja para o congelador. Ajeita a almofada no sofá. Dá uma volta pela casa, de olho no relógio, e regozija-se com a compra. E começa o jogo. Cervejas se revezam ao seu lado. E o relógio passa a ser peça fundamental. Olho no relógio e no gol que não sai. Fim do primeiro tempo, zero a zero. No intervalo, relaxou e não olhou para o relógio. A voz marcante do narrador o levou de volta ao jogo. No início, a decepção: o relógio o desapontou marcando, aos 6min do segundo tempo, o primeiro gol do adversário. Minutos contados, e o relógio lhe dá a marca de 19min para o empate. Ele sorriu, com o relógio batendo com o tempo da TV. O tempo passando, sua ansiedade maior que o desgaste das pilhas do relógio. Até que, aos 38min cravados no seu relógio, o adversário faz o segundo gol. E ali ele nem consegue imaginar a diferença entre a pilha do relógio e a pilha de nervos em que se transformara. E nessa altura do seu tormento, ainda tem a ousadia de pensar se uma pilha pode morrer antes da esperança. Mas as pilhas são novas, o relógio não vacila e, aos 49min, vem o terceiro e definitivo gol do adversário, pondo fim ao seu sonho, mas não impedindo que o relógio continuasse cumprindo sua missão de marcar o tempo, que ele agora queria ver passar mais rápido. Não teve dúvida: tirou o maldito relógio da parede e o jogou no lixo, com pilhas e tudo.

Pouco tempo depois, sua filha viu aquilo, tentou entender, recolheu o relógio e o levou para a casa de sua vó. Ali está ele, impassível, cumprindo sua missão de marcar o tempo, independente das cores que o envolvem. Simples assim. E ainda rendeu esta crônica, atemporal. E, mais, um sorriso irônico no modesto escriba.

* Publicado em fevereiro de 2014 no blog *paraensedeminas*, de Luiz Viana David.

Em branco

Com a responsabilidade de inaugurar, da minha parte, a nobreza deste novo espaço, com a honradez do antigo, sento-me em frente ao ultrabook para iniciar um texto.

A primeira ideia que me vem, inspirada pelo ultrabook, que nada mais é que um notebook metido, sem leitora de CD e, portanto, mais leve e conveniente para viagens, é a de como os turistas reagirão a tantas palavras estrangeiras presentes em nosso cotidiano.

Mas isso não rende, e aí dá um branco. Opa, nesses dias do politicamente correto, será que "dar um branco" é preconceito? Lembro-me dos tempos de futebol na minha querida terrinha Pará de Minas, do time do Seu "Pedro" Generoso, que tinha os irmãos Branquinho, Preto e Nico, exemplos perfeitos da falta de preconceito e de bom futebol. O Preto, irmão mais novo, ganhou o apelido por não ter herdado a pele tão alva dos irmãos. Pena que não herdou também o futebol dos dois. Sem preconceito, pura realidade.

Por falar em politicamente correto e futebol, então racismo não pode, mas homofobia pode? Os atleticanos, com toda a razão, apoiaram o Tinga quando foi vítima de condenável ato racista, mas por que vivem tratando a nós, cruzeirenses, como bichas e que tais? Isso pode? Repensem, meus amigos e parentes atleticanos. Ficar entre Marias e Frangas, para referência a torcedores de um time e de outros, já está de bom tamanho para a natural sacanagem futebolística.

Falando em futebol, vem o caso da "árbitro assistente" – que antes seria bandeirinha – Fernanda Colombo Uliana, que deu o que falar no clássico Atlético x Cruzeiro. Mulher bonita, em qualquer área, merece ser ressaltada, mas não precisa ser diminuída, como se beleza e competência fossem incompatíveis. Lembro-me de uma frase do mestre Tom Jobim: "Grandes mulheres merecem, pelo menos, um pequeno olhar". Até aí se trata de reconhecimento, e não de preconceito ou machismo.

Árbitro assistente leva à dificuldade da profissão. Eu penso que, depois do controlador de tráfego aéreo, a profissão mais difícil do mundo é a de bandeirinha – uso o termo consagrado, sem preconceito à profissão. Um olho no lançamento, outro na posição de quem pode receber a bola e não podendo nem mesmo piscar nesse diminuto tempo para não errar. Eu perdoo a maioria dos erros de bandeirinhas e, não sei por que, a Fernanda teve meu perdão imediato, talvez em consideração ao grande Tom Jobim. Com respeito.

Impedimento leva à sugestão, já diversas vezes discutida, de estender a linha da grande área de lateral a lateral e considerar impedimento somente a partir dela. Aproxima o jogo do gol, momento máximo da partida, e reduz erros. Mas a Fifa é tradicionalista e as mudanças no futebol são muito lentas. Mirem-se no vôlei, que acabou com aquela bobagem de vantagem e tornou-se dinâmico e atraente com pontos corridos.

E agora? O nome Fifa leva à Copa e infraestrutura, e o adjetivo atraente, imagino, farão vocês pensar que voltarei à Fernanda. Engano de vocês; já cumpri meu duplo objetivo. O primeiro, de sentir-me honrado com este novo espaço. O segundo, de poder passar pelo que atormenta todo mundo que se atreve a enfrentar uma página em branco sem um tema definido: chegar ao fim dela com o tudo e o nada ao mesmo tempo.

E estamos assim...

* Publicado em 25 de maio de 2014 no blog *Estamos assim*, de Luiz Viana David.

Minhas copas

Da minha primeira Copa, não me lembro. Nasci em 1955; e precoce em 1958 foi um menino de 17 anos, com o apelido de Pelé, que despontou na Copa da Suécia. Daquela Copa, só fui ter notícias por volta do Mundial de 1962. Deste me lembro um pouco, já com 7 anos completos. Para o jogo final, entre Brasil e Tchecoslováquia, fiz um bolão sobre o placar, terminado em 3 x 1.

Pois não é que o Sô Henrique, meu pai, que não era chegado a futebol, ganhou o meu bolão? Teve carreata em Pará de Minas, e o menino aqui, dentro do Ford Mercury do então gerente do BB, Seu Júlio Maia, ao passar mais de uma vez pela rua Direita, via seu bem-humorado pai esfregar os dedos médio e polegar no clássico gesto de dinheiro, cobrando a aposta ganha.

De 1962 também me lembro do Zé Fubá, apelido, como era antigamente comum na boa terrinha, do José Marinho, funcionário do Banco do Brasil, que pintou em sua camisa os dizeres "Fubá para os canarinhos", bem-humorado trocadilho com o seu apelido e com a alcunha dos jogadores do escrete brasileiro, em razão da camisa amarela. Como eu sempre digo que tudo nasce em Pará de Minas, acho que foi ele o precursor da serigrafia ou *silk-screen*.

Em 1966, na Inglaterra, uma confusão danada: o técnico Vicente Feola chamou previamente 44 jogadores, quatro times, até a convocação final. O Brasil foi eliminado com derrota para Portugal, em que Pelé foi impiedosamente caçado pelos portugueses. De bom, aquela Copa plantou a semente de um gênio apelidado Tostão.

1970, México: para mim, a melhor Copa. Era sentar em frente à TV e esperar o Brasil ganhar. De tenso, mesmo, só o jogo contra a Inglaterra, sofrido 1 x 0. Pela primeira vez, as substituições foram permitidas e os cartões amarelo e vermelho foram adotados. A Copa de 1970 teve a primeira transmissão pela TV para o Brasil, em preto e branco. Algumas pessoas, vendo hoje imagens coloridas daquela Copa, confundem isso. O primeiro torneio de futebol transmitido em cores no Brasil foi em 1972. A Taça Independência, ou Minicopa, disputada no Brasil em 1972, como parte das comemorações do Sesquicentenário da Independência, foi vencida pelo Brasil, já sem Pelé, em final contra Portugal. Curiosidade: o torneio, disputado por vinte seleções, teve sedes em doze cidades, como a Copa de 2014 no Brasil, com algumas diferenças de locais em relação aos atuais.

1974 teve uma seleção brasileira mesclada com alguns jogadores de 1970 e outros novos, com muitas indefinições. Tive oportunidade de ouvir um debate a respeito com a presença de Piazza e Nelinho, que contaram casos sobre essas indefinições. Perdemos ali a oportunidade de ver o grande Ademir da Guia brilhar.

Em 1978, Cláudio Coutinho declarou-se "campeão moral". Mas não soube aproveitar em um mesmo time craques como Rivelino, Zico e Falcão, a exemplo da seleção de 1970 e da que viria a seguir.

A seleção de 1982 reuniu craques em diferentes funções como em 1970. Foi minha segunda Copa preferida, pois ali tinha o meu grande e eterno ídolo, Zico, e outros grandes craques. O Brasil não venceu, mas ficou para a história o time comandado por Telê, reunindo Zico, Falcão, Sócrates, Júnior, Leandro, Eder e Toninho Cerezo. Parafraseando e extrapolando Fernando Calazans, se esse time do Brasil não ganhou a Copa do Mundo, azar da Copa do Mundo!

Em 1986, o Brasil teve uma seleção bem diferente de 1982, pois vários jogadores não voltaram, por problemas técnicos ou disciplinares, e Zico estava gravemente lesionado, só podendo entrar em meio às partidas. Zico perdeu um pênalti durante o jogo contra a França, e os míopes de plantão adoram culpá-lo pela eliminação, assim como fazem com relação a Cerezzo, em 1982, por um passe errado. Esquecem-se de que o pênalti não garantiria o resultado e que Zico fez o seu na disputa de pênaltis que decidiu a classificação da França. Coisas do futebol, que só os deuses do Olimpo podem explicar.

1990: não merece nem comentários. Copa horrível, seleção brasileira que inaugurou a chamada "Era Dunga". Foi a Copa de Diego Armando Maradona, então idolatrado pela carreira dentro dos gramados.

A seleção brasileira de 1994 poderia ter sido a "Era Dunga 2", se não tivesse um gênio da grande área chamado Romário e um coadjuvante digno de receber um Oscar: Bebeto. A partida contra os EUA, duramente vencida por 1 x 0, lembrou, em tensão, Brasil e Inglaterra de 1970. Foi a primeira Copa com final disputada nos pênaltis.

Sobre a Copa de 1998, os mais novos, daqui a tantos anos, ainda estarão discutindo o que aconteceu, a partir do "apagão" de Ronaldo, se deveria ter sido escalado ou não, se a Copa foi vendida ou não. A culpa não foi do Ronaldo, que atuou razoavelmente na final contra a França, mas o time esteve irreconhecível.

Em 2002 foi a Copa de Ronaldo Fenômeno, com o coadjuvante também digno de um prêmio Oscar, Rivaldo, que repetiram Romário e Bebeto em 1994.

Em 2006 tínhamos bons nomes, mas a seleção de Parreira não emplacou. Juntos, Ronaldinho e Kaká perderam-se em campo, assim como ocorreu com Rivelino e Zico em 1978. Faltou o ajuste fino de craques, que houve em 1970 e 1982.

2010. Se Romário e Bebeto salvaram o Brasil da "Era Dunga 2" em 1994, desta vez não deu: como técnico, apesar de bons resultados anteriores, aconteceu o que todos imaginavam em relação à seleção, com Felipe Melo, escolhido pelo próprio Dunga como o Dunga 2.

2014. Enfim, tudo muda: as moradias não têm mais copas como antigamente e, sim, cozinhas americanas; os *flats* têm espaço *gourmet*; e o futebol brasileiro tende a ser europeu ou será que o futebol europeu é que se abrasileirou? Dos craques da Copa, os dois maiores são de lá: Cristiano Ronaldo e Messi, mas temos Neymar. Que é Júnior e não Filho.

Essas são minhas lembranças mais impactantes das Copas. Claro que está tudo aí bem completo na internet, mas a memória grava o que é mais marcante.

Estou misturando tudo ou será que tem a ver? Vamos ver no que dá isso. Como dizia Cazuza, "segredos de liquidificador". Que tenhamos uma Copa pacífica.

* Publicado em 9 de junho de 2014 no blog *Estamos assim*, de Luiz Viana David.

Antigos hábitos

Esperando voo no aeroporto de Brasília, com grande movimento de gringos por causa da Copa, para deleite do meu amigo Luiz David, passa por mim um deles mancando, com tênis em um dos pés e chinelo no outro, inchado.

Esse fato me fez lembrar de antigos hábitos perdidos no tempo, alguns por conta da prevalência da estética sobre a praticidade ou utilidade e outros pelo avanço natural da vida.

Conviver com pessoas mais jovens, no trabalho ou na turma do futebol, nos faz ficar ligados em novos tempos e hábitos, mas por outro lado nos faz parecer, algumas vezes, alguém do tempo das cavernas. Sinto-me assim ao ter que explicar o que era telex, ao comentar que certo caso era do tempo em que não havia celular e coisas assim.

Fico imaginando alguns jovens vendo hoje novelas antigas em que se discute paternidade de alguém, o que deve fazê-los inadvertidamente pensar: por que não fazem exame de DNA?

Bem, vamos lá, aos antigos hábitos.

Voltar das festas da cidade com o sapato nas mãos. Vendo no Facebook foto do meu precitado amigo Luiz David com as famosas gêmeas da minha querida terrinha Pará de Minas, lembro-me claramente, ainda menino, das duas voltando para casa com os sapatos na mão. Esse hábito foi substituído, nas festas de casamento e similares, pelo fornecimento de personalizados pares de sandálias.

Galocha. Nos dias de chuva, meu pai calçava a galocha sobre os sapatos, para preservar o couro e manter os pés secos. Feia, mas prática, a galocha foi um dos objetos úteis que caiu em desuso. Como explicar para a moçada o que era a galocha? Um sapato de borracha que envolvia o sapato de couro? Uma camisinha para sapato. Pronto.

Chapéu. Naqueles tempos em que não havia protetor solar e nem sombra, pois as cidades ainda não tinham perdido a visão do céu para os prédios, o chapéu fazia a função do Sundown Facial, com a vantagem de ser bem mais barato. O boné é o substituto moderno, pelo menos para a praia e caminhadas, e já o vemos em horário de almoço no trajeto entre o trabalho e o restaurante.

Guarda-sol. Também em tempos de sol aberto, era comum os homens abrirem seus guarda-chuvas como proteção e mais ainda as mulheres, com seus guarda-sóis.

Para-barro em carros. Tempos de quase nenhum asfalto e pouco calçamento, para evitar que os pneus espalhassem barro pelas laterais do carro, usava-se o para-barro. Confesso que certa vez, ao comprar de um colega um Passat TS 80, o melhor carro que já tive, apesar de sua cor verde abacate, a minha primeira medida, antes de chegar em casa para o almoço, foi passar num lanterneiro e solicitar a retirada dos para-barros.

Amarrar chuteira passando o cadarço pelo solado, entre as travas. Esse era um hábito que nem deveria ter existido. Nunca entendi, mas até o famoso Kichute já vi amarrarem assim. E já houve chuteira cujas travas eram tiras circulares de couro, uma em cima da outra, com um prego de baixo pra cima, com a ponta entortada entre o solado e a palmilha. Em compensação, as chuteiras naquele tempo já eram patrocinadas: pela tortura!

Véu para comunhão. Ainda deve ser usado, mas não tanto quanto antigamente. Hoje não é incomum presenciar decotes com um crucifixo no meio dos seios, lembrando Jesus entre o bom e o mau ladrão.

Por falar em comunhão, há muito não acompanho uma procissão, mais difícil nas grandes cidades. Lembro-me daquelas de Sexta-feira da Paixão, com as lanternas feitas de bambu para suporte da vela e papel celofane para revestimento, o que não evitava o chamuscar de alguns cabelos à frente. O Zé da Várzea tocando a matraca e os membros da Lira Santa Cecília – que um amigo brincava chamando de "The Lira" – tocando com a partitura colada nas costas dos companheiros à frente, com destaque para a tristeza do som da tuba.

Matraca, lira, tuba? Que é isso, tio? Não vou facilitar a vida, moçada, entrem aí num dicionário eletrônico gratuito, no Google ou na Wikipédia!

Sexta-feira da Paixão era um dia extremamente sagrado nos meus tempos de menino: não se ligava rádio, o comércio não funcionava. Lembro-me de que em um desses dias o meu irmão Magela caiu de bicicleta – talvez um castigo divino pela diversão, sei lá – e cortou o lábio, e, como não havia geladeira em casa para fornecer gelo para estancar o sangramento, eu fui incumbido de tentar comprar um picolé do João Miranda, no que tive enorme sucesso ao bater em sua casa. Por falar nisso, o Picolé Delícia foi um sucesso de vendas e de folclore na minha terra, com o famoso Severino e sua geladeirinha de isopor, recarregada não sei quantas vezes por dia e levada a todos os cantos da cidade: "Aeeeiiii o piiiicolé Delíiiiciaaaa!".

Sim, meninos, é isso mesmo: já houve um tempo em que as casas não tinham televisão e nem geladeira. E, acreditem, nem telefone e nem mesmo computador! Sobrevivemos, pelo menos até aqui, pois hoje, quando falta energia elétrica, resta rezar para o santo protetor das baterias – que não faço a mínima ideia de quem seja – para acesso ao notebook ou celular ou, então... conversar pessoalmente, o que se fazia naqueles tempos. Aliás, hábito que também está se perdendo. Ah, como era útil um rádio a pilhas naqueles momentos! O que também caiu em desuso, substituído pelo celular.

E então, o que estaremos comentando daqui a alguns anos? Eu não estarei aqui para presenciar, mas até lá a tecnologia já terá inventado a mão dupla da psicografia, com mensagens daqui para lá, onde quer que seja. Isso, claro, se eu entender o português cibernético, cada vez mais assustador quanto à má qualidade!

O tempo passa para todos, mas o presente e o futuro são pra quem quer ou até quando Deus quiser. Dependendo só de mim, tô dentro, sem pressa.

* Publicado em julho de 2014 no blog *estamosassim*, de Luiz Viana David.

De repente, 60

60 anos. Menino, adolescente, rapaz em Pará de Minas, adulto em Belo Horizonte, torna-se senhor em Brasília. Senhor de si também, ainda bem!

Essa turma toda aí de cima convive muito bem dentro de mim, trocando informações e experiências e, principalmente, lembranças. Não, não é loucura; é que todos estão ainda muito presentes, de fato, em mim.

É muito curta a distância, pelo menos na memória, entre eles.

De repente o senhor de Brasília cruza com um engraxate de rua e lembra-se de que, depois da aula no Grupo Escolar Torquato de Almeida, trocava de roupa rapidamente e descia com a bola em direção ao terreno baldio em frente ao campo do Paraense, passando pela Praça da Estação arrebanhando, para a pelada diária de fim de tarde, os meninos que dignamente ganhavam seu dinheiro engraxando sapatos, maneira de ajudar nas despesas da casa.

Daí para as peladas de sapato Vulcabras e "bola" de pedra na quadra do Colégio Estadual Fernando Otávio foi um pulo, ou melhor, pedaladas, porque era de bicicleta que ia ao ginásio.

O nariz ainda sente o cheiro agradável dos eucaliptos na subida do ginásio para o campo de terra onde ocorriam as aulas de educação física e a pelada final. E, na descida do ginásio, os olhos visualizam a Praça de Esportes, do outro lado da avenida, onde o rapaz divertia-se no futebol de salão, nos intervalos entre livros e provas.

No caminho de volta para casa, a estação rodoviária, novinha, mostra o futuro de viagens entre a amada terrinha e a capital, Belo Horizonte, onde em 1974 iniciaram-se os estudos na faculdade e o trabalho em banco comercial.

Na capital, longa história, de início com as idas e vindas todo final de semana, para rever os pais, os amigos, bater uma bolinha, as horas dançantes no Centro Literário. Depois, a morte dos pais e a responsabilidade no trabalho fizeram com que as visitas fossem escasseando, até tornarem-se raras. Mas se as visitas ao Pará de Minas foram se minimizando, a saudade e a lembrança cresceram em proporção inversa, pois minha terra nunca saiu de mim.

No Banco Central, há tempos, do 8° andar, via, no final da tarde, a garotada jogando futebol na Praça da Assembleia e nessas ocasiões o adulto sempre era convocado pelas lembranças do menino do portão do campo do Paraense.

Agora, em Brasília. Cidade que o menino nunca imaginou viver ou trabalhar, mas que o senhor adotou. Pela realização autoimposta de ajudar na construção de uma entidade. Assim como construiu sua vida, um dia há de se orgulhar disso também.

Não há como não se lembrar dos pais e dos irmãos, aos quais deve muito, por ser o mais novo, o caçula, a "rapa do tacho", como odiava ser chamado na presença das visitas e hoje se arrepende de não ter tido a compreensão do orgulho dos familiares quando assim se referiam a ele.

Enfim, 60. Aos mais jovens, dois pedidos: o primeiro, deem licença, saiam da frente, pois agora sou preferencial; o segundo, que é mais um conselho, sigam um bom caminho, construindo uma bela e longa história. Como eu, sem falsa modéstia e com orgulho, avalio a minha.

* Publicado em 27 de maio de 2015 no blog *Estamos assim*, de Luiz Viana David.

Sonho ou pesadelo?

Ano 2047: aos 100 anos o atleticano acorda no céu.

Teria sido demais a emoção de dar o chute inicial na final do campeonato municipal, em que, depois de tantos anos, o time do qual participou da criação e foi técnico ali estava para a decisão do título? Além disso, o seu time das Minas Gerais, depois de longos anos, tentava o bicampeonato nacional. Ambas as partidas, iniciadas ao mesmo tempo, às 16 horas de um ensolarado domingo de dezembro, estavam chegando ao fim com sofrido zero a zero, e o coração certamente teria sucumbido.

Cético, não acreditava piamente em deuses, mas sempre fora pessoa do bem. Acorda entre nuvens, no azul infinito do céu. "Poxa, que estou fazendo aqui na Toca da Raposa?" Logo a dúvida começa a se dissipar, pois surge um senhor careca, aflito, de barbas longas e várias chaves na mão. Ele o reconhece: "Você não é o Nem Barbeiro, que depois foi chaveiro em Pará de Minas?". E a resposta segue imediata: "Lá, sim, mas aqui cuido da entrada no céu, assim como fazia na nossa terrinha, no cinema do Tião. Aguarde, que vamos levá-lo à Comissão Celestial de Inquérito".

Daí a pouco, entra em uma sala na qual quatro padres cuidam de interrogá-lo. Parece reconhecê-los também: Padre Osvaldo Lage, Padre Grevi, Padre Libério e... não, o presidente não pode ser ele, o Padre Hugo!

Acalma-se, quando ouve os primeiros comentários, justamente do Padre Hugo: "Fomos adversários, não inimigos, ele sempre me tratou com civilidade. Embora tenha, de certa feita, usado o meu santo nome em vão. Mas depois procurou-me na Casa Paroquial para uma visita de cortesia e ficamos de bem". No final, tranquiliza-se com o parecer: considerado pessoa de bem, ex-vereador, grande amigo, incentivador dos esportes e das letras, merece ser levado ao plenário.

Antes de ser conduzido ao plenário celestial, tem a explicação de que não deve se assustar, pois os antigos apóstolos têm hoje a forma e imagem com a qual retornaram à Terra.

Então chega ao plenário. Ao redor da mesa, recheada de pão e vinho, estão nada mais, nada menos do que os apóstolos. Vai reconhecendo os rostos, um a um: Arthur Friedenreich, Just Fontaine, Alfredo di Stéfano, Sir Stanley Mathews, Franz Beckembauer, Didi, Garrincha, Pelé, Tostão, Reinaldo, Gerd Müller, Maradona e João Ribeiro.

Chama-lhe a atenção os garçons: Gerson, Rivelino, Falcão, Sócrates, Johan Crujff, Zinédine Zidane, Coteco do Chuim, dentre outros.

Olhando para essa turma de grandes gènios do futebol, a inevitável reflexão: "Se é assim, quem será Deus?".

Abre-se a porta, e ele, boquiaberto, exclama: "Zico! Meu Deus!".

E na sua incredulidade, vem a pergunta imediata: "Sendo Deus, por que perdeu aquele pênalti contra a França?".

"Para mostrar que, enquanto humanos, somos falíveis e não podemos ser julgados por nossos poucos erros, mas sim pelos grandes acertos."

Acorda suado, ofegante, o coração acelerado: "Ainda bem que foi apenas um sonho". Levanta-se, vai ao banheiro, toma um copo d'água, volta a deitar-se.

Aliviado, repousa docemente a cabeça no travesseiro. Feliz, pois seus dois times haviam sido campeões depois de longos anos.

Lembrando-se do sonho, repensa sobre as injustiças que poderia estar cometendo em vida.

Arrepende-se, morre feliz, duplamente campeão. E justo.

Notas do autor:

1- Os apóstolos eram 12, mas, como a crônica é minha, inseri um 13º, o João Ribeiro, ídolo de infância e adolescência desde os tempos de peladas no campo do Ginásio São Francisco, que foi centroavante do Cruzeiro, Internacional, América e Paraminense, com o qual tive o privilégio e o prazer de algumas vezes dividir as quatro linhas, a favor e contra.

Ao glorioso Clube Atlético Paraminense não desejo jejum tão longo de títulos.

Agradeço revisão e contribuições do meu irmão Geraldo Magela e da minha sobrinha Ana Luísa, que o aniversariante homenageado, alvo da crônica, insiste em chamar de "Maria Luísa".

* Publicado em 18 de julho de 2016 no blog *Estamos assim*, de Luiz Viana David, em homenagem ao próprio.

Idade

"Ancioso". Não, não ria do escriba, não é erro de português. "Ancioso" é uma nova palavra lançada ao vento, como junção de ancião e idoso, quando alguma situação é tão grave que lhe provoca ansiedade, por lhe fazer sentir-se além da terceira idade, envelhecido de forma pleonástica.

Chego ao serviço, numa segunda-feira, e, ao dar bom-dia a todos, como sempre faço, uma das moças que trabalha comigo extravasa preocupação: "Neste fim de semana, ouvi notícia de um Pálio capotado no Sudoeste e dizia que havia idosos dentro e fiquei preocupada!".

Motivos ela teve. Em Brasília, moro no Sudoeste e para cá trouxe meu fiel Pálio 2005. Mais tarde, na hora do almoço, fui ver a notícia, por curiosidade, pesquisando no Google. O condutor tinha 94 anos e estava acompanhando de duas senhoras de 90 e uma moça de 34 anos!

E agora? Considero um ato instintivo de preocupação, de conotação positiva, ou ofensa moral para demissão por justa causa? Afinal, a diferença de idade entre mim e o condutor é a passageira mais nova!

Para ser justo, restringi-me à notícia: Pálio, Sudoeste, idoso. Revolvi perdoar. Tudo brincadeira, claro. Menos o Pálio, o Sudoeste, o idoso...

O bom é que a vida vai nos preparando aos poucos.

Se "No Início era o Verbo", como diz a abertura no primeiro capítulo do Evangelho de João, no final, o verbo é passado: era.

Ainda novo, entre os 30 e 40, tive os dois primeiros impactos. O primeiro, no Banco do Brasil em Pará de Minas, resolvendo questões da conta da minha mãe, quando o jovem atendente, tentando ser simpático, me perguntou: "Você jogava futebol no Patafufo, né?". "Sim", respondi. E ele, gentilmente, disse que gostava de ver, que eu jogava bem. O pretérito imperfeito foi como uma substituição aos 15min do segundo tempo por deficiência técnica.

Pouco tempo depois, fui comprar uma cadeira de escritório para o meu apartamento e, ao pagar com cheque – sinal de idade ter vivido época em que se pagava com cheque –, o atendente disse que teria que consultar o dito cujo. Como servidor do Banco Central e, no início de carreira, ex-atendente de clientes bancários que demandavam a autarquia para exclusão de nomes do CCF-Cadastro de Emitentes de Cheques sem Fundo com pesquisa em microfichas, outro sinal de idade, afirmei que era o procedimento correto, até mesmo para resguardar o correntista, que poderia ter tido o talão furtado.

Eis que retorna todo sorridente, querendo agradar, e solta a seguinte frase: "Seu cheque não tem problema, sua conta é de antes de eu ter nascido". Não havia como negar a estampa no cheque do Banco do Brasil, de "cliente desde 1977", quando entrei no Banco Central.

Ainda bem que agora sou cliente de banco cooperativo, desde 2014. Não me torna mais jovem, mas evita constrangimentos.

Numa fase intermediária, o tratamento de senhor é um ato de educação; começa por exceção e chega ao momento em que se torna inevitável. E me faz lembrar o meu bem-humorado pai, que um dia me disse que eu teria que ser doutor, senão em Pará de Minas eu seria chamado de "Sô Luço". Engraçado o meu pai, meu nome já estava acertado para ser Mário Lúcio e, na hora do registro, ele trocou para Lúcio César, talvez só para esperar o momento de fazer essa brincadeira. Que deixa saudade pela lembrança do bom humor dele.

Aos 60, vem o sentimento dúbio. Por um lado, o impacto da idade; por outro, as vantagens de ser preferencial: caixa de supermercado, embarque aéreo, atendimento em unidades de serviço público.

O primeiro embarque preferencial é o primeiro caso de dubiedade. Chega-se feliz à fila preferencial, imaginando o espaço para colocar a mala, estar assentado enquanto outros ainda estão embarcando. Por outro lado, espera-se que todos reclamem, que chamem a polícia, que absurdo, querendo burlar as regras. Nada. Ninguém reclama. Segue o embarque e segue a vida.

A bobeira foi quando resolvi trocar minha carteira de identidade, em momento em que nem eu mesmo me reconhecia na foto do antigo documento.

Num dos raros dias úteis em que fiquei em BH nos últimos anos, fui ao posto de atendimento, no dia 2 de março de 2015, e peguei senha. Posto lotado, olhei para o número chamado no monitor e vi que estava longe. Saí para um lanche, voltei e continuei distante. Fiquei ali, vendo o movimento e esperando. E o monitor só chamando: plim, senha tal, plim, senha tal. Olhei e vi a quantidade de senhas preferenciais sendo chamadas e me dei conta do perfeito idiota que fui. Mais dois meses e pouco, após 27 de maio, e seria um plim preferencial na chamada do monitor.

A idade traz sabedoria, mas como dizia um ex-chefe e hoje amigo, "todo mundo tem direito a um minuto de bobeira por dia". Esse minuto me rendeu mais de hora, mas, pelo menos, atualmente o retrato da carteira reflete o dono.

Outra coisa que se aprende com a idade é que a expressão beleza interior é apenas figura de retórica. Faça raio X, ultrassom, tomografia, e lá dentro tudo será o retrato do tempo vivido.

Vamos lá. Enquanto o Pálio estiver saindo do Sudoeste para levar o idoso para trabalhar com pique e jogar seu futebol com nem tanto, está muito bom. Claro que, de vez em quando, tem alguma parada para checar a beleza interior.

E, como disse a Tônia Carrero, envelheçamos, pois a opção de não envelhecer é muito pior...

* Publicado em 20 de dezembro de 2016 no blog *Estamos assim*, de Luiz Viana David.

Bola fora

As fotos do campo do Paraense – da entrada do estádio e do alto do Cristo Redentor, o segundo mais lindo do mundo – postadas no Facebook pelo amigo patafufo Luiz David, com comentários sobre a perspectiva de venda da área da entrada para empresa que adquiriu recentemente o imóvel fronteiriço, fez-me voltar aos tempos de infância e juventude, vendo-me fora e dentro daquele portão.

Fora, porque, quando menino, tão logo acabada a aula da tarde no Grupo Escolar Torquato de Almeida, corria para a casa em que morava, na rua Doutor Higino, para trocar de roupa, pegar a bola e descer de volta rumo à entrada do campo do Paraense. No caminho, pouco antes de atravessar a entrada da estação ferroviária, "arrebanhava" os meninos que trabalhavam como engraxates na praça.

Nosso "campo" era a área em frente à entrada do Paraense, margeado pela linha do trem e pelo ribeirão Paciência. As traves, duas pedras em cada gol; a arquibancada, os dormentes estocados entre a linha e o nosso campinho. Essa aparente precariedade não dificultou organizarmos até campeonato ali.

Por outro lado, trouxe-me uma das poucas tristezas de menino. Um dia cheguei mais cedo – talvez um sábado – e fiquei brincando sozinho com a bola, que de repente correu em direção à entrada do campo, de onde saia alguém de bicicleta e que gentilmente saltou para chutar a bola de volta.

Um chute inacreditavelmente torto leva a bola diretamente ao ribeirão Paciência. Quem o conhece só hoje, um filete de água, rirá de mim, imaginando que jamais poderia ter sido caudaloso. Nem tanto, mas a expressão condiz com o que significava para o menino. Sem graça, o cara vai embora e deixa ali o menino chorando.

Só terá a dimensão da dor dessa perda quem, quando menino, dormiu abraçado a uma bola novinha ganhada de presente de Natal ou comprou sebo em açougue para passar nas costuras, para a bola durar mais.

Anos depois, encontro essa mesma sensação descrita por Luís Fernando Veríssimo, com um complemento que pode ser relativizado: "Nenhum prazer do mundo se igualava ao do cheiro do couro de uma bola de futebol recém-desembrulhada latejando em suas mãos (ainda não se tinha descoberto a revistinha de sacanagem)".

Por isso mesmo, para atender aos pedidos das cartas de Natal coletadas nos Correios, sempre escolho a de meninos que pedem bolas de futebol, caprichando na qualidade da compra.

Ali, ao lado do nosso campo, ficava, às vezes, estacionado algum vagão. E um deles escondeu a minha vergonha.

Tempo de grupo escolar, uma das coleguinhas gostava de conversar comigo e os meninos brincavam ser minha namorada. Um dia a avisto chegando próximo ao campo do Paraense, para alguma atividade escolar, prestes a passar pelo nosso campinho. Imaginando a gozação dos supostos amigos, saio de uma jogada e entro no vagão, escondendo-me até ela passar.

Sem pretensão, tenho a impressão de que quem inventou o ponto futuro no futebol não foi o Cláudio Coutinho, quando técnico do Flamengo, mas, sim, eu, naquela oportunidade, saindo de uma jogada para aparecer em outra, embora tempos depois.

Antes que pensem erradamente a meu respeito, esclareço que nos meus tempos de menino era assim. Quando as meninas se desligavam das bonecas para se despertarem para os meninos, estes ainda estavam pensando somente em bola; quando eles finalmente se despertavam para as meninas, aí elas "não davam a menor bola".

Voltando ao ribeirão, ele já foi tão caudaloso que conduziu jangada feita por alguns meninos do bairro Cerâmica, bem como quase afogou um amigo que jogava bola conosco e entrou no ribeirão para buscá-la, seguindo a regra de que "quem chutou lá busca".

Hoje, a área anterior à entrada transformou-se em avenida asfaltada, mas o campo do Paraense sobrevive.

Minhas primeiras experiências lá foram como torcedor do Paraense, levado, junto com meu irmão Geraldo, pelo Júlio Maia, gerente do Banco do Brasil, e sua esposa, D. Iolanda, animada torcedora. Lembro-me bem do Seu Paiva, após os jogos, descendo a área da entrada, com a bandeira como bandeja, arrecadando doações para o clube.

Tempos depois, assistindo aos treinos do Paraense, programa imperdível para nossa turma, às vezes seguido por animada pelada atrás do gol da entrada, espaço que há tempos não mais existe, ou no cimentado campo de salão, atrás desse mesmo gol, que nem sei se ainda existe.

No gramado, a primeira vez foi defendendo, como lateral esquerdo, o time do Grupo Escolar Torquato de Almeida, tendo como treinador o Zé Paulino. Infelizmente, não passamos da primeira fase, derrotados em disputa de pênalti.

Depois, treinando no infantil do Paraense; em seguida, no time do Seu Pedro Generoso e finalmente disputando torneio amador por alguns times da cidade, entre eles o de que era torcedor, o Paraminense.

Mas aí são outros casos, que não cabem aqui, mas levam à importância da sugestão do amigo Luiz David, de fusão do Paraense com o Paraminense, para fortalecer o futebol patafufo.

Por ora, não custa sonhar com o "Paraense de Minas", unindo as cores preta, branca e azul, como um dia, no bar Camisa 10, sugeriu (ou profetizou), tendo nas mãos um modelo da camisa, o meu ídolo João Ribeiro.

União para fortalecimento e sobrevivência, regra do mundo cada vez mais competitivo, em âmbito local ou universal, que exige desprendimento pessoal em prol das instituições, de quaisquer tipos que sejam.

* Publicado em 15 de janeiro de 2017 no blog *Estamos assim*, de Luiz Viana David.

Brasília

Sempre me perguntam em Belo Horizonte, nos fins de semana: "E Brasília, como está?", "O que está achando de morar em Brasília?".

E as respostas são sempre as mesmas: "Sei do lado político de Brasília o mesmo que vocês, pela imprensa. Não posso dizer que moro em Brasília, mas sim que trabalho lá".

Aceita a honra e a realização de cogerir o Fundo Garantidor do Cooperativismo de Crédito-FGCoop – não falo de desafio, pois com tanto apoio seria injusto –, eis-me aqui, depois de 40 anos de Belo Horizonte, dos quais 36 e meio no Banco Central, trabalhando em Brasília. Para onde não vim nos diversos convites recebidos quando no Banco Central, preferindo a vida familiar e a carreira em BH, contrariando até certo nível famoso dito de ex-diretor do BC, de que "quem faz carreira no mato é veado".

Antes de explicar as minhas duas respostas, cabe um pouquinho de história.

Quando passei no concurso do Banco Central, em 1977, vim a Brasília fazer o então famoso Cateb - Curso de Ambientação para Técnico Básico. Minha mãe, morando em Pará de Minas, a 90 km da capital, ficou preocupada com a possibilidade de eu vir a morar na longínqua Brasília. Preocupação natural para quem havia "perdido" um filho para o Banco do Brasil, na distante Coromandel, caso do meu irmão Geraldo.

Naquela época, em 1º de agosto de 1977, escrevi a ela uma carta, que recuperei e guardo até hoje, em que dizia: "Acho que nem por todo o dinheiro do mundo eu viria morar aqui".

Interessante interpretar o "acho" com o significado de "ter a impressão de", e não de "ter certeza". Esta é tarefa que não me cabe, mas sim ao meu irmão Geraldo, revisor de primeira. Por mim, a expressão teve, à época, a intenção, hoje desmentida, de convicção.

Da segunda parte tenho certeza, não vim movido pelo dinheiro, mas sim pela boa causa e realização profissional.

Seguindo a carta, disse que "Além de fazer o maior calor, o clima daqui é muito seco e a cidade é muito poeirenta". Com toda a revisão de conceito sobre Brasília, como aqueles que tiverem paciência verão em seguida, essa opinião eu mantenho. O clima de Brasília não foi feito para o ser humano e muito menos se for pedestre.

"Deste Planalto Central, desta solidão que em breve se transformará em cérebro das mais altas decisões nacionais, lanço os olhos mais uma vez sobre o amanhã do meu país e antevejo esta alvorada, com fé inquebrantável e uma confiança sem limites no seu grande destino." Esta é parte do discurso do Presidente Juscelino Kubitschek, criado por seu amigo pessoal, o poeta Augusto Frederico Schmidt, autor também do famoso slogan de JK: "50 anos em 5".

Porém, brinco com meus amigos de Brasília sobre como deve ter sido a verdadeira história de Juscelino. Quando apresentado à região, deve ter dito, do alto de sua elegância mineira: "Quente e seco pra caramba, mas dane-se, vou ficar só 5 anos mesmo". No linguajar de hoje, a substituição de expressões talvez reflita melhor a situação.

Agora, vamos falar bem do Distrito Federal. Imagino que muitos leitores já desistiram lá atrás, pensando ser mais um a falar mal de Brasília.

Brasília é uma cidade linda e moderna. Tem um céu aberto, com um sol radiante, embora traga um calor forte. Por isso, mereceu canção de Fernando Brant (letra) e Toninho Horta (música), chamada *Céu de Brasília*, lançada por Simone em gravação de 1977. Por coincidência, dois mineiros e no mesmo ano em que conheci Brasília. E também de Djavan e Caetano Veloso, *Linha do Equador*, lançada em1993.

"Beleza bonita de ver, nada existe como o azul sem manchas do céu do Planalto Central" diz com razão a letra da primeira música. O que é extrema verdade: são tão lindos o céu azul aberto e o sol claro quanto a lua cheia.

Passemos então às respostas, que o leitor já deve estar enfastiado com enrolações.

Sei do lado político de Brasília pela imprensa, como os moradores de fora. Mas, trabalhando aqui, entendo a indignação dos brasilienses quando os de fora generalizam, dizendo que "a cidade não presta, só tem bandido, ladrão, safado".

Faço então um pedido: não generalizem, nem com a classe política, porque existem alguns – mesmo que poucos – que fogem ao estigma popular, procurando efetivamente representar seus eleitores, e muito menos com os moradores. Quando pensarem em Brasília, pensem também na equipe do FGCoop, pequena, mas que trabalha para dar ao cooperativismo uma entidade digna de sua representatividade; nos colaboradores da OCB/Sescoop, na lida diária em prol dos treze ramos do cooperativismo, da qual sou testemunha; nos meus ex-colegas do Banco Central, que as luzes acessas à noite comprovam dedicação ao trabalho.

Pensem na D. Joana, que logo cedo nos servia o café no Edifício Belvedere, onde antes estava instalado o FGCoop, e na Queila, que hoje nos presta o mesmo serviço onde estamos; pensem em suas longas jornadas de ônibus para ali estarem prontas para a lida diária.

Pensem também – e muito – no que alguém já disse, que a maioria do "lixo" que existe em Brasília é trazido pelos Estados. Aqui também, claro, respeitando a não generalização.

Sobre a segunda pergunta, não posso dizer que moro em Brasília, pois, por opção familiar, trabalho aqui de segunda a sexta e volto a Belo Horizonte nos fins de semana. Às minhas expensas, diga-se, com parte do salário fixo que recebo.

Hoje, vejo que não teria dificuldade em morar aqui. Já tenho futebol, pilates, cursos de inglês e espanhol, mas falta mais vivência e, principalmente, a família, que está em Belo Horizonte, e sobra solidão, muitas vezes.

Já me acostumei até com as estranhezas, hoje vistas como praticidade, de duas quadras só com farmácias, outra só com material elétrico, para terem ideia.

Depois de dois pedidos a vocês – de não generalizarem e pensarem na população honesta e trabalhadora –, faço uma sugestão àqueles que não conhecem Brasília: a Capital Federal merece ser vista, não só por essa sua condição, mas também por sua beleza arquitetônica, diferente de outras capitais.

Sejam bem-vindos.

E eu vou seguindo com o meu próprio lema, sem ajuda de nenhum poeta, mas com o imprescindível apoio de muitas pessoas: “6 anos em 6”.

* Publicado em 22 de abril de 2017 no blog *Estamos assim*, de Luiz Viana David.

O menino viu as estrelas

Com pouca idade, o menino já era levado pelo irmão quatro anos mais velho para o futebol no quintal da casa de amigos, onde uma frondosa mangueira era a demarcação do meio campo. Só lhe restava ficar no gol, mais buscando as bolas que lhe passavam do que as defendendo.

Acompanhando futebol com o irmão, encantou-se com as cinco estrelas, talvez influenciado pela imensidão do azul celeste entrecortado por brancas nuvens e a vastidão do céu noturno salpicado de estrelas.

Um dia, na plenitude de seus oito anos, como sempre levado pelo irmão, foi a um jogo do Paraense, time de sua terra, contra aquele time azul estrelado.

Ficou encantado em ver, de pertinho, aquela camisa azul cravejada pelas cinco estrelas.

E mais ainda por ver os jogadores de seu time transitando ali na pupila de seus olhos. Mal sabia que alguns desses jogadores, até então pouco conhecidos, se transformariam em estrelas do futebol, batendo ninguém menos que o Santos do deus chamado Pelé e dando a Minas Gerais o seu primeiro título nacional.

Pela pouca idade, não guardou placar nem todos os jogadores, embora ainda se lembre de Hilton Oliveira, Tostão e Dirceu Lopes, mencionados por seus vizinhos de arquibancada. Valendo-se da memória do irmão, que se lembra do placar, das substituições feitas, de quem fez gol, foi buscar no almanaque do seu time o registro do jogo, que termina esta página e esta crônica, mas que não sairá da memória daqueles que o viram.

Assim o menino, encantado, encapou alguns anos mais tarde seu caderno escolar com a foto de seu time e, adolescente, ganhou de presente uma camisa azul com as cinco estrelas, na qual foi costurado, como de costume à época, o escolhido número 8, daquele que considera o maior jogador de Minas Gerais em todos os tempos: Tostão.

Esta crônica é uma homenagem a várias pessoas. À minha sobrinha cruzeirense Ana Luísa, que me pediu que escrevesse sobre o Cruzeiro, e ao seu pai, Geraldo Magela, o citado irmão que me fez gostar e viver o futebol; ao meu irmão José Nílton, conhecido em Pará de Minas como Zezé Cruzeirense e que faleceu precocemente, em 1963, aos 26 anos, afogado no Rio São Francisco, por trágica ironia do destino justamente no dia 7 de dezembro, mesmo dia em que, em 1966, o time estrelado conquistava o título de campeão da Copa do Brasil. E também, claro, a Raul, Pedro Paulo, William, Procópio e Neco; Piazza e Dirceu Lopes; Natal, Evaldo, Tostão e Hilton Oliveira.

CRUZEIRO 5 X O PARAENSE

Motivo: amistoso

Data: 20/10/63

Estádio: Ovídio de Abreu

Cidade: Pará de Minas (MG)

Renda: CR$ 178.000

Árbitro: Moacir Tiago Silva

Gols: Paulo, 7' do 2º tempo, Paulo, 22', Dirceu Lopes, 23', Paulo, 36', Paulo, 37'

Cruzeiro: Tonho, Massinha, Vavá, Dirceu II, Emerson (Wilson), Elmo, Tostão (Dirceu Lopes), Luiz Carlos, Norival, Paulo, Hilton Oliveira.

Técnico: Martin Francisco

Paraense: Nem, Hamilton, Valdir, Osman, Sexta-Feira, Francisco, Vivi, Moreira, Adão, Canavial (Careca), Assad.

Quando Pará de Minas era o mundo

A vida profissional tem me proporcionado, direta ou indiretamente, oportunidade de viagens a outros países, sempre produtivas em termos de conhecimento profissional e crescimento pessoal.

Ampliar fronteiras faz-me repensar o meu mundo infantil. Tenho um amigo, de Formiga, que muitas vezes compartilha viagens profissionais, e que sempre brinca: "Quando você era criança pequena lá em Pará de Minas, você imaginava que um dia estaria aqui?".

Sempre é bom voltar às origens, nem que seja pela memória. E aí lembro-me dos tempos em que Pará de Minas era o meu mundo. E um mundo muito bom, simples, seguro, divertido, amistoso.

Para quem não é da minha querida terrinha, pode ficar difícil imaginar o que seria ir das redondezas do Bar do Ari ou da antiga agência do Banco do Brasil, nas esquinas das ruas Benedito Valadares e Antônio Novato e Doutor Higino, até a rua Vigário Paulino, no outro extremo da rua "Direita".

Facilitando as coisas, uns 800 metros. Pois bem, mas, para o menino, era um mundo quando a sua mãe pedia para levar ou buscar alguma coisa na casa de amigas naquela redondeza. Se eu soubesse, no alto dos meus 7 ou 8 anos, o que era passaporte, provavelmente responderia à minha querida mãe que não poderia ir por não ter o dito documento. Mas iria, claro, obediente que sempre fui.

Na mesma época, estudando no Grupo Escolar Torquato de Almeida, vivenciava a experiência de um Padre, do Patronato, que ia "confessar" os alunos. Ajoelhado ali no confessionário, na minha inocência, acabava inventando pecados, sempre ligados a essa vastidão do mundo infantil, para agradar ao Padre que se dedicava à nobre tarefa de orientar as crianças. Inevitavelmente, os pecados eram os mesmos: tive preguiça, desobedeci pai e mãe. A preguiça era percorrer os 800 metros da rua Direita, mas da desobediência eu não tenho noção, bom menino que sempre fui.

Por algumas vezes, o passeio dominical a que meu pai nos levava, à "Fábrica de Banha", para ver os porcos, percorrendo parte da linha do trem, era quase como dar a volta ao mundo.

Esse mundo era tão grande que as coisas – ou os "trens", para usar expressão mineira – vinham à nossa casa: a carrocinha de pão ou de leite, o vendedor de laranjas, acomodadas em um grande saco, o verdureiro, com seu balaio coalhado de verde. E a lenha para o fogão, despejada pela carroça no passeio de casa, em frente ao portão que dava acesso ao quintal, que tantas vezes carreguei para dentro, em feixes proporcionais ao tamanho do menino.

Aí o menino vai crescendo e a cidade vai diminuindo. Ir, convidado pelo meu irmão Geraldo Magela, quatro anos mais velho, a pé até o campo do Guarani, atrás do atual cemitério, para ver jogos do Guarani, Londrina ou Continental, não era sacrifício; igualmente, mais tarde, até o campo do Ginásio, mais distante do que a rua Vigário Paulino, para ver ou jogar futebol, não seria mais sacrifício e sim prazer.

Hoje, o pecado é não poder ir tanto à terrinha querida. Ter tantas lembranças boas, vários bons amigos e não poder estar presente amiúde dá um certo peso de consciência. Estar trabalhando em Brasília e passar os fins de semana em Belo Horizonte reduz a horizontalidade do tempo atual. Porém, os antigos tempos em Pará de Minas e a impregnação de lembranças e amizades, na mente, na alma e no coração, dão conforto e fazem crer que o Cristo Redentor, abençoando a cidade, também abençoa aqueles que, mesmo distante, a têm no coração.

* Publicado na coluna de Luiz Viana David no *Jornal Diário*, de Pará de Minas, em 26.10.2017, e no Facebook, em outubro de 2017.

Ponte aérea

Dizem que com a idade ficamos "sistemáticos". Na altura de minha idade preferencial –, uso aqui uma alternativa para os já desgastados e injustos termos "idoso" ou "terceira idade" – entendo que ser sistemático seja, simplesmente, fazer não aquilo que os outros querem, mas o que se quer, porém com respeito e educação, e também atento às indelicadezas.

Viajando há mais de quatro anos pelos ares cooperativistas, algumas cenas de aeroportos e aeronaves me despertam atenção e, mais, preocupação. Para que não me julguem rabugento, vamos tentar colocar um pouco de leveza, se isso é possível quando se trata de avião.

Aliás, não tenho medo de avião. A não ser na decolagem, quando sempre me ocorre como um "trem" daqueles, com um monte de gente, pode voar. Tirando isso, o resto é normal. Ou quase.

Vamos, então, aos erros, que o simples mortal aqui, na preferencial idade, permite apontar.

1. Os seguidores de Cabral

Não o descobridor do Brasil, que, aliás, aqui chegou, por acaso, de navio e não de avião, e por isso só está aqui mencionado de penetra que historicamente foi. Mas de Sérgio Cabral, cuja esposa personifica a expressão "porta-joias". É a pessoa que escolhe, para a viagem, todas as joias, ornamentos, cintos e sapatos "apitantes". Passa duas, três ou mais vezes no detector de metais, despindo-se a cada vez da vaidade humana e dos bens materiais que desta terra não levará. Mas que, para o voo, são imprescindíveis.

2. Princípio da impenetrabilidade: dois corpos não podem ocupar o mesmo lugar no espaço

Assim é nas salas de espera de aeroportos. Assentos reduzidos e, mesmo assim, os passageiros sentam-se em uma cadeira e colocam na cadeira vizinha sua mochila, pasta ou sacola de compra. Com os olhos voltados para o celular, não percebem outras pessoas que desejam se assentar.

3. O agente secreto

Todo mundo sabe ser necessário um documento de identificação que os atendentes sempre solicitam que esteja à mão na hora do embarque.

Porém, há os que parecem ter receio de ter a identidade revelada e insistem em procurar o documento na bolsa, mochila ou carteira, justamente na hora da leitura eletrônica do bilhete, atrasando o embarque.

4. O corcunda de Notre Dame ou a Tartaruga Ninja

Não sei quem se lembra da régua T, nem sei se ainda é utilizada. Era um instrumento próprio para desenho técnico, utilizado para apoiar o esquadro ou para traçar linhas paralelas quando apoiada na mesa de desenhos, possuindo em média 80 cm. Imagine um estudante de engenharia ou arquitetura com isso pendurado nas costas num ônibus cheio.

Pois bem, nos tempos modernos, mochila às costas já se incorporou ao viajante. Porém, diferentemente do corcunda de Notre Dame ou das tartarugas Ninja, o mochileiro não tem noção do acréscimo espacial agregado pela mochila e gira como se fosse somente o seu próprio corpo. Sentar-se ao corredor, para o efeito do desembarque rápido, requer destreza de tartaruga Ninja para desviar-se de mochilas.

5. A mala, adeus, sobre todas as coisas

Tem gente que não sabe que mala que cabe em avião da Gol ou TAM não cabe em Azul ou Avianca. Então, fica na sala de embarque, tranquilo, ligado no zap-zap, esperando toda a fila embarcar, para depois ir. Geralmente com uma mala maior que sua despreocupação, que não cabe no avião, que, aliás, já nem tem mais lugar para ela. Aí, a regra não falha ou a falha vira regra: ele vai abrindo um a um os compartimentos que a comissária já fechou por estarem completos; vai até o fim do avião, não acha lugar, e então sua mala tem que ser despachada.

6. O avarento-sedento

Em geral, espera-se pelo menos 15 minutos na sala de embarque, momento propício à ida ao banheiro ou para tomar água, de bebedouro ou então comprada. Por isso o avarento-sedento segura sua secura até o limite. Em alguns voos, como os da Azul, há copo de água, junto com fones de ouvido, na entrada da aeronave. Isso não impede que o sedento peça à comissária água justamente na hora em que ela está acomodando as bagagens para fechar os bagageiros ou preparando-se para sentar-se na hora da decolagem. Parece proposital, um certo exercício de poder de quem pensa que, por estar pagando, tudo pode.

7. O corredor descansado

Sentar-se na cadeira do corredor, para mim, só com dois objetivos: sair logo para chegar rápido ao destino ou seguir os movimentos das comissárias de bordo – situação da qual já me excluo imediatamente, porque em geral durmo logo que me sento, além do que tenho um casamento a manter. Certas pessoas parecem ter prazer em obstaculizar a passagem quando se sentam próximo ao corredor. O avião pousa, as luzes de apertar o cinto se apagam, e ele ali, poderoso, no zap-zap ou então lendo o seu livro, coisa rara atualmente. Para quem chega ao aeroporto de Confins, distante 40 km de Belo Horizonte, pode custar a espera de 20 minutos para o próximo ônibus executivo até o centro.

8. O bilateral

Aquele que ocupa o meio da esteira rolante, impedindo que outras pessoas passem caminhando. Não custa ficar à direita, para dar passagem a quem tem pressa.

9. Outra lei da física: o som se propaga em todas as direções e sentidos

Há alguma explicação para as pessoas gritarem ao celular? E para compartilhar sua intimidade ou seus negócios com os demais passageiros? Provavelmente são os mesmos que andam nas ruas com o som do carro no volume máximo, democratizando o seu bom gosto musical – na opinião deles, claro – com os demais transeuntes.

10. O chato de galocha

Se não quiser ler a explicação abaixo, entenda chato de galocha como o atual mala sem alça e vá direto ao final.

Galocha é um calçado de borracha que se usa sobre outro para protegê-lo da umidade, da chuva, da lama. As galochas eram muito usadas nos anos 50 e 60 no interior do Brasil, onde em muitos lugares ainda não havia calçadas. A expressão parece ter origem no fato de que, antigamente, os chatos, mesmo em tempo de condições climáticas adversas, calçavam suas galochas e iam encher o saco de outras pessoas.

Claro que o leitor está pensando que sou eu o chato de galochas. Errou. Não reclamo de ninguém, fico na minha, só observando e procurando não repetir esses erros. O que, se todos evitassem, abreviaria muito as viagens.

Porém, num voo com centena de passageiros, sempre haverá um chato de galochas, explícito ou não.

* Publicado no Facebook, em dezembro de 2018, e na coluna de Luiz Viana David no *Jornal Diário*, de Pará de Minas, em 4 de janeiro de 2019.

Os bruxos também amam

Por volta de final da década de 70 e início dos anos 80, houve, no Edifício Santa Fé, na Rua do Acre, 134, ao lado da rodoviária de Belo Horizonte, uma república de pará-minenses, conhecida como "República dos Bruxos" ou "Toca dos Bruxos".

Inicialmente, cabe a explicação sobre a alcunha. Em Monte Carmelo, onde morava à época o José Mauricio Teodoro, irmão do Edson Borracha, Emídio e Newton, havia um bar aonde os empregados do DER reuniam-se para a tradicional cerveja pós-expediente e, ao lado, havia um lote vago, com alguns pés de mamona. Ao final da noite, com o dono querendo fechar o bar, aqueles que não tinham condições de ir para casa por excesso etílico iam, espontaneamente ou levados pelos amigos, apagar nos locais em que o capim já tinha até adquirido formato de cama.

Reza a lenda que o mais famoso inquilino foi o trapezista de um circo que passou por lá, o qual se deitou na cama de capim após uma incrível pirueta. O local ficou conhecido como "Hotel das Bruxas", pois assim se tratavam os empregados do DER adoradores de Baco. Os irmãos Edson Borracha, Emídio e Newton levaram para Pará de Minas o tratamento, dado carinhosamente aos amigos cervejeiros, de bruxos ou bruxões.

Foi assim que nos tornamos os "bruxos do 501", com a alcunha de "Toca dos Bruxos" para o nosso habitat.

Pois bem, vou contar como tudo começou. Éramos um grupo de amigos e conterrâneos de Pará de Minas, estudando e trabalhando em BH, morando em pensões, algumas bastante precárias.

Para se ter ideia, fomos visitar dois amigos em uma pensão na Avenida Olegário Maciel, nas imediações da estação rodoviária. Avistei uma varinha no quarto e, curioso, perguntei para o que seria. E o amigo, com aura santificada, respondeu que era para espantar baratas, porque tinha dó de matar.

Eu e outros conterrâneos moramos numa pensão na Rua Guajajaras, quase esquina com rua São Paulo, num quarto fora da casa. Entre o nosso quarto e a casa, havia um viveiro de periquitos australianos, não dois, ou três, mas mais de vinte. Era uma gritaria só daquela bicharada, para nosso desespero e especialmente de um de nós, que os saudava matinalmente com um "fdp desses periquitos, que não deixam a gente dormir!". Eles eram de um aposentado que morava no quarto dentro da casa, que nas horas vagas pegava um apito e ia controlar o trânsito na esquina. Não precisa dizer mais nada, não é mesmo?

Então, para minorar nosso sofrimento, tivemos a ideia de alugar um apartamento para morada coletiva.

Imagine quem aceitaria alugar um apartamento para dez rapazes em início de carreira. A única pessoa, não sei se louca ou de bom senso, que aceitou isso foi o proprietário do apartamento 501 da Rua do Acre, 134.

Para nós, era prático: atravessando, por baixo do viaduto, a Rua do Acre, estava a rodoviária, porto de partida e chegada das viagens de fim de semana à querida terrinha. Quando fomos visitar o apartamento, antes da locação, perguntamos ao porteiro como era morar lá, e a resposta foi de que era bom, à exceção do barulho, que o estava deixando meio surdo. Para os nossos jovens ouvidos não foi problema.

Histórias são muitas. Época de muito trabalho, mas também de diversão.

O amigo em cujo nome foi alugado o apartamento, à época já bem empregado na Caixa Econômica Federal, era um mecenas, assinava jornais e revistas culturais, como *Playboy* e a concorrente *Status*, que todos liam, à exceção dele. Sexta-feira à noite ele voltava com um quilo de linguiça, frita na hora por ele mesmo, e dois frangos assados, rapidamente devorados por um bando de homens das cavernas, sob acompanhamento da cervejinha sempre companheira.

Houve dois grupos que habitaram a Toca, sendo que alguns amigos moraram lá durante todo o tempo de aluguel. Cada um com suas peculiaridades.

Na primeira turma, dois serviam para nos acordar. Um engraxava, todo santo dia, o sapato no corredor e não havia como não despertar com aquele barulho da escova roçando o sapato. O outro ligava o rádio, sintonizado na Inconfidência, em alto som, de modo a todos nós ouvirmos o horóscopo. Quando cada um estava se habituando a acordar na hora da previsão de seu signo, ele mudou-se da república.

Foi esse último o autor de um episódio inacreditável. Cheguei à noite e deparei-me com meu travesseiro cheio de resíduos parecendo areia. Olhei para a parede e havia um buraco; fui à sala, e o buraco estava escondido atrás de uma folhinha. "Que merda é essa?", indaguei, sutilmente. "Foi o fulano que trouxe um revólver de furar concreto e resolveu experimentar." Espero que o amigo não se candidate a porte de arma, embora seja a paz em pessoa.

Era normal todos nós irmos a Pará de Minas na sexta-feira à noite ou no sábado de manhã, dependendo de termos ou não aula nesse dia. A volta era domingo à noite ou segunda-feira bem cedinho, a tempo de aula ou trabalho.

Teve um que comprou passagem para o ônibus das seis horas da manhã. Todos ficamos intrigados com o horário, e ele argumentou que seria para aproveitar mais o dia. No sábado cada um acorda no seu horário habitual, e ele lá, havia perdido a hora. Ganhou de imediato o apelido de "Pássaro madrugador".

Copos, havia 10, cada um levou um. Cada um usava e deixava na pia; quando estavam todos lá à espera de alma caridosa que os lavasse, o usuário seguinte lavava apenas um, que iria usar, e o retornava ao convívio dos outros nove sujos.

Ah!, as mulheres! Num universo de dez jovens, elas disputavam com o futebol os assuntos diários. E geravam vários fatos para brincadeiras. Um dos bruxos, quando retornava da faculdade, sempre comprava leite à noite, que dividia com outro habitante. E passava pela Avenida Paraná carregando sua pasta e o saquinho de leite. As garotas de programa – hoje, porque naquele tempo eram mesmo prostitutas ou outro nome derivado deste – que frequentavam a avenida sempre sacaneavam: "E aí, levando leitinho para as crianças?". E ele chegava revoltado com isso toda vez.

Dois parceiros, os mais jovens, certa noite saíram para a padaria que ficava quase embaixo do viaduto e voltaram cheios de prosa, dizendo que conheceram duas meninas com as quais iriam sair e que, se fossem levadas a Pará de Minas, seriam vistas como namoradas. Dois dias depois, acordam os dois furiosos, com gotejamento no instrumento de entrosamento com aquelas meninas, sinal de gonorreia, não rara numa época em que camisinha não era comum. E os demais, implacáveis, ficavam ironizando: "Se levar a Pará de Minas, vão achar que são namoradas".

O prédio era vazado no meio de forma que, da nossa área de serviço, viam-se as partes internas dos outros apartamentos. No andar de baixo, morava uma moça, cuja chegada em casa era ansiosamente aguardada. O privilegiado que ficava no quarto de empregada se mantinha atento e dava o sinal, e os demais presentes iam em bando assistir à vizinha trocar de roupa.

Mas, por falar em mulheres, eram elas raras como presença física no 501, à exceção de dois casos. Um amigo forneceu a chave para a mãe e as irmãs usarem o banheiro do 501, se necessitassem, na chegada ou na volta para Pará de Minas. Por mais que o 501 fosse habitado pelos dez porquinhos, com a ida de faxineira uma vez por semana ainda seria melhor do que banheiro de rodoviária.

Pois bem, eis que, naquela época de trabalho só à tarde e faculdade à noite, eu me sento à mesa da sala, de manhã, para leitura dos jornais já buscados na banca, por sinal de um conterrâneo, pelo amigo que trabalhava em compensação de banco e tinha essa disponibilidade. O detalhe era estar só de cueca. Com a chave em mãos, abrem a porta e entram a mãe do amigo e duas de suas irmãs. A reação imediata foi me enfiar mais ainda embaixo da mesa, com um alô a todas sem me levantar. Aí deu aquela aflição: E se demorarem? Precisava tomar banho e almoçar antes do início da jornada de trabalho. Foram poucos, mas aflitivos, minutos; logo elas saíram e devem estar até hoje pensando na minha falta de educação de nem ao menos ter-me levantado para cumprimentá-las.

Outro episódio de presença feminina foi consequência de um amigo ter arrumado namorada em Belo Horizonte. Com isso, diminuiu a frequência à ida de fim de semana a Pará de Minas.

Imaginem, se nossas camas mal davam para um – se a gente tivesse um sonho erótico era capaz de a cama desmontar –, para dois seria nível elevadíssimo de risco. Mas havia um beliche de ferro, talvez a única cama da habitação que não rangesse. E ainda aguentaria mais peso.

Pois bem, o dono do beliche um dia suspeita que o colega o estava usando para praticar sexo. Olha que frase interessante: estava usando o que ou quem para a prática de sexo? O beliche ou o dono dele? Ah!, a riqueza e os perigos da língua portuguesa.

Desconfiado, resolve voltar de Pará de Minas logo após o almoço no domingo e entra sorrateiramente no apartamento. Não dá outra: sai do seu quarto e não do que o amigo habitava, a namorada dele, nua, para ida ao banheiro. Conclusão: o namoro continuou, o beliche também, e nada mais sei.

Há muitas outras históricas que ainda dão pano pra manga. Talvez essas lembranças ressuscitem outras para uma nova crônica. E espero também que possamos realizar, em 2020, em Pará de Minas ou em BH, o 1º Encontro dos Bruxos do 501. O conceito estendeu-se, amigos que provisoriamente passavam por lá em visita assim eram tratados, e até um grupo de carnaval nós formamos.

E por que o título “Os bruxos também amam”? Porque um a um fomos casando, a república foi se desmilinguindo até o seu inevitável fim. E também porque, mesmo à distância, continuamos amando uns aos outros.

* Publicado no Facebook, em novembro de 2019.

O dia em que eu morri

Nunca fui gato, nem no sentido estético nem no futebolístico, de falsificar data de nascimento. Porém, se tinha sete vidas, duas já se foram, por eventos ligados a Pará de Minas.

A primeira, lá pelo início dos anos 80, foi quando me mataram na terrinha. Chego num final de semana para visitar minha mãe, e umas três pessoas me viram na rua e aproximaram-se de mim surpresas, como se estivessem vendo um fantasma e dando novo sentido à expressão "você por aqui?".

Disseram que estavam certos de que eu havia morrido, porque circulou essa notícia pela cidade.

Conversando com uns e outros, o fato foi que leram no jornal *Estado de Minas* notícia de que Lúcio dos Santos, natural de Pará de Minas e morador de Belo Horizonte, havia falecido em acidente com um carro Fiat.

Provavelmente em papo de boteco, fizeram algumas ligações que levaram à conclusão de ter sido eu a vítima anunciada: de Pará de Minas, morador de BH, proprietário de um valente Fiat 147 bege e filho de Henrique Faria dos Santos, origem do sobrenome que acresceram ao nome do falecido: Lúcio dos Santos.

Ocorre que houve aí dois enganos. O primeiro, graças a Deus, como vocês devem ter concluído, foi o fato de não ter sido eu; o segundo, porque o Santos do meu pai não é sobrenome de família, mas sim um nome genérico como seria dos Anjos ou algo assim.

Fiquei agradecido a Deus não só por estar vivo, mas também pela consideração dos amigos que ficaram felizes em me ver. Pior seria ter detectado expressão de contrariedade que significasse "o que você está fazendo aqui?".

A segunda vez foi por ocasião de doença da minha mãe, poucos anos depois. Eu e minha irmã Lenita fomos visitá-la em Pará de Minas e quisemos voltar no mesmo dia, à noite, com chuva. Na altura de Betim, meu carro aquaplanou, girou e bateu de ré na mureta que dividia as duas pistas. Engatei a primeira, saí e parei em um posto para ver o estrago, que havia sido pouco.

Por sorte, isso aconteceu justo na parte da estrada, àquela época não duplicada, que tinha essa mureta divisória. Não fosse isso, nem gosto de pensar no que nos aconteceria se o carro tivesse atravessado a pista.

Jamais me imaginei na situação de personagem do grande Machado de Assis, na pele, ou melhor, alma ou espírito, do escritor-defunto ou defunto-escritor que narra sua história em *Memórias Póstumas de Brás Cubas*. Só resta agradecer a Deus por estar contando essas histórias em vida e também pelos amigos para lê-las ou ouvi-las. Não sou dos Santos, mas me sinto protegido por eles.

Aqui cabe mais um registro da relação entre Pará de Minas e morte: morro de amores pela minha querida terrinha, de infância e adolescência felizes, ótimo ensino, com boas professoras e professores, muito futebol, excelentes amigos.

* Publicado em dezembro de 2019 no Facebook.

De repente, 65!

Renato Maurício Prado, em sua coluna esportiva do jornal *O Globo*, costumava contar casos de jornalismo, dos quais me lembro do "foca", assim chamado o principiante na profissão, que deu à sua matéria o título "De repente, o Natal". Ora, como de repente, se são passados 359 ou 360 dias desde o início do ano para a data?

Pois bem, eu me sinto assim: de repente, 65! Apesar de bem vividos, parece ter passado muito rápido. As lembranças, desde a mais tenra idade, estão bem vivas na memória.

Há grande diferença entre "viver do passado" e "viver com o passado". Não fico me lamentando, "no meu tempo era assim, era melhor" – apesar de muita coisa ter sido diferente, principalmente a liberdade e a segurança. Inegavelmente, os tempos recentes, apesar de mais acelerados, trouxeram boas novidades, como as redes sociais. Elas nos permitem resgatar amizades diluídas pelo tempo, como a de colegas do Grupo Escolar Torquato de Almeida, o que até possibilitou o primeiro encontro em 2018. Essa proximidade virtual nos deixa conectados com as lembranças e também conquistas pessoais e profissionais de cada um. No Facebook, o meu amigo de Pará de Minas, Luiz Viana David, excelente escritor e memorialista, a quem cito como o "antialzheimer da memória pará-minense", traz interessantes histórias da terrinha e de seus ilustres filhos, além das notícias do presente.

Um dos pontos positivos do passar da idade é ir acumulando amizades.

Tenho ainda outros bons grupos, que me possibilitam encontros virtuais ou pessoais e troca de mensagens pelo Whatsapp: de amigos, uns aposentados e outros ainda não, do Deorf, departamento do BC no qual trabalhei; do "Pré-Copom", grupo de amigos do BC em BH, que se reúne em todas as vésperas de reunião do Copom como mote para saborear boas cervejas artesanais; e o mais recente, dos "Seminovos", grupo de amigos do meu irmão, e agora meus também, apesar de que, segundo eles, ainda tenho que ser aprovado em sabatina.

E assim, graças à tecnologia, poderei continuar em contato com os amigos que fiz por meio do FGCoop, tanto os dirigentes cooperativistas quanto os membros da equipe do Fundo. Infelizmente, por um lado, mas felizmente, pelo lado da capilaridade do cooperativismo de crédito, encontro com amigos do ramo não são frequentes como eu gostaria, mas contatos virtuais são compensatórios.

O futebol, desde as peladas em Pará de Minas e BH até os campeonatos amadores lá, trouxe-me momentos de prazer e também boas amizades. Pena ter que encerrar a minha carreira precocemente, aos 63 anos, por causa de cirurgia devido ao descolamento de retina no olho esquerdo, a qual, embora não causada pelo futebol, não pode ser colocada em risco. Porém, pretendo participar nem que seja eventualmente das resenhas da turma da pelada de sábado em BH.

Profissionalmente, desde a saída de Pará de Minas, próximo aos 19 anos, para morar em Belo Horizonte, trabalhei por seis meses no Banco Comércio e Indústria, saindo a convite do amigo Geraldo Otávio de Melo Ferreira para o Banco Mercantil de Investimentos, onde trabalhei por dois anos e meio, e, sem seguida, para o Banco Central, por trinta e seis anos e meio. E, findando agora, seis anos como Diretor Executivo do FGCoop, em Brasília.

Embora nunca tenha me fixado em status e cargos, refleti muito sobre a condição humana por ocasião da prisão de um midiático empresário do Rio de Janeiro – não por ter crime a pagar, que fique bem claro –, quando ficou com a cabeça raspada, sem fortuna, sem prestígio, sem carrões, sem iate, sem mulher famosa a seu redor. Naquela situação, ele ficou reduzido a si mesmo, ao que realmente é. E todos nós chegaremos um dia a esse ponto. Se não investirmos, durante toda a vida, nessa pessoa, estaremos perdidos quando nos defrontarmos com ela.

E eu estou bem comigo mesmo, rodeado pela família, com o coração repleto de amizades, com a alma leve, realizado profissionalmente.

Embora não desesperado, é hora de ter, como na oração, cada vez mais "serenidade para aceitar as coisas que eu não posso mudar, coragem para mudar aquelas que eu posso, e sabedoria para distinguir uma das outras. Vivendo um dia de cada vez; aproveitando um momento de cada vez; aceitando as dificuldades como um caminho para a paz".

Planos? Primeiro, como todo mundo, superar esta pandemia. Depois disso, valorizar mais ainda as relações, curtir família e amigos, ver com olhos mais admirados ainda os profissionais de saúde e prestadores de serviço que estão ajudando o mundo a superar esta crise. Profissionalmente, quero me manter ativo, conectado ao cooperativismo de crédito, missão que abracei por acreditar nos seus princípios e na sua forma mais justa de efetuar intermediação financeira.

Cabeça, coração e alma, tudo funcionando bem, mas a seu ritmo e a seu tempo. Graças a Deus!

* Publicado em maio de 2020 no Facebook.

Bares de Pará de Minas, histórias e causos

O título é quase pleonástico, bares e causos se confundem, porque ali são contadas ou nascem as boas histórias.

Na minha cidade natal, Pará de Minas, posso citar vários, com saudade dos locais que já não existem mais. Nessa época de recolhimento doméstico em BH, não custa fazer um *tour* literário pelos bares da minha infância e juventude, época de dureza, mas de muita amizade e boas risadas.

Começando pela infância, o Bar do Ari Coutinho, onde eu comprava picolé e cachaça. Não, leitor, não tire conclusão precipitada, felizmente não é um caso de alcoolismo precoce – e, felizmente, nem tardio! Minha mãe comprava pimenta na porta de casa e me pedia para ir ao bar, nosso vizinho, para comprar cachaça para colocar na pimenta dentro de uma garrafa. Como eu era conhecido, me vendiam sem problema, e lá ia eu de volta, equilibrando nas pequenas mãos um copo "lagoinha" cheio do líquido que mais denominações tem: numa rápida pesquisa na internet, pode-se encontrar mais de quatrocentos sinônimos, desde "água que passarinho não bebe" até "remédio".

Quando meu pai dava dinheiro ao meu irmão Geraldo Magela para comprarmos picolé, era uma festa. Aquele picolé de coco do Bar do Ari, delicioso, era saboreado como se eu não quisesse que o sonho terminasse.

Era também na porta do Bar do Ari que algumas vezes acompanhei o meu irmão na divulgação de seu jornal semanal, escrito à mão, em folha de papel almaço, comentando as partidas de futebol entre Londrina, Continental, Guarani e outros times da cidade e a atuação de seus jogadores, com queixas de um ou outro à crítica sobre sua má atuação.

Ainda garoto, foi no bar que um dia foi do Patinho que a minha memória insiste em registrar que vi Roberto Carlos, em início de carreira, tranquilamente sentado, quando esteve na cidade para show no Cine Vitória, vizinho àquele bar.

Já na adolescência, ainda sem frequentar bares, era atraído pelo Bar Mineirão por curiosidade: ali se reunia com amigos, nas suas idas à terrinha, um conterrâneo e amigo, que muito admiro, que foi jogador de futebol profissional. O bar lotava. Não se pode negar que ele foi um dos jogadores que enchiam o Mineirão. Fica na história dele, mesmo que haja entendimento equivocado.

O Bar Mineirão tinha uma especificidade: o dono não gostava de confusão e, nas ocasiões em que o bar iria lotar, ele não abria. Era assim no réveillon, carnaval.

O Bar Mineirão me traz boas recordações de sua comida. Quando minha mãe viajava a Belo Horizonte para visitar minhas irmãs, meu pai me solicitava ir ao bar comprar almoço para nós. Lá ia eu, quatro pratos nas mãos e um pano de prato os envolvendo. Voltava com dois pratos feitos, cobertos pelos outros pratos e amarrados pelo pano. Ainda sinto o cheiro e a suculência do bife de pernil que eu sempre pedia.

Outro ponto tradicional era o Bar do Zé Jerônimo, onde havia mesa de sinuca e as pessoas jogavam a valer. O bar, naquela época de sociedade tradicionalista, teve má fama na cidade. Não o frequentava, mas passava em frente com um amigo na direção de algum outro bar. O irmão dele era frequentador do Zé Jerônimo e parece que tinha um radar: seu irmão já passava do outro lado da rua Benedito Valadares, conhecida como rua Direita, mas ele detectava a presença, chegava na porta, gritava "ô, meu irmão", atravessava a rua, abraçava o irmão e voltava ao bar.

Esse mesmo personagem criou um hábito diferente, à época em que bebia: chegava e já pedia a primeira "saideira", depois a segunda e por aí ia. Segundo ele, havia se cansado dessa falácia de saideira, porque sempre se pedia outra cerveja e então resolveu ser realista.

Também teve indevida má fama à sua época o Casarão, montado com ar de requinte, com pouca iluminação. Conta-se o caso da mãe que de lá retirou sua filha, por não julgar ambiente adequado à sua presença.

O El Faro, que ficava embaixo da boate do mesmo nome, era ponto de encontro dos rapazes que deixavam suas namoradas em casa e ali se reuniam para arrematar a noite. Era por ali que passava um dos grandes armadores do futebol amador da cidade, de excessiva timidez, mas que, após umas e outras, a perdia totalmente e lá, sempre bem recebido, conversava, cantava, quase subia na mesa. Vá entender.

Na porta do El Faro presenciei uma cena inesquecível: dois irmãos brigando entre si, alguém chega para apartar a briga e os dois se unem para bater no interventor.

O Patropi, do Mauro Almeida, fez muito sucesso, frequentado também pelos futebolistas da cidade, por ter ele fundado um time de futebol de salão em que joguei, sendo campeão da cidade. Grandes embates com o fortíssimo time da Eletrogás, e o final da partida era lá no Patropi.

O Camisa 10 funcionou como a sede "socioetílica" do glorioso Clube Atlético Paraminense, juntando seus atletas e torcedores.

O Bar do Roque, no prédio em cuja lateral funcionou a oficina de conserto de rádios de meu pai, apesar de pequeno, foi muito frequentado. Um amigo, cliente assíduo, recebeu do irmão o apelido de "Serrote". Indagado por que, ele respondeu: "Porque o negócio dele é só roque, roque, roque".

Mas onde eu queria chegar mesmo é ao Bar do Geraldinho, que, embora tenha mudado de lugar mais de uma vez, até hoje é um dos mais tradicionais da cidade. É lá que tenho o prazer de marcar encontro com os amigos quando visito a terrinha. Quando era na esquina das ruas Coronel Domingos e Cruzeiro, foi ali pintado, na rua, rente ao meio fio, um quadrado.

Foi assim, conforme diz a lenda: a novidade foi trazida de Monte Carmelo, onde moravam dois irmãos dos irmãos do causo do Bar do Zé Jerônimo; lá, naquela época em que o excesso de bom humor e felicidade compensava a falta de dinheiro, a turma do DER criou o hábito de tomar uma pinga e dar uma cambalhota, ora para festejar, ora para ficar tonto mais rápido e assim potencializar o efeito da maldita a baixo custo. O costume foi trazido para Pará de Minas e adotado, virando tradição no Bar do Geraldinho, e a intensidade do costume acabou gerando a pintura do quadrado que ficou conhecido como "cambalhódromo".

Todos os bares eram respeitosos: à época de sepultamentos, em que o caixão era carregado pelas ruas até o cemitério, os bares respeitosamente cerravam suas portas, o mesmo acontecendo na passagem das procissões.

Para concluir: nunca joguei sinuca no Bar do Zé Jerônimo, nunca virei cambalhota no Bar do Geraldinho, mas frequentei os bares da minha cidade, sempre celebrando, com parcimônia, a amizade e, mais do que contando, ouvindo bons causos.

* Publicado em julho de 2020 no Facebook.

Mineiros na Furada

Época de isolamento, sem poder viajar, hora de lembrar, com bom humor, de viagens feitas.

O Ceará é um atrativo por motivo bem especial, além das belas praias: tenho em Fortaleza uma família, emprestada do meu compadre Edivam, de cujo filho mais novo, Rodrigo, sou padrinho.

Numa dessas idas, em 2002, eu e Flávia aproveitamos para visitar a famosa Jericoacoara, conhecida como Jeri.

Para quem não conhece, já adianto que vale muito a pena. Hoje pode-se ir até de avião, mas naquela época era diferente. Ia-se de Fortaleza a Jijoca e lá se pegava uma jardineira, ou seja, um caminhão adaptado para transporte pela praia, até Jeri.

Optamos por contratar transporte por empresa de turismo, que nos levasse até o destino final em veículo 4x4. Horário marcado, aguardávamos na portaria do hotel, junto com uma senhora paulista e um casal de filhos adolescentes, e eis que chega um veículo comum, com motorista e um representante da agência de turismo, que nos explica: "Devido ao pequeno número de passageiros, optamos por colocar vocês em um ônibus comercial, mas bastante confortável, com ar-condicionado, até Jijoca, e de lá seguirão em aprazível viagem pela praia, de jardineira".

Fomos até a rodoviária e, de fato, o ônibus tinha ar-condicionado. Porém, era daqueles ônibus paradores, um entra e sai de pessoas pelo caminho, durante uma viagem em torno de 5horas.

Uma das paradas foi numa lanchonete chamada Oásis. Pedimos uma água mineral e não tinha. Como até ali tudo era só felicidades, rimos muito da contradição do "oásis sem água".

Seguimos viagem e, bem no banco da frente, uma jovem mãe com um bebê de colo, então bem-comportado, até que um cheiro horrível espalha-se pelo interior do ônibus. O até então lindo e comportado bebê havia enchido as fraldas. E, se a situação estava ruim, imaginem como ficou quando a mãe foi trocá-lo.

Fiquei atordoado não só pelo cheiro, mas também pelo pensamento de como um ser tão frágil e pequeno podia fazer algo com cheiro tão apavorante! Fralda trocada e a usada enrolada e envolvida em sacola plástica, o cheiro voltou à dimensão inicial, o que foi apenas alívio, mas não solução. A coisa só se resolveu na parada seguinte, quando a fralda e seu conteúdo foram desembarcados do ônibus.

Chegamos em Jijoca e tomamos a jardineira, e até que, à parte os solavancos, foi uma viagem interessante.

A até então pequena vila de Jeri revela-se bastante simpática e acolhedora. Um dos pontos altos do passeio, com a desculpa pelo trocadilho, é subir uma extensa duna para ver o pôr do sol.

Estávamos sentados em um bar, admirando o final da tarde, e passa uma turba em direção à duna, para começar a escalá-la e admirar o pôr do sol. Vem a temida pergunta da Flávia, minha esposa: "Vamos subir?". E eu, com a minha praticidade, para não dizer insensibilidade e preguiça, argumentei: "Pra que, se o sol vai descer e ficar no nível em que estamos? Não vamos na contramão do sol!".

Outro passeio tradicional é a ida à Pedra Furada. Vai-se pela praia e por ela pode-se voltar, desde que a maré ainda não tenha subido, pois em parte do caminho há algumas grandes pedras. Aconselharam-nos a contratar um guia, que indica o caminho e ainda leva, em isopor, bebidas para serem compradas e consumidas no local.

Antes de continuar, um esclarecimento sobre o senso de economicidade do mineiro, que os incompreendidos chamam de pão-durismo: não é isso, é que o mineiro já nasce com o gene da educação financeira.

Pois bem, guiado pela genética da economicidade, o casal teve o brilhante raciocínio: vamos e voltamos cedo, pela praia, então não há necessidade de guia. Não bastasse a brilhantíssima ideia, uma ainda mais fantástica: não precisamos nem levar chinelos, pois iremos e voltaremos pela praia.

Ambos os raciocínios estariam perfeitos, desde que fôssemos nativos ou moradores há tempos do lugar e profundos conhecedores do local e do movimento da maré, fatos simples dos quais nos olvidamos.

Começamos o agradável caminho, pela praia, animados pelo passeio e pela economia. À frente, pessoas com guias levando os isopores com bebidas. De repente, pedras, pelas quais tinha que se passar subindo e com muito cuidado. Fomos bem, seguindo o caminho dos demais.

Chegamos, enfim, à região da Pedra Furada. Merecedora de uma foto, tivemos que aguardar os demais, principalmente uma moça que fez, até onde contei, quatrocentos e oitenta e oito poses. Isso, naquele tempo, em que não havia selfies e nem redes sociais. Coitado de quem chegar hoje a algum lugar depois dessa moça.

Lugar visto, hora de voltar. Vamos bem, seguindo os demais, até determinado ponto, em que a maré havia subido até as pedras, impedindo a passagem pela praia. O guia, do qual estávamos filando informações, avisa que agora só pelo caminho da estrada.

Subimos, sol a pino, e a estrada tinha pequenas moitas nas beiradas. Suportamos bem o começo da caminhada. Aí o matinho foi raleando e tivemos que ir pulando de moita em moita. Já viram, no desenho dos Flintstones, o Fred jogando boliche, quando ele corre na pontinha dos dedos? Pois é, assim fomos de matinho em matinho.

Sorte foi a alma caridosa do guia, até então não contratado, mas do qual havíamos comprado água e cerveja, ter se oferecido para derramar a água do gelo derretido em nossos pés, para um ligeiro refresco entre um e outro matinho.

Enfim, chegamos à vila. Ufa! Porém, era só areia até a pousada, e fomos de sombras em sombras até lá. Não sei se foi efeito de insolação, mas, ao entrarmos no nosso quarto, tive a impressão de que um par de sandálias havaianas estava morrendo de rir.

Podia ficar por aqui, porque até a essa altura todos os leitores já devem ter se dissolvido em lágrimas: os bondosos de coração, de tanto chorar, e os maldosos, de tanto gargalhar.

Porém, teve a volta. Minha esposa bateu o pé – e uso esta expressão para mostrar que o pé não ficou tão prejudicado – com a agência de turismo para voltarmos em veículo como havíamos contratado.

A princípio, deu certo, pois chega um veículo de bom porte, embora meio antigo, no qual embarcamos junto com a senhora e seu casal de filhos. O motorista avisa: preciso passar antes na casa do fulano para dar um recado. Recado dado, outro aviso: agora vou passar rapidamente em casa. Agora, vamos! Outro aviso: estou com problema em um dos pneus, e terei que parar de vez em quando para calibrá-lo.

A viagem foi tão tensa, demorada que, confesso, tive saudade dos solavancos da jardineira, do ônibus, do oásis sem água e até do lindo e inocente bebê!

* Publicado em setembro de 2020 no Facebook.

Pará de Minas querida

"Se não está dentro de nós, não está em lugar nenhum." (Galileu Galilei, ao ser interrogado na Inquisição em razão de sua teoria de que a terra não era o centro do universo e responder ao questionamento: "Se você está certo, onde está Deus?".)

"Itabira é apenas uma fotografia na parede. Mas como dói!" (Carlos Drummond de Andrade, no poema *Confidência do Itabirano.*)

"Por isso é que eu não faço questão de fotografar ou filmar. Isso se perde, mas o que estou vendo agora ninguém jamais retirará da minha memória." (Mário, engenheiro da Petrobrás, do RJ, ao ver a beleza da cor do mar de Cancún, durante uma viagem que fizemos em grupo de excursão)

"Vou pouco a Pará de Minas depois que meus pais e tio faleceram, apesar de ter grandes amigos lá. Mas acompanho o que ocorre lá por meio do blog de um amigo." (Eu, respondendo a amigos de BH que me perguntam sobre Pará de Minas)

"Cupins comeram tudo que era papel que estava guardado no nosso quartinho da garagem do prédio." (Minha esposa, por telefone)

O leitor deve estar se perguntando se este modesto escriba pirou, misturando Itabira, Cancún e Pará de Minas – o que talvez enlouqueça até o Google Maps – e envolvendo Galileu, Drummond, um tal de Mário e a si próprio num balaio de gatos, ou melhor, numa colônia de cupins. Vamos tentar amarrar isso tudo.

Vou pouco à querida Pará de Minas, reconheço. Não por falta de vontade, mas pelo carrossel da vida. Quando os amigos me perguntam se tenho ido, sempre respondo que ando sumido "do Pará". De repente me dei conta de que não estou fazendo jus à realidade. Se não vou fisicamente à terrinha, como carinhosamente me refiro à minha Pará de Minas, ela vem frequentemente a mim – ou a ela eu vou, não sei precisar – nas minhas saudosas lembranças.

Assim é quando, nas caminhadas pela Praça da Liberdade, em BH, sinto o perfume das flores, que logo evoca a antiga casa da minha avó, na Rua Theophilo Marinho. Sentindo o cheiro de grama molhada, como não recordar dos treinos e jogos no campo do Paraense? O cheiro de eucalipto me leva de volta ao caminho entre o Colégio Estadual Fernando Otávio e o seu campo, para as aulas de educação física com o Sargento Daniel. Nas saídas para um chope, peço sempre o primeiro escuro, em homenagem ao meu amigo-irmão Emídio.

Estou trabalhando em Brasília por uns tempos e, na quadra dos restaurantes próxima ao Banco Central, há uma lotérica de nome Camisa 10, que me leva novamente ao "bar do Paraminense". No ônibus para o aeroporto de Confins, me sinto novamente dentro de um coletivo da Empresa Santa Maria, ansioso para chegar em casa, dar um alô aos pais e correr rumo à Praça de Esportes, ao Patafufo ou à AABB, para bater uma bolinha.

No meu futebol-soçaite de sábado de manhã, às vezes me sinto em uma dessas peladas ou em alguns dos jogos do campeonato amador do Pará, pelo Internacional, Paraminense ou Rio Negro. O rum com coca que um amigo meu sempre toma após o nosso futebol de sábado de manhã me leva aos aquecimentos para os carnavais na antiga sede do Patafufo.

Não resisto à maionese, que me remete aos tempos de pouca grana, de início de emprego em BH, quando nos reuníamos no bar do El Faro para as cervejas saideiras nas noites de sábado e o tira-gosto para forrar o estômago antes de dormir era maionese, prato barato à época.

Participando de palestras ou seminários, remeto-me aos tempos do Grupo Escolar Torquato de Almeida e do Colégio Estadual Fernando Otávio, com boas lembranças de excelentes professores que contribuíram para a minha formação.

E por aí vai. São incontáveis as lembranças quase cotidianas da minha terra.

Os cupins comeram parte das lembranças físicas do meu passado, não tenho retrato de Pará de Minas na parede, mas agora posso responder, quando me perguntarem se tenho ido a Pará de Minas: vou pouco, mas não preciso tanto, pois a terrinha está dentro de mim. E, num trocadilho infame, desejo que demore a ficar por cima.

Depois de tudo isso dito, sei que lhes restou uma grande preocupação: os cupins. Não se preocupem, serão exterminados. As lembranças, jamais!

* Escrita em novembro de 2013 e publicada em setembro de 2020 no Facebook.

Passageira em transe

Temos uma grande amiga, cujo relacionamento começou com aulas de inglês e transformou-se em práticas de amizade, graças ao seu grande mérito de unir diferentes alunos num grupo amigo fora da sala.

Não que seja rica – de amizades, sim –, mas pode-se dizer que foi bafejada pela sorte de morar em bairro nobre e não necessitar de transitar pelo centro da cidade.

Não quero entregar o nome, mas a idade não há como evitar, pois o fato se deu em relação à sua aposentadoria. Embora sejam citados locais que não mais existem em Belo Horizonte, o fato deu-se há cerca de apenas um ano.

Transitados os documentos pelo INSS – com a sua presteza que levou um amigo a comentar certa vez que a expressão "piscar de olhos" lá se refere a seis meses –, eis que sai a bendita aposentadoria.

Chega o dia de ir ao Banco indicado pelo INSS e, para isso, toma um táxi.

– Por favor, me leve perto da Candelária.

– Senhora, não conheço essa igreja em Belo Horizonte. Não seria a São José?

Nossa amiga responde, sem querer manifestar desconhecimento:

– Então pode me deixar lá, a Candelária deve ser lá perto.

Chega à agência do banco indicado, próxima à Igreja São José, e é informada de que deveria se dirigir a uma outra, na Avenida Santos Dumont.

– Como chegar lá?

– É só seguir a Rua Carijós.

Mais uma vez, não querendo que o seu desconhecimento seja percebido, sai e faz a pergunta novamente a um transeunte, que lhe explica o rumo a seguir.

Situação resolvida, é hora de retornar e, estando com tempo, resolve voltar de ônibus. Qualquer um que subisse a Rua da Bahia lhe serviria e para isso decidiu ir a pé até o ponto perto da Sears (loja de departamentos que fechou as portas no final da década de 1980).

Olhou a placa afixada no ponto e constatou que havia dois ônibus que subiam a Rua da Bahia. Aí deu graças a Deus de não ter a vida consagrada em versos pelo compositor mineiro Rômulo Paes: "A minha vida é esta: subir Bahia e descer Floresta!", que está gravada em monumento na Rua da Bahia, próximo à Praça Afonso Arinos.

No ponto havia um senhorzinho. A partir daí, trava-se um duelo entre dois personagens tipicamente mineiros: uma, desconfiada, que não quer dar o braço a torcer, e outro na dele, quietinho, só observando, como se aguardasse o momento de intervir.

O primeiro dos ônibus passa direto, e ela comenta com o senhorzinho:

– Uai, não parou!

– É claro, a senhora não deu sinal!

Talvez já prevendo os acontecimentos, ela faz logo o sinal da cruz, pedindo a Deus que chegasse logo o ônibus que a levasse em casa.

O segundo ônibus vem chegando, e ela quase pula na frente dele, fazendo sinal, e o ônibus passa direto, o que merece nova indagação dela ao senhorzinho:

– Este não parou, mesmo com o sinal!

– É claro, este não para neste ponto, só no ponto acima.

O terceiro para, e ela e o senhorzinho sobem.

Ela passa direto pelo motorista e pergunta ao senhor que, nessa altura, já poderia ser conhecido como "Senhorzinho Google":

– Uai, cadê o trocador?

– Tem que pagar ao motorista.

Volta ao motorista e se desculpa:

– Passei direto.

– Não tem problema, sabia que a senhora voltaria.

Passa-lhe pela cabeça pedir que parasse em frente ao Cine Pathê, na Savassi (fechado em 1998), porém olha para o Senhorzinho Google, com um sentimento duvidoso entre agradecimento e ódio, e repensa: mais uma "manota" perto desse senhorzinho e, dependendo da resposta dele, um dos dois vai ser jogado do ônibus, ou eu ou ele!

Finalmente, chega ao seu apartamento, com o dever cumprido. Fica rindo sozinha, de si mesma.

Já não bastassem as falhas cometidas, comete a pior de todas: comenta com as amigas, inclusive com uma que tem um marido metido a cronista.

Observação: publicada com a autorização da personagem, bem-humorada amiga. Gostaria de ter conhecido o senhorzinho, que com certeza daria uma excelente crônica.

* Publicado no Facebook em 16 de novembro de 2020.

Assim era o futebol na TV antigamente

Hoje em dia fico impressionado com a velocidade das imagens e informações nos jogos de futebol pela TV. Os repórteres têm todas as informações sobre os jogadores: Fulano de tal tem 1,80m, 90 quilos, começou a carreira no Bragantino, jogou na Ucrânia, na China, no futebol árabe e voltou ao Brasil jogando pelo Paraná até chegar ao Vasco. E a gente fica mais impressionada ainda com essa rodagem toda quando se diz que ele tem apenas 22 anos!

Ocorre um escanteio contra seu time, e vem a estatística: dos quinze gols marcados pelo adversário, dez foram em escanteios. A gente até fecha os olhos, pensando: é agora!

Seu time faz um gol, você nem acabou de vibrar, e vem novamente a estatística: neste campeonato, o adversário empatou ou virou todas as partidas em que começou perdendo! Danou-se!

Mas o que mais me impressiona é que um lance mal acabou de acontecer e é reprisado, de vários ângulos, e até com linha traçada para tirar dúvidas.

Aqui tenho que abrir um parêntese para fazer registro de um caso divertido, contado por uma amiga. A amiga dela, desentendida de futebol, estava vendo um jogo e, numa dessas reprises de jogadas, indagou: "O que os jogadores ficam fazendo no campo enquanto o lance é repetido?". Pois não é que o caso, que provocou grandes risadas à época, parece agora ter sido premonição desses tempos do VAR (Video Assistant Referee), em que os jogadores ficam parados por vários minutos esperando a decisão sobre um lance? E pior, sem poder vê-lo!

Essas novidades remetem-me aos meus tempos de garoto e adolescente em Pará de Minas, vendo futebol e programa esportivo numa televisão em preto e branco.

Naquele tempo, usava-se na televisão o recurso da filmagem dos jogos. O jogo era filmado no Mineirão e os rolos de filme levados para o estúdio da TV Itacolomi.

Havia um programa na hora do almoço, chamado *Papo de Bola*, com Fernando Sasso, locutor e jornalista esportivo, criador do bordão "Tá no filó", e Olavo Leite Kafunga Bastos, ex-goleiro do Atlético e comentarista muito divertido, que tinha expressões como "estou sentido cheiro de gol" e "gol barra-limpa".

Quem operava o projetor era o Petrônio Campos, nosso conterrâneo. Passava-se o lance e o Sasso pedia: "Volta, Petrônio". Pois bem, a fita era voltada com a projeção da imagem dos jogadores fazendo o movimento contrário, correndo de costas, até ser posicionada no ponto de ser repetida a jogada do gol a partir de onde se queria.

Eu e os primos Teodoro – Newton, Eduardo e José Renato – gostávamos de assistir aos treinos do Paraense. Uma das partes mais divertidas, antes de começar o treino, era quando o Edson Borracha, o Barbacena (ambos jogaram no Paraminense), e outro de quem não me lembro, brincavam de voltar o lance. Criavam um lance de gol e depois voltavam, o Borracha se levantando de costas e os outros dois voltando correndo, também de costas.

Quando havia jogo no Mineirão, no final do primeiro tempo levava-se para o estúdio o rolo do filme daquela etapa e, assim que terminado o jogo, começava-se a passar o videoteipe.

E foi por isso que cometi uma das maiores idiotices da minha vida. Jogo Cruzeiro x Vila Nova, quarta-feira à noite, no Mineirão. Eu decidi que não iria querer saber do resultado, fui para o curso científico, voltei apressado para casa, evitando grupo de colegas que pudessem comentar o resultado. Deve ter muita gente pensando como teria sido possível não saber o resultado. Simples: não havia celular, no máximo um mísero radinho de pilha no qual o amigo e colega Eduardo Teodoro às vezes buscava informação do resultado.

Pois bem, tive êxito na primeira etapa, crucial para o sucesso do meu grande plano: cheguei em casa sem saber o resultado. Liguei a TV, som baixo, pelo adiantado da hora, e começou o videoteipe, o tempo foi passando e veio o sofrimento, nada de gol. Até que, finalmente, no meio do segundo tempo, sai o gol, marcado pelo meu conterrâneo e ídolo João Ribeiro, dando números finais ao placar, como se dizia à época: Cruzeiro 1 x 0 Villa Nova.

Não pude deixar de ser punido com a autoflagelação do pensamento de como fui bobo, podendo ter poupado o sofrimento sabendo antes da vitória. Mas aí o gol não teria a mesma dupla emoção. Gol do Cruzeiro e dele, meu ídolo, João Ribeiro!

Valendo-me da internet, é fácil ter acesso a informações sobre aquele jogo:

19/5/1971 (4ª. feira)

Cruzeiro 1 x Vila Nova 0

Local: Mineirão.

Juiz: Dagomir Sacramento.

Renda: Crf 21.147,00.

Público: 5.382 (7.265 total)

Gol: João Ribeiro 20' do 2.° tempo.

Cruzeiro: Raul; Pedro Paulo, Fontana, Perfumo e Geraldo Galvão; Toninho e Spencer (Palhinha); Roberto Batata (Gil), Dirceu Lopes, João Ribeiro e Lima.

Técnico: Ilton Chaves.

Villa Nova: Nonô; Cassimiro Bráulio, Cicinão e César; Daniel e Piorra; Dias, Eduardo (Rodolfo), Paulinho e Jesum.

Técnico: Arizona.

Campeonato Mineiro 1971

Classificação Final (Pontos ganhos)

1º América 38 (campeão invicto)

2º Cruzeiro 36

3º Atlético 30

4º Tupi. Uberlândia e Valério 21

5º Uberaba 20

6º Atlético (TC) 18

7º Fluminense e Vila Nova 17

8º Flamengo 16

9º Cassimiro de Abreu 9

Artilheiros

1º Jair Bala (América) 14

2º Valmir (Tupi) 10

3º João Ribeiro (Cruzeiro) 9

* Publicado no Facebook em 29 de janeiro de 2021.

Um ano de isolamento

Hoje, 12 de março de 2021, faz um ano da última vez que usei sapato social. No dia seguinte, uma 6ª. feira, vim de Brasília para BH, como de praxe, e não mais voltei. Começaram as conversas sobre fechar cidades, aeroportos e instalou-se o *home office*, no qual fiquei até 12 de junho, quando me desliguei do FGCoop ao final do segundo mandato como diretor executivo.

Minha filha me deu de presente de aniversário um calçado tipo crocs, de plástico, fácil de higienizar, e é ele que tenho usado quando vou ao pilates, à farmácia, a consultas.

E que relevância tem isso para vocês e para mim? Merece celebração?

Do sapato social não sinto a mínima falta. Falta mesmo eu sinto do tênis de futebol-soçaite, o qual não calço desde 9 de junho de 2018, quando joguei a última pelada antes de cirurgia devido a descolamento de retina – que não se deveu a futebol. Liberado pelo médico para retornar a brincar de futebol – na minha idade não se aplica mais o verbo jogar –, estou à espera da vacina.

Quanto ao resto, já me adaptei. Máscara incorporou-se à indumentária, eu e minha esposa adotamos um *happy hour* em casa toda 6ª. feira, para suprir a impossibilidade de saída e nos dedicarmos unicamente a conversar, sem celular e sem TV. E fazem bem também as reuniões virtuais com amigos, regadas a vinho ou cerveja, para aplacar as saudades.

As reuniões virtuais de trabalho deram lugar a cursos on-line e a participação em eventos virtuais, participando diretamente, interagindo ou somente assistindo e a escrever artigos ou crônicas.

Um ano sem colocar os pés num sapato social e nem em aeroporto. Planos adiados, como a visita à minha família cearense, *happy hour* de despedida em Brasília, praia em Cabo Frio.

Em nenhum momento consegui ficar revoltado com esse isolamento, sempre o entendi necessário, principalmente porque revi os meus planos, e a minha meta primordial se transformou em sobreviver a esses tempos. Física e mentalmente.

Revolta mesmo, só com o descaso de outras pessoas.

Enfim, concluo que merece celebração. Não o ano sem uso de sapato social, mas o fato de ter sobrevivido bem a esse tempo e ter incorporado os indispensáveis 3P: prevenção, paciência e perseverança. Os quais são precedidos pela imprescindível fé de que chegaremos a dias melhores. Com muitas perdas, sem dúvida, que temos a lamentar, mas os sobreviventes temos a celebrar e agradecer a Deus.

Que venha a vacina, para todos e dias melhores para a humanidade.

* Publicado no Facebook em 12 de março de 2021.

As piranhas de Araruama

De início, o leitor deve imaginar: "Lá vem mais uma história de pescador, aquelas mentiras cabeludas típicas dos pescadores!". Sabendo-se que as piranhas são peixes carnívoros de água doce e Araruama fica na Região dos Lagos do Estado do Rio de Janeiro, de águas salgadas, a mentira está evidente.

Pois bem, mas se você também tiver, como declarou o grande Ariano Suassuna, simpatia com mentiroso e doido, certamente seguirá a leitura para se certificar do tamanho da mentira, que, como em toda história de pescador, geralmente é maior que o peixe.

Mas não se trata exatamente disso.

Em 2007, eu e minha esposa fomos passar o carnaval em Cabo Frio e, como geralmente fazíamos, para evitar excesso de movimentação, optamos por ir antes e voltar no meio do feriado. E naquele ano, especificamente, nós optamos por ir de avião até o Rio e de lá para Cabo Frio, de ônibus, com a mesma estratégia no retorno.

Tudo planejado, deu certo na ida, e a volta foi marcada para segunda-feira, para não ter problema na terça. Compramos com antecedência passagem de ônibus de Cabo Frio para o Rio, considerando ir pela Via Lagos, sem paradas, com certo tempo de folga, para chegar à rodoviária, pegar um táxi até o aeroporto do Galeão e de lá vir para BH, sem tumulto, chegar ainda na segunda-feira, para descansar na terça e voltar a trabalhar na quarta-feira à tarde.

A passagem foi para o horário de 16h01min, porque, nessa época de muito movimento em Cabo Frio, os ônibus extras costumam ter horários muito próximos.

Chegando ao embarque, mostramos as passagens e perguntamos se era aquele o ônibus. Resposta positiva, entramos e sentamos nos lugares marcados e seguimos viagem. No meio do caminho, vimos que o ônibus não estava em direção à Via Lagos, mas sim tomando o rumo de Araruama, e perguntamos ao motorista, que respondeu: "Não, este não é o ônibus de vocês, este é de 16h, e o de vocês é 16h01min".

A primeira reação nossa foi ficar chateados, com raiva mesmo, porque tivemos informação errada na entrada do ônibus. Mas o pior foi o alerta do motorista: "Olha, chegando a Araruama, se tiver passageiro, pois o ônibus está lotado, vocês terão que descer". O sangue subiu, o primeiro pensamento foi não sair do ônibus de jeito nenhum, mas logo pensei que as pessoas que compraram a passagem para o horário correto não tinham nada a ver com o erro a que fomos induzidos.

Entrando em Araruama, alguém bate no ônibus, chama o motorista e fala: "Não passe pelo centro, pois está tudo engarrafado por causa do desfile do Bloco das Piranhas". O motorista não seguiu o conselho, foi pelo caminho normal e deu de frente com o tal bloco. Aí, lá vai o sangue subir de novo, imagine, a gente querendo evitar tumulto de carnaval e cai exatamente no meio do tal bloco.

Chegando à rodoviária de Araruama, minha mulher foi ao guichê explicar o ocorrido e eu fui procurar vans que fossem para o Rio, o que é muito comum na região. Não encontrei nenhuma, me disseram que não haveria, que estavam todas lotadas e já me tiraram de ideia.

Voltei para a rodoviária, e minha esposa tinha conseguido um ônibus para o Rio via Bacaxá, sem necessidade de novas passagens, mas com o alerta de que, havendo passageiro com passagem comprada em Bacaxá, teríamos que descer.

Mais uma vez momentos de tensão, mas com a raiva dando lugar à esperança e imaginando que íamos conseguir. Ao chegar à rodoviária de Bacaxá, a sensação que tive foi que metade da população da cidade estava no carnaval e a outra metade, na rodoviária! Só podia ser isso!

Começam a subir passageiros: um se senta na poltrona mais à frente, ufa, alívio; outro passa por nós e se senta mais atrás e assim vai, ufa atrás de ufa, até que uma mulher aponta o lugar onde estava minha esposa, e vem logo o pensamento trágico, que no linguajar de baixo calão teria outra expressão mais adequada ao que pensei, mas que aqui, em respeito à boa educação dos leitores, vou atenuar para "danou-se!". Minha esposa troca de lugar, continuamos tensos, até que o ônibus fecha a porta e partimos.

Pedimos a um dos meus cunhados para verificar no site da Infraero sobre a perspectiva de nosso voo, e a resposta foi que a previsão era "no horário". Pedimos que continuasse acompanhando e que, quando chegássemos ao Rio de Janeiro, ligaríamos novamente para saber.

Naquela época, entre 2006 e 2007, o transporte aéreo brasileiro passou por uma crise chamada pela imprensa de "caos aéreo" ou "apagão aéreo", tendo como protagonistas os controladores de voo e motivada pelo acidente entre um avião da Gol e um jato Legacy, em setembro de 2006, e por outro, em julho de 2007, com o avião da TAM no aeroporto de Congonhas, em São Paulo. Nesse período, eram comuns atrasos e cancelamentos de voos.

Pois o único voo no horário, no Brasil inteiro, foi justamente o nosso! Chegamos à rodoviária, compramos passagens para BH, chegamos na manhã seguinte, tudo bem, graças a Deus!

E, afinal, a raiva e o sufoco dão lugar ao folclore, pois é assim que o caso fica para a história.

Agora então, leitor, você há de se desculpar comigo, por ter prejulgado uma mentira de pescador, sabendo ter sido um fato real o caso das "piranhas de Araruama".

* Publicado no Facebook em 3 de abril de 2021.

Lugares do prazer em Pará de Minas

Segundo a ciência, o ser humano está habilitado a gravar lembranças a partir dos 4 anos. O que pode ser regra geral, mas deve haver exceções, pessoas de prodigiosa memória. Conheço algumas que, sem exagero, devem se lembrar ainda da corrida de espermatozoides em direção ao óvulo. Uma delas foi além, dizendo lembrar-se do piquenique de seus pais antes da relação em que foi concebido. Não duvido, pois o conheço muito bem e admiro sua memória em relação a Pará de Minas e seu passado.

Para situar os leitores, nasci, como costumo dizer, para me consolar, no início da segunda metade do século passado, mais precisamente em 1955. Então, começarei a falar aqui dos anos sessenta, indo até a adolescência, em 1970.

Os quintais de casas em que moramos em Pará de Minas eram "arenas" para o meu irmão Geraldo e eu. Na casa da rua Dr. Higino, o perigo era quando a bola caía na casa no quintal do Sr. Pio, cuja esposa ameaçava furá-la, o que equivalia a nos dar uma facada no coração. Quando a bola caía lá, tínhamos de sair pela rua afora em busca de um dos filhos, Chico e Luiz, para resgatar a esfera.

Além dos quintais das casas em que moramos e, quando chovia, do corredor ou de qualquer cômodo, meu primeiro espaço externo de futebol foi na casa da família Ribeiro, dos irmãos Mário, Arnaldo e Celso, onde hoje é o prédio do INSS, na rua Direita.

Naquele quintal, por volta dos meus 5 anos, com meu irmão, Geraldo Magela, ensaiava os meus primeiros chutes. Se a bola era um desafio a ser domado, pior ficava com uma árvore bem no centro do campo.

Depois dessa estreia espetacular nas terras patafufas, o segundo local das minhas atuações foi a entrada do campo do Paraense, entre a linha do trem de ferro e o Ribeirão Paciência, sugestão, acreditem, feita por nossa mãe, Geralda. Aqui já estou aos 7 anos de idade. Terminada a aula no Grupo Escolar Torquato de Almeida, saía correndo para trocar de roupa em minha casa na rua Doutor Higino, colocava a bola debaixo do braço e descia em direção à Estação, cruzando com colegas ainda conversando na saída do grupo. Passava pela Praça da Estação e era seguido pelos engraxates que ali faziam ponto. E logo rolava a pelada. Chegamos até a organizar um campeonato ali, cujas arquibancadas eram pilhas de dormentes da antiga Rede Mineira de Viação, naquele tempo já transformada em Viação Férrea Centro-Oeste.

Ali, quem chutasse a bola no ribeirão tinha que buscar. E um dos amigos quase afogou-se em um dia pós-chuvas, em que as águas do Paciência, acredite quem quiser, estavam revoltas. Agarrou-se a um galho na beira do ribeirão e foi resgatado por outro amigo, com a bola nas mãos, naturalmente.

Costumávamos jogar às vezes em um espaço atrás do gol do campo do Paraense, entre o alambrado do campo e o muro que dividia o espaço com a quadra, que depois foi incorporado ao campo.

No "buracão" nunca joguei, mas estive lá certa vez para conhecer. Ficava na rua Artista Benjamim Oliveira, com acessos pela rua Coronel Domingos ou Capitão João da Cruz. Segundo o meu amigo Luiz Viana David, foi ali que se revelaram Calé, Jorge Madalena, Quiquites e todo o time do Continental, e muitos outros. O lugar hoje é uma área aberta, sendo o limite de quintais de todas as ruas citadas e a área no meio.

Os campos do Ginásio eram um luxo. Tinha o campão, de tamanho oficial, e o campinho, atrás dele, cujo comprimento era a largura do campão. Eram num dos dois os jogos do time fundado por meu irmão Geraldo, que, apesar de flamenguista, deu o nome de Vasco da Gama, por causa do uniforme emprestado pelo Ari Coutinho Júnior, do Continental.

Entre 14 e 16 anos, moramos na rua Vigário Paulino, 127, numa casa em que o quintal, cheio de árvores frutíferas, ia de um quarteirão ao outro, da rua Sacramento à rua Dr. Lage, que até então não havia sido totalmente aberta. Ali também fizemos um campinho, com uma pequena descida. Lembro-me até de um jogo contra o time da turma da rua Sacramento, em que eles chutavam a bola longe para atacar o pé de mexericas.

Meus amigos acham exageradas minhas afirmações, mas o futebol feminino nasceu em Pará de Minas, mais precisamente na rua Vigário Paulino. Jogávamos na rua, uma descida, com duas curiosidades: a participação de uma menina e com sua bola de vôlei!

Nessa época, formos algumas vezes, de caminhão, com o Adolfo Rezende, tio do Oscar Marçal, colega do meu irmão Geraldo, jogar no campo de tamanho oficial, de terra, da Parapuan, na Av. Ovídio de Abreu.

Todo espaço servia para improvisar um campinho. Traves sempre de bambus, quando se chutava uma bola no travessão, o goleiro ficava dividido entre o perigo de o bambu cair na cabeça dele e o rebote.

Lembro-me de ter jogado contra o Cruzeirinho, em que atuavam o Adalton Carvalho e o José Osvaldo Marinho (Jota), o craque do time. Numa ocasião foi no campinho em terreno ao lado da Delegacia e, noutra, no campinho que ficava ali pela região subindo depois do campo do Guarani. Segundo o amigo Adalton, é onde está situada a Plena Alimentos (R. Martinho Campos, 21, São Cristóvão). Havia um pequeno córrego ou esgoto, que eles desviavam quando estavam atacando para aquele lado e depois abriam para os adversários sambarem nos seus ataques.

Mas o paraíso de prazer era o campo do Paraense. Na primeira vez que joguei lá estava com uma turma de meninos assistindo ao treino do Paraense e, ao final, um mais audacioso, salve engano o Barol, pediu ao Bruno Marinho para jogarmos um pouquinho, e ele deixou. Imagine um bando de meninos saindo da arquibancada para pisar e, ainda melhor, jogar naquele tapete verde, oficial, que o Bruno Marinho tratava como se fosse um jardim do Éden!

Hoje, a meninada é colocada cedo em escolinhas de futebol, de grama sintética ou natural, com os melhores tênis e bolas. Se eu fosse professor de uma dessas escolinhas, começava por fazê-los jogar na terra, com bola de plástico tipo aquelas "dente de leite" de antigamente. Se você aprende a dominar uma bola de plástico, em dia de ventania, depois que ela quica numa das pedrinhas do campo, você será capaz de dominar o mundo!

* Publicado no Facebook em 12 de abril de 2021.

O feitiço contra o feiticeiro

O Banco Central do Brasil é uma autarquia que respeito e me orgulha, pelo seu importante papel para o País e à qual devo agradecimentos pelos 36 anos e meio que lá trabalhei.

Porém, quando ingressei na regional do BC em Belo Horizonte, em 1977, o ambiente era muito fechado, não por culpa das pessoas, mas fruto da cultura profissional da época. Hoje podemos usar a expressão cultura, mas naquela época era inadmissível imaginar a preocupação que viria alguns anos depois com cultura e clima organizacional.

Por sorte, tive como exemplo um brilhante colega, de inteligência extrema, ótimo profissional e de humor refinado – qualidades que são contrabalançadas pela modéstia –, o qual me fez apreender que bom humor e competência não eram qualidades mutuamente exclusivas. Ele, já com bem mais tempo de banco, criou, no jornal da nossa associação, uma coluna de relatos engraçados de colegas que personificaram situações inusitadas de trabalho, que denominou de *Manual do Nosso Folclore*.

O caso a seguir poderia muito bem compor aquela coluna, não por ter a pretensão de igualar-se à qualidade dos textos do amigo, mas pelo conteúdo.

Julho de 1994. Após curso para mudança para o nível pleno da carreira no Banco Central, assumi a chefia de subdivisão que tratava de assuntos da dívida pública e de operações bancárias. Como bom mineiro, cheguei de mansinho, avaliando a fama do setor: além de muito trabalho, pessoas quietas, introspectivas.

Aos poucos, vou percebendo que a fama se justifica em parte, diante da quantidade de trabalho e da sua urgência. Porém, nada a ver com características das pessoas.

E vamos convivendo, com profissionalismo e companheirismo, diversas fases, algumas extremamente estressantes, como operações de assistências financeiras de liquidez e vendas a termo de Letras do Banco Central, que nos prendiam até altas horas da noite.

Sempre tive para mim que o grande diferencial em qualquer equipe é o clima de trabalho, que faz, apesar da responsabilidade, excesso de tarefas e urgência, sentirmo-nos bem no ambiente.

Devagarzinho fui me soltando, após conhecer cada um, sabendo dos limites para as brincadeiras. Aí então começaram, no cafezinho, os comentários sobre futebol, novela, a vida em si.

Entra o jeitão mineiro: conhecendo, passa a avacalhar. E, sem trocadilho, uma das providências foi adotar, como mascote do setor, uma "vaquinha inflável", comprada a pedido por um colega, igualzinha à que ele havia dado de presente a sua sobrinha e com a qual todos haviam se simpatizado.

No cotidiano, comentários gerais: a dignidade na velhice para se usar fraldão geriátrico, o receio de usar um daqueles óculos meia-taça para leitura (o primeiro passo para a impotência), de ganhar presentes que simbolizavam a meia-idade, como meias de lã, cachecol, sandália franciscana. Os comentários sobre televisão e, mais especificamente, novela. Nos dois únicos títulos do Flamengo no período (sorte a deles; ah, se fosse na época do Zico!), a Filomena, nossa vaquinha mascote, vestida com a camisa rubro-negra.

Setembro de 1996. Diante de mudanças certas e incertezas, candidatei-me à chefia do Núcleo de Planejamento, para onde fui em outubro. Se por um lado fiquei satisfeito com a oportunidade que se apresentava, por outro lamentei deixar um grupo tão bom.

Com a certeza de que, deixando de ser colegas de equipe, não deixaríamos de ser amigos, convidei-os para um jantar em casa.

Combinamos para uma quinta-feira, logo após o expediente, e fui correndo para casa, aguardar. Pela janela, vi o grupo se juntando e, por já conhecê-los bem, comentei com minha esposa que deveriam estar aprontando algo.

E então o feitiço virou-se contra o feiticeiro. Chegaram ao meu apartamento, com uma cesta de vime coberta com papéis e laços vermelho e preto. Ótima primeira impressão. Comecei a abrir: primeiro, retirei da cesta um jornal e vi estampada a foto do Edmundo vibrando com um dos gols dos 4x1 do Vasco contra o Flamengo. Meio sorriso nos lábios, continuei, e veio um chaveiro do Vasco. Começa a ficar difícil manter a fleuma britânica. Em sequência, uma revista *Amiga*, uma sandália franciscana, uns óculos meia-taça para perto, um cachecol, uma meia de lã, uma Catuaba e um pacote de amendoim.

Mais do que uma noite de surpresas, foi uma noite de emoções. A cada um dos presentes, que depois fui informado serem emprestados e sujeitos a devolução, a emoção de todo momento de convivência com aquele grupo fantástico, de pessoas sérias, competentes e bem-humoradas.

Vou satisfazer a curiosidade de vocês e dizer que, para valer, ganhei uma pasta de couro e uma placa com os dizeres que retribuo àqueles colegas: "Amigo é coisa pra se guardar...".

Fiquei duplamente feliz: com a mostra de amizade dos colegas e com o fato de ter sido um bom professor, alcunha pelo qual eu trato o colega referido no segundo parágrafo, que foi o meu mestre.

Aqui se faz e aqui se ganha.

* Publicado no Facebook em 16 de abril de 2021.

Desmedida

Na minha opinião, ainda há duas coisas que precisam ser reguladas pelo Inmetro ou ABNT: apetite de garçom e foto de cardápio.

Você vai a um restaurante e pergunta ao garçom: "Este prato dá para duas pessoas?". Naturalmente, a resposta terá a medida do apetite dele. Um garçom glutão tenderá a responder que não; se for um mais comedido, responderá que sim. Uma dica é observar o perfil do atendente: se for um com perfil de faquir e disser que não, pode acreditar, porque até ele acharia pouco para si, mas se responder que sim, desconfie. Por outro lado, um mais pançudo, respondendo não, pode lhe trair. Isso não é regra, mas pode servir de parâmetro. Há exceções, como este escriba, que não é glutão, mas, em se tratando de frango à passarinho, independentemente da quantidade, só deixa sobrar os ossos e aquela folha de alface que enfeita o prato.

Foto de cardápio também é um perigo: você não tem noção da distância em que a foto foi tirada, e isso pode lhe confundir. A exceção fica por conta de comida francesa, porque, mesmo ampliando ao máximo a foto, a comida ainda será pouca. E cara.

Em 1994, fiz um curso no Rio de Janeiro com dois colegas do Banco Central. Certa noite, num bar em Ipanema, fomos pedir um frango à passarinho, e um dos colegas perguntou se era individual ou se dava para nós três. O garçom respondeu que era individual, e pedimos dois. Quanto veio, fiquei até com peso na consciência imaginando o morticínio de frangos para gerar aquela avalanche de pedaços. Nem o "franguista" aqui aguentou e, claro, sobrou.

Meu amigo disse ao garçom: "Voltarei aqui e vou pedir dois frangos desse e quero ver você comer tudo!". Claro que isso não aconteceu, mas não tenho dúvida de que o garçom daria conta até da alface.

Hoje é fácil encontrar em Belo Horizonte joelho de porco, conhecido como eisbein. Aqui perto de casa, na Avenida Prudente de Morais, tem uma casa de assados que vende, e na choperia Hofbrauhaus, na Contorno com Prudente de Morais, também tem, desfiado na mesa com tanta destreza por uma garçonete que me faz imaginar o quanto o marido tem que andar na linha.

Mas nem sempre foi assim. Em 2011 fomos a Berlim e Praga. Nosso desejo em Berlim era, além da tradicional salsicha e da ótima cerveja, experimentar o joelho de porco. Flávia, como sempre precavida, escreveu o nome em alemão, para poder pedir no restaurante: "schweineknie". O nome ficou na bolsa por toda a estadia em Berlim e, não me lembro por que, não conseguimos o intento. Em Praga, o papel foi mostrado ao garçom, que trouxe o cardápio e apontou a foto do joelho. Pela foto, um joelhinho mirrado, que, se humano fosse, faria novamente lembrar a figura do faquir. Com a vontade acumulada desde o Brasil e a ânsia de finalmente cumprir a meta, pedimos dois.

Quando o garçom veio com os quatro joelhos – os dois próprios e os dois de porco que havíamos pedido –, nossos olhos se arregalaram mais do que o estômago se expandiu depois: dois incomensuráveis joelhos!

Mesmo estando em Praga, não praguejei, mas, se tivesse facilidade de comunicação com o garçom e mais tempo para passear, certamente teria perguntado a ele de onde eram os porcos fornecedores de joelhos ao restaurante, para conhecê-los, pois deveriam ser gigantes.

Vivendo, aprendendo, comendo e bebendo.

* Publicado no Facebook em 26 de abril de 2021.

Ceceefianos

Muitos anos antes de ser intitulado com o agente da sociedade para assegurar o equilíbrio monetário, um dos contatos diretos do Banco Central com o público dava-se por meio do CCF, o Cadastro de Emitentes de Cheques sem Fundos - CCF.

Não vivi os primeiros tempos de o CCF ser feito no próprio BC, por mimeógrafo, nem "usufruí" da informatização do cadastro, mas, ao longo do meu tempo no Banco, tive dois contatos diretos com o cadastro e seus "clientes".

Quando ingressei no Banco, em 1977, o atendimento ao público relativamente ao CCF era feito no nosso setor, com rodízio de servidores, especialmente os "sangues-novos". E lá fui parar eu, na antessala da chefia, menos por vontade ou vocação do que por falta de opções. O segundo contato se deu quando fui responsável pela implantação do Posto de Atendimento no saguão, que deu origem à Central de Atendimento ao Público.

Dessas experiências, alguns casos interessantes me marcaram. Pelo primeiro setor, passaram várias colegas, das quais pelo menos duas, com característica comum: o choro. Uma chorava de pena dos casos que lhe eram narrados e outra, de raiva, por não gostar de atender ao público. E tinha outra que chegou a fazer vaquinha para ajudar um "ceceefiano".

Ali, num dia de verão, por volta das 15 horas, calor infernal, adentra a sala uma figura trajando vistoso e inesquecível terno de veludo verde. A princípio, cheguei a pensar numa alucinação provocada pelo forte calor, naqueles tempos do prédio da Prudente de Morais em que um ventilador já era privilégio para poucos. Quando notei aquele vistoso anel de pedra vermelha, já tive pressentimento do que viria. Faço parênteses para que este leigo se curve à classe de advogados, que admiro e respeito, desde que não usem terno de veludo no calor.

Já havia percebido que a razão era inversamente proporcional à petulância da pessoa e diretamente proporcional à humildade. Quem chegava exaltado, xingando o gerente do banco, na maioria das vezes não tinha razão e era responsável por grande número de cheques sem fundos. Já os mais humildes, em grande parte, eram prejudicados por erro dos bancos.

Narrado todo o caso pelo doutor aveludado, com ares de vítima, busquei as informações nas microfichas e, como já era de se esperar, lá estava registrada enorme quantidade de cheques devolvidos por falta de fundos. Naquele tempo, o nome era incluído no CCF pela devolução de um mesmo cheque pela segunda vez no intervalo de dois dias úteis ou por contumácia, caracterizada pela devolução de seis cheques por uma vez no prazo de seis meses.

Prestei todas as informações, orientando-o a procurar o banco do qual era cliente, comprovar a quitação dos cheques e solicitar a exclusão de seu nome do cadastro e ouvi em resposta: "E se eu disser tudo isso ao gerente e ele responder que o rapaz do Banco Central mentiu pra mim?". Não resisti e travesti-me de autoridade monetária: fechei a cara – mais ainda, porque usualmente ela já é assim – e respondi, com firmeza: "Pois o senhor peça por escrito, e tudo isso que lhe disse será respondido por escrito!".

Já na época de gerente do Posto de Atendimento ao público, outro caso curioso. Um professor da Universidade de Viçosa que deu um cheque sem fundos para si mesmo! Ele tinha conta em duas agências do Bradesco, sendo uma em Viçosa e outra numa cidade vizinha. Naqueles tempos em que não havia transferência eletrônica, foi fazer depósito em uma caderneta de poupança dele mesmo e errou de talão. O cheque voltou duas vezes e o seu nome foi incluído no CCF. Mesmo com pena – sem chegar a chorar, antes que algum engraçadinho pergunte –, tive que responder que a norma era genérica e não previa exceções e que a solução seria apresentar o cheque ao gerente do banco, sinal de que, estando com ele, não haveria prejuízo a terceiro, solicitar a exclusão e aguardar o prazo para retirada do nome do cadastro.

* Publicado no Facebook em 3 de maio de 2021.

Casos do BB

Sempre estive cercado por pessoas do Banco do Brasil ao longo da vida: familiares – cunhado, irmão –, amigos de Pará de Minas, especialmente na época em que eu frequentava a AABB, e os chefes e colegas oriundos do BB quando ingressei no Banco Central.

Por isso, casos divertidos não faltaram, e alguns relembro aqui.

Ainda jovem, na AABB, depois do futebol, eu me lembro de caso contado por um aposentado. Quando começou a trabalhar no Banco, um dia chegou, pontualmente, como sempre, mas teve vontade de ir ao banheiro. O chefe imediato o procurou, foi informado da situação, aguardou-o voltar e deu-lhe sonora lição: "Senhor João, o bom funcionário já vem para o Banco cagado e mijado!".

Em Pará de Minas, um famoso subgerente ficava na entrada da agência, aguardando cada funcionário adentrar o recinto. Quando cada um passava, ele conferia o horário. Depois, ia percorrer os setores atrás de algo para chamar a atenção. Um dia, não conseguindo achar nada, reparou na máquina de telex – se estiver se perguntando o que é isso, vá ao Google – e, vendo o depósito do papel picotado, reclamou: "Isso não pode ficar assim, quando passar da metade, tem que jogar no lixo, para não ficar pesado!".

Por falar em telex, abro um parêntese do BB para relatar caso ocorrido na sede do Banco Real: madrugada, o telex começou a funcionar, recebendo alguma mensagem; o vigilante sai na escuridão em busca do barulho, vê aquela máquina funcionando sozinha e pá... dá um tiro em sua direção. Salvaram-se ambos: nem o vigia morreu de susto e nem o telex com o tiro.

Mas voltando ao BB e aproveitando a onomatopeia, em uma agência do interior, no Triângulo Mineiro, a turma havia combinado com o garçom do bar ao lado séria providência após o fechamento do movimento do dia: "Vamos tocar o alarme, e você traz as cervejas e os copos". Pois bem, naquele tempo havia inspeção das agências por parte do BB. Em plena segunda-feira, 15 horas, o inspetor resolve testar o alarme. Adentra, esbaforido, fora do horário de praxe, o garçom, com a bandeja carregada de cervejas e copos, sendo logo contido na entrada e expulso da agência pelos próprios funcionários.

Quem me contou esse caso, relatou também o que acho o melhor de todos. Em época em que não havia Mega Sena e similares, a turma do setor do BB no Rio de Janeiro fazia semanalmente uma fezinha na loteria federal. Bolão para comprar um bilhete inteiro. Certo dia, um dos participantes se rebelou: "A gente joga há tanto tempo, não ganhamos nada, só gastando dinheiro, estou fora".

A turma seguiu com o bolão. Um dia, o organizador do bolão passou na lotérica, anotou o primeiro prêmio para conferir, abriu a gaveta, pegou o bilhete, conferiu, não deu nada, jogou na gaveta o bilhete e a anotação do primeiro prêmio. Na hora do almoço, o dissidente vai saindo, e o organizador, com aquele lampejo de sacanagem com o qual eu acho que todo homem já nasce, embora alguns se aperfeiçoem ao longo da vida, pergunta se ele passaria por uma lotérica e se poderia conferir o bilhete. Resposta afirmativa, ele abre a gaveta e, em vez de anotar o número do bilhete, anota o do primeiro prêmio.

O dissidente volta branco e trêmulo: "Pelo amor de Deus, deu o primeiro prêmio! Vocês não podem me deixar de fora, sempre joguei, a primeira vez em que não participo dá o primeiro prêmio!".

"Não, não tem como, como vou explicar aos demais participantes que incluí no rateio do prêmio mais um participante? Impossível."

"Não, pelo amor de Deus, não faça isso comigo."

Quando o dissidente soube da verdade, não sei por que, mas quis matar o organizador por conta de brincadeira tão inocente.

Um ex-chefe no BC me contou caso de quando ingressou no BB. Foi colocado em uma mesa no centro da agência, para fazer o cadastro de crédito rural. Fila imensa, no meio destacava-se um senhor de chapéu. Alguém foi ao ouvido do novo funcionário e disse: "Está vendo aquele senhor de chapéu? É nosso melhor cliente, mas é um pouco surdo, quando chegar a vez dele, fale alto". Ao mesmo tempo, alguém foi ao cliente de chapéu e disse: "Está vendo aquele rapaz? É um ótimo funcionário, mas tem um problema, é um pouco surdo, quando chegar sua vez, fale mais alto".

E chega o momento do encontro dos dois. "NOME", grita o novel funcionário; "FULANO DE TAL", responde o cliente. Nisso, o novo funcionário olha ao redor, vê todos os colegas de agência parados, alguns escondidos, esperando os acontecimentos. Resolve baixar a voz, o cliente também o faz, e assim o diálogo fluiu normalmente.

Voltando à agência de Pará de Minas. Houve um tempo em que o Cruzeiro, e acho que o Atlético também, lançou um "carnê torcedor": você pagava as mensalidades e, no final, trocava por um faqueiro, um liquidificador ou outro brinde. Um caixa, muito gozador, atendeu um cliente que queria pagar a mensalidade do carnê do Cruzeiro. Respondeu que ali não recebiam o carnê, porque todos eram atleticanos, que teria que pagar no Banco Real. Antes que pudesse explicar a brincadeira, o cliente humildemente virou as costas e se retirou.

Ali também, na fila, eu presenciei a cena que se segue. Segunda-feira, tirei uma folga para resolver algumas coisas da minha mãe e fui ao BB. Fiz questão de ficar na fila do caixa retromencionado, para usar um linguajar bebeniano. À frente, um famoso meio-campista do futebol amador. Ambos companheiros de futebol e grandes apreciadores de uma cervejinha, com a qual certamente se esbaldaram no fim de semana. Ao chegar sua vez, falou ao caixa que precisava fazer um depósito, mas não conseguia preencher a ficha porque a mão estava trêmula. E o caixa, com seu habitual bom humor: "Eu também, mas pode deixar que eu preencho, porque minha letra já é ruim mesmo".

Casos existem para todo lado. Agradeço aos parentes e amigos do BB e àqueles que foram meus chefes e colegas no início do Banco Central pelo aprendizado de trabalho sério e dedicação à instituição e orgulho de pertencê-la. Mas, principalmente, pela vivência do bom humor.

* Publicado no Facebook em 12 de maio de 2021.

Nos tempos da escola

Sala de aula, em qualquer tempo, seja grupo escolar, ginásio, científico ou faculdade, sempre teve, com os mesmos personagens, professores e alunos, vividos por pessoas diferentes, momentos inversos: por um lado, terror de arguições e provas; por outro, situações divertidas.

Se fosse contar todos os casos divertidos, daria um livro, por isso lembro aqui, por ordem de acontecimentos, os primeiros que me vieram à memória, pois certamente foram os mais impactantes.

Começando pelo Colégio Estadual Fernando Otávio, em Pará de Minas, onde cursei o ginasial e o científico, e terminando na Faculdade de Ciências Econômicas da UFMG, em Belo Horizonte.

As colas sempre rendem bons casos e mostram a imaginação e a inteligência dos alunos, que, se usadas nos estudos, evitaria muitos problemas decorrentes de flagrantes delitos.

Prova de Inglês, o professor, que sempre ficava sentado à mesa, de repente, levanta-se, vai caminhando em direção ao fundo da sala e, ao aproximar-se de um aluno, grita:

– Mãos ao alto!

E o colega, instintivamente, levantou os braços, enquanto o professor retirava o caderno de debaixo da mesinha, que tinha um fundo para guardar pasta, livros e cadernos.

Claro que muitos de nós nos voltamos para ver a cena de faroeste, a não ser aqueles que aproveitaram o momento para colar.

Um colega, muito inteligente, mas que trabalhava em açougue e não tinha tempo para estudar, teve duas ideias incríveis para cola.

Uma delas, que achei fantástica, foi a cola retrátil. Calor danado, ele aparece de blusão de couro, e todo mundo começa a sacanear. Eis que ele mostra a invenção: amarrou um elástico no ombro e, debaixo do braço, prendeu uma tira de papelão com a cola; bastava puxar o papelão que ele deslizava para fora da manga, ficando na palma da mão e, ao menor sinal de que o professor estava olhando, bastava soltar que a tira voltava a se esconder debaixo da blusa do casaco.

De outra feita, distribuiu uma régua de 15 cm para os três melhores alunos da sala e orientou: "Vou me sentar próximo aos três; embaixo do 1 cm, escrevam a letra correspondente à resposta da questão nº 1 e assim sucessivamente, e eu pego a régua com vocês". E ainda podia se dar ao luxo de escolher as alternativas que tivessem duas anotações iguais, quando houvesse divergência.

Um professor de Matemática, por sinal excelente, dava aulas dia e noite, não tinha tempo para corrigir provas e o fazia no seu horário de aula, quando nos liberava para estudar para prova de outras matérias.

Alguns alunos acharam uma forma fantástica de ter boa nota. A prova tinha várias equações a serem resolvidas, que o professor escrevia no quadro e copiávamos em folha de papel almaço para resolver e entregar ao final do horário. Sabendo da rapidez com que o professor tinha que corrigir a prova, os três adotaram a seguinte tática: copiavam uma questão que sabiam, seguida de uma ou duas que não sabiam; em seguida, outra que sabiam, seguida de outras que errariam; aí, voltavam à primeira questão que sabiam e, no final da folha, à segunda. De tal forma, garantiam quatro pontos com duas questões repetidas, conforme o exemplo dado.

Arguição oral de Geografia, a professora pergunta ao aluno sobre os principais produtos agrícolas da Itália. Esperto, lembrou-se do vinho e bradou: "Uva!". No segundo, seguindo a mesma linha de raciocínio, exclamou: "Macarrão!". Adivinhem qual apelido o consagrou pelo resto da vida escolar?

Aula de Desenho. O professor explica que uma reta corta o círculo no máximo em dois pontos. O aluno, num brilhante lampejo de raciocínio, indaga: "Professor, e se a reta for curva?". A partir daí, passou a ser chamado de Luiz Reta Curva, pelo menos até que se mudou da cidade.

Essa eu não presenciei, mas o professor de Português contou na sala o ocorrido em outra turma com a irmã de uma colega. Ele deu como exercício fazer uma composição – hoje chamada de redação – e escolheu alguns alunos para ler as suas e outros para comentarem. Após uma das leituras, perguntou à aluna:

– O que você achou da composição dela?

– Professor, a composição dela foi tão boa e emocionante, que eu não tenho nada a comentar!

Uma aluna, lindíssima, sempre de saia mais curta, tinha o hábito de escrever a cola nas coxas. Deve sempre ter tirado boas notas, mas o mesmo não posso afirmar de quem se sentava nas redondezas.

Já na faculdade, os casos mudam de natureza, mas prosseguem.

Final da chamada, quase chegando ao fim, o professor chama: "Vicente!". A porta se abre e adentra o próprio, já respondendo presença. E então dá-se o seguinte diálogo:

Professor: "Ainda bem que você chegou".

Aluno: "Por que, professor?".

Professor: "Senão, não poderia dar uma aula 'convincente'".

Aula de 6ª. feira à noite, cansaço geral, aquele desânimo, arroubo de sinceridade:

– Professor, posso sair mais cedo?

– Por quê?

– Para tomar cerveja no Diretório Acadêmico!

Espanto e inveja geral, retira-se o aluno, com o conivente silêncio do professor. Outro aluno, muito folgado:

– Professor, poderia confirmar a matéria da prova?

– Eu já disse, isso, aquilo...

– Poderia citar as páginas do livro? Não encontrei a matéria.

No final, ótimos professores, excelente formação, bons colegas. Isso é o que ficou de importante.

* Publicado no Facebook em 22 de maio de 2021.

Igual a pinto no lixo

Sempre entendi a expressão "igual a pinto no lixo" como manifestação de felicidade ou satisfação, originada da observação dos pintos (filhotes das galinhas) em estado de euforia ao remexer os restos de lixo ou de detritos à procura de alimento.

Jamais imaginei que um dia depararia com a expressão em situação real, mas em outro sentido.

Na primeira quinzena de junho, eu e Flávia fomos a Cabo Frio, para pelo menos caminhar na areia, ver e ouvir o mar, renovar as energias. Com todos os cuidados exigidos pela pandemia, inclusive uso de máscaras nas caminhadas praianas, e sem ficar em barraquinhas.

Não é novidade que o mar nunca é o mesmo: num dia, calmo e transparente; em outros, pode trazer algas e, em dias mais chuvosos, a ressaca despeja de volta na praia tudo aquilo de que o ser humano descuida e o mar indeseja.

Assim são as ofertas para Iemanjá na virada do ano, em que as flores colocadas na água cobrem a areia da praia no dia seguinte, infelizmente acompanhadas de garrafas de espumante e outros resíduos que os seres humanos ali deixam, talvez imaginando que irão desaparecer por milagre, que, no caso, fica a cargo dos garis da prefeitura.

Numa dessas caminhadas em dia pós-chuva, a areia coberta de devolutivas. Inacreditavelmente, uma delas, um pênis rosa de borracha!

Na continuidade da caminhada, ficamos imaginando como isso pode ter acontecido. Importante frisar que o ocorrido se deu na véspera do dia de Santo Antônio, considerado o santo casamenteiro.

Primeira hipótese: ali perto tem uma praia de nudismo. Mas por que alguém levaria esse instrumento àquela praia? Talvez porque, na hipótese de insuficiência de seu próprio, poderia exibir um complemento. Porém, a hipótese foi logo descartada; pela posição da praia de nudismo, a corrente nunca direcionaria nada para a praia do Forte.

Oferta a Iemanjá para arranjar parceiro ou parceira. Não, aí seria ofender a mãe dos orixás e ainda reduzir demais, tanto a expectativa quanto a oferta, ao relacionamento sexual, que é uma parte, apesar de importante, da relação amorosa.

Porém, na hipótese de pedido a Iemanjá – afinal, nós dois ali, envoltos na caminhada e no papel de especuladores, teríamos que cogitar todas as hipóteses –, poderia ter sido devolvido com o recado subjetivo de que "isso é lá com Santo Antônio".

Lembramo-nos então da "sala de milagres", comum em alguns santuários, onde as pessoas, depois de alcançadas suas graças, depositam fotos, gessos, braços ou pernas de cera. Na impossibilidade de depositar em local sagrado objeto representando órgão objeto de cura, resolveram ofertá-lo ao mar. Mas, nesse caso, acender uma vela, assim como foi reacendido o fogo da paixão, teria bastado.

Caiu da bolsa de alguém na praia. Por que diachos alguém levaria isso para a praia?

Enfim, Flávia diz: "Isso dá uma crônica". Pois é, amigos, virei cronista por encomenda. Temos um grupo de amigos, com casos bem divertidos, que sou intimado a relatar para consumo próprio.

Assim nasceu esta crônica. No dia seguinte, o dito cujo não estava mais lá. O que daria outra crônica ao imaginar o seu destino. Mas disso vou poupá-los, até mesmo sob encomenda.

Cada um que imagine a origem e o destino desse instrumento. Da minha parte, condizente com a atualidade, coube escrever esta crônica sob a ótica da diversidade, sem registrar que o pênis foi levado ou prometido por uma mulher a um homem ou vice-versa.

* Publicado no Facebook em 6 de julho de 2021.

A boa educação financeira dos mineiros

Nós, mineiros, temos, indevidamente, a fama de pães-duros. Uma injustiça feita pelo restante do Brasil e pelo mundo, que não reconhece o simples fato de que já nascemos educados financeiramente.

O pendor dos baianos pela arte levou ao dito de que "baiano não nasce, estreia". Então, assim também é conosco. O quinto princípio do cooperativismo – Educação, Formação e Informação – já está presente em nosso DNA.

Mineiro adora ir às compras. Uai, mas não é contraditório? Calma, adora ir às compras para não comprar e ver quanto economizou. Calça jeans, 250 reais; tênis, 350 reais; camisa polo, 150 reais; o mineiro chega em casa todo feliz em ter economizado 750 reais por não ter comprado nada disso.

É verdade que o mineiro economiza até em palavras. Para que usar uma proparoxítona se pode ser substituída por "trem"? E para que a palavra completa, se "bunitim" já traduz bem a beleza de um trem qualquer? O mais elogiável em termos de economia verbal é a expressão "Nó!", que significa Nossa Senhora Aparecida do Perpétuo Socorro e traduz espanto ante qualquer coisa. Difere do "Nu!", que exprime admiração.

Aproveitamento máximo é outra vantagem dos mineiros. Em um dos cursos que fiz pelo BC em Brasília, há muitos anos, eu, na sala de aula, com o pé direito cruzado sobre a perna esquerda, o professor vai dar um exemplo e diz: "Aqui neste grupo, ninguém deve ter meia sola no sapato". Olhei para o meu, constatei ser, como único mineiro, a exceção à regra, baixei a perna e fiz cara de concordância com o mestre.

Outro hábito que mostra bem o senso de economicidade do mineiro é o famoso "racha" de conta em boteco, quando faz cálculo de quantos copos de cerveja tomou. Não me esqueço de ex-colega do BC, no nosso futebol de areia às terças-feiras à noite, inflação galopante, lá pelo final dos anos 80, de quase 2.000% a.a., com preços reajustados diariamente, e ele sempre na mesma: "Tomei só dois copos, vou deixar meus duzentinhos".

Para economizar, o mineiro passa até por cima de paixões clubistas, como outro ex-colega de BC. Ao chegar no Minas Tênis no fim de semana para a tradicional peteca, dia ensolarado, percebeu que havia esquecido o boné e foi à lojinha do clube. Ao chegar em casa, o filho, também atleticano, estranhou: "Uai, pai, por que está com o boné do Cruzeiro?". Resposta curta e grossa: "Estava mais barato".

E pode muito bem ser mineiro o cara da piada, que comeu tanto na festa até passar mal e foi aconselhado por alguém a enfiar o dedo na garganta para melhorar. Resposta, também curta e grossa: "Você acha que, se coubesse um dedo, eu não comeria mais um croquete?".

Mas até a economicidade tem limite. Em Brasília, quando estávamos em imóvel na W3, perto tinha um restaurante baratinho, daqueles que você só pode encher o prato uma vez. Era o preferido de alguns. Fui lá uma vez só. Tinha, em meio ao molho, um pedaço de carne ou algo parecido que não consegui identificar. Adotei um critério: vou cutucar; se nadar é peixe, se afundar é boi e se voar é galinha. Não sei o que deu, mas era isso ou nada. E nunca mais!

Paro por aqui. Já gastei muitas palavras para escrever essas bobagens e muito tempo de vocês em lê-las.

E viva nós, os mineiros!

* Publicado no Facebook em 16 de julho de 2021.

Mineiro garrado

Quando o amigo Luiz Viana David postou um excelente texto do Francicarlos Diniz (jornalista e escritor, pós-graduado em Comunicação pela USP) sobre a palavra "coisa", garrei na ideia de escrever algo parecido – sem a pretensão de ter a mesma qualidade do autor do texto citado – sobre a expressão mineira da atualidade da qual mais gosto: "garrar".

Primeiro, é preciso explicar que não me refiro ao verbo garrar usado na linguagem náutica, quando o navio é levado a vagar à mercê das ondas, por não estar bem segura a amarra.

Nós, mineiros, usamos garrar como uma corruptela do verbo agarrar. Serve para advertências, aconselhamentos, desculpas ou justificativas.

De manhã, aquele sol entrando pelas frestas da janela, Pedro ainda enfurnado nas cobertas, sua esposa, Ana, que naquela hora já fez mil e uma coisas, chega e diz:

– Levanta que tá na hora do trabalho! Vai ficar garrado nessa cama?

Pedro abre lentamente um dos olhos, lembra-se do dia, segunda-feira, e pensa:

– Meu Deus, mais uma semana garrado naquele trabalho infernal!

Levanta-se, cambaleando, vai ao banheiro e dirige-se à mesa para acompanhar Ana no café.

Vem a recomendação, que aqui pode ser sinônimo de advertência:

– Vê se não garra no trabalho hoje, lembre-se do jantar na casa da Simone!

Pedro toma banho, veste-se e sai para o trabalho. Trânsito infernal, pensa logo no chefe, também infernal, e liga do caminho:

– Bom dia, chefe! Vou me atrasar um pouco, o trânsito hoje está muito garrado!

Nem bem termina de ouvir o chefe dizendo que deveria ter saído mais cedo, vê no ponto do ônibus um casal garradinho um no outro. Ah, que inveja, bons tempos!

Chega à garagem do trabalho e, na fila do elevador, um amigo pega a garrar numa conversa e ele tem que se desvencilhar, pois a imagem do chefe bravo está garrada em sua mente.

Dirige-se imediatamente à sala do chefe, que os colegas gentilmente apelidaram de Hell Room, para despachar com ele.

O chefe, garrado ao telefone, o manda esperar. Conversa finalizada, vai para sua mesa e trabalha até a hora do almoço.

Vai almoçar com amigos, e a conversa como sempre é sobre futebol.

– O Gerson é um craque, mas gostei de ele ter saído do Flamengo. A bola garrava nos pés dele e não dava sequência à velocidade de ataque requerida por Gabigol e Bruno Henrique.

– Muito diferente do Messi, em cujos pés a bola fica garrada, mas se dirige, com dribles desconcertantes, rumo ao gol.

O expediente da tarde não é muito diferente e, apesar de segunda-feira, os colegas o convidam para o tradicional *happy hour* do dia do pagamento.

Liga para a mulher para informar e ouve:

– Não vá garrar, lembre-se que hoje é o jantar da Simone!

Vai para o *happy hour*, espera o trânsito melhorar, para não ficar garrado, e vai para casa.

No caminho, pensa na Lei Seca, na esperança de que não haja blitz, por ser segunda-feira, e fica pensando como seria horrível ficar garrado numa blitz dessas.

Enfim, chega em casa. Vê sua mulher saindo do banho, linda, e lhe vem o desejo de garrar aquela mulher. Nem cogita, afinal, o jantar é o objetivo.

E assim segue a semana.

Sábado, dia de futebol, preparado para sair, ouve da esposa:

– Vê se não garra com aqueles seus amigos, lembre-se que tem família em casa te esperando para o almoço!

Na pelada, esforça-se como nunca, mas do outro lado tem um goleiro garrando tudo.

Hora da resenha, aquele bate-boca dentro de quadra transforma-se em gozações e sorrisos.

Toca o telefone:

– Garrado, né?

A esposa o chama ao dever familiar.

Sábado à tarde é dia de visitar os sogros. Ao chegarem, vem o cachorro latindo e pulando, e ele, que não gosta, grita:

– Garrem esse cachorro aí!

Ouve da sogra a história de que sua irmã está hospitalizada, mas que há esperanças, e ela está garrada nas orações a Nossa Senhora, pela recuperação.

Domingo é dia de relaxar, de fazer um churrasquinho familiar até a hora do futebol na TV.

Mais uma decepção; seu time somente empata e vem uma exclamação de tristeza:

– Que merda, o Cruzeiro garrou no 15º lugar e não sai! Assim, vamos ficar garrados na segunda divisão por mais um ano.

Domingo à noite, depois de ver os gols do Fantástico, alguns cavalinhos disparando e outros garrados lá atrás rumo à série B, prepara-se, deita e garra num sono gostoso e reconfortante.

E chega novamente a segunda feira, começa tudo de novo. Garrar de novo no trânsito, no trabalho. E conclui estar garrando um ódio no chefe que não o valoriza.

Pensa nas férias, na vontade de estar na praia, garrado na conversa fiada e na cerveja até o pôr do sol!

Ah, se pudesse, queria ser livre como uma ovelha desgarrada!

* Publicado no Facebook em 14 de agosto de 2021.

Polarização e perda da capacidade analítica

O título poderia ser *Obrigado, Dr. Pedro Mendonça!*, e ao longo da leitura entenderão o motivo.

A capacidade analítica dos brasileiros, que anda lado a lado com a polarização na política, religião e futebol, tem me feito refletir muito a respeito do tema e a valorizar alguns bons professores.

Entendo por capacidade analítica a habilidade de um indivíduo analisar determinada situação e tirar suas próprias conclusões, não se deixando ser influenciado por opiniões alheias, mas ponderando-as com destreza para formular suas próprias conclusões. Não sou mais inteligente e nem melhor que ninguém, mas considero a capacidade analítica uma qualidade que, se foi dada exclusivamente ao ser humano, deve ser considerada como prêmio e valorizada, e me valho e me guio muito por ela.

Nunca gostei de decoreba, desde criança não via sentido em ficar decorando coisas que se poderia achar nos livros. Porém o ensino no ginásio era assim, principalmente de História e Geografia. Quem descobriu isso, em que data ocorreu aquilo, qual o clima e vegetação da região tal. Quando cheguei ao quarto ano ginasial, meu professor de História foi o Dr. Pedro Mendonça, advogado em Pará de Minas, que nos fez um bem danado: reorganizou nosso modo de pensar.

As questões passaram a causa e consequências e correlações. Em vez de decorar, passamos a ter que compreender. Depois, no científico, veio o professor Arésio Teixeira e as interpretações de texto e, na faculdade de economia, muitos textos.

Na década de 1980, quando participei de um Encontro Mineiro de Qualidade, um pensador gaúcho, cujo nome não me recordo, sugeriu aos gestores que, em vez de cursos técnicos, como matemática financeira, dessem aos seus funcionários treinamentos que ensinassem a pensar, como interpretação de passagens da Bíblia e textos filosóficos, porque, se aprendessem a pensar, aprenderiam matemática financeira por conta própria. Não posso afiançar o método, mas guardei essa sugestão de desenvolver a capacidade analítica.

A internet, que é um ótimo instrumento para pesquisa, reflexões e conclusões, acaba tendo um perverso efeito contrário no uso de redes sociais: muitos acreditam em tudo que recebem, repassam sem o menor senso crítico, talvez imaginando que o anterior já o fez. E, o pior, criou uma categoria não de críticos, mas de *haters*, aqueles que não apenas discordam, mas o fazem destilando veneno e disseminando ódio.

Resultado disso tudo: o debate, a troca de opiniões, discussões sadias e proveitosas, está morrendo. Grupos de Whatsapp vão se esvaindo até ficarem compostos de defensores de uma mesma corrente de pensamento.

Trocando ideias a respeito dessas reflexões com minha esposa, chegamos à mesma dúvida relativa ao biscoito Tostines: “vende mais porque é fresquinho ou é fresquinho porque vende mais?”.

A polarização decorre do não exercício da capacidade analítica ou é o contrário?

Tirem suas próprias conclusões, o que me importa é que nós, brasileiros, não percamos a nossa capacidade analítica. Se discordar de mim, ótimo, a estará exercendo; se concordar, peço que o seu *like* decorra dela e não por um automático gesto irreflexivo.

* Publicado no Facebook em 11 de setembro de 2021.

O micro-ondas traidor

A pandemia mudou, por necessidade e com intensidade, vários hábitos.

Por exemplo, ir direto ao computador, para responder e-mails ou mensagens, de pijama, às vezes antes do café e, muitas vezes, antes do banho matinal.

Ouvi dizer que em Brasília já criaram, para o carnaval, o bloco Zoom, que também poderia ser Google Meet ou Teams: camisa ou blusa social, bermuda e sandália.

Não sei para os demais, mas para mim o mais impactante foi ajudar a lavar vasilhas.

Já ajudei muito a minha mãe com tarefas domésticas, nos tempos de criança e adolescente. Nas casas em que moramos em Pará de Minas, sempre havia fogão à lenha; então, colocar para dentro a lenha deixada na porta por uma carroça era um hábito. Fazer compras em armazéns também. E, várias vezes, o meu aquecimento para as peladas foi passando enceradeira pela casa.

Porém, nunca tive intimidade com a cozinha; no máximo, um mexido de comidas prontas na geladeira. Toda vez que ia fazer miojo para minha filha, deixava o bendito saquinho com o molho cair na panela.

Por isso, a minha definição de cozinha, até então, era "o lugar onde fica a geladeira e dá passagem para o quarto de serviço, onde fica o material do futebol".

Já morei em uma república em BH, em apartamento próximo à rodoviária, três quartos e um de empregada, dez patafufos, assim alcunhados nós, de Pará de Minas. Cada um levou um copo; um bebia e colocava na pia e assim sucessivamente; quando estavam os dez para serem lavados, o próximo lavava um, tomava sua água e repunha sujo, até que a faxineira, que ia uma vez a cada século, lavasse todos.

Era assim e, friso, não me orgulho desse passado de comodismo.

Novos tempos e, como disse o Belchior, "no presente, a mente, o corpo é diferente e o passado é uma roupa que não nos serve mais".

Com a pandemia, sem a nossa auxiliar, nada mais justo que procurar ajudar em casa, principalmente com as vasilhas sujas, para evitar de ligar a lava-louças tão frequentemente. Tem sido uma experiência de descobertas.

A primeira delas é que não há nada que se multiplique mais no mundo do que vasilhas sujas!

Procurando achar prazer na nova atividade, num arroubo de criatividade, criei na pilha uma piscina de borda infinita: um prato cheio de água, para não grudar a comida, em cima de outras vasilhas, nivelado com a borda da pia. Ficou lindo, mas não fez sucesso, e fui informado da regra da pia: "Deus acima de todos, os pratos maiores embaixo de tudo!".

Tenho tido boa vontade, porém não tenho passado no controle de qualidade.

Aprendi, em matemática, que se o algarismo a ser eliminado for maior ou igual a cinco, acrescentamos uma unidade ao primeiro algarismo que está situado à sua esquerda. Pois bem, não funciona assim na lavação de louça. O prato, xícara ou copo pode estar lavado 99,6%, mas aquele pedacinho de mamão, feijão ou outro alimento que ficou "garrado", vai depor contra você e te entregar.

E o tal do forno de micro-ondas, que eu descobri ser traiçoeiro?

Sempre sou avisado: "Coloca a tampa em cima do prato ou do copo ou xícara, vai explodir e sujar o micro-ondas!".

Pois bem, o bobão aqui, mais uma vez confiando em números, não escuta e tenta calcular o tempo sem explosão. Distrai-se com o celular e... bum!, voa líquido ou alimento dentro do micro.

Vou, limpo tudinho e me acho o perfeito criminoso.

No dia seguinte, a nossa auxiliar, com quem não sei aprendeu a ser engraçadinha, me sacaneia: "Alguém deixou algo explodir no micro ontem!".

Mas, como? Prometo a mim mesmo que serei mais cauteloso da próxima vez. Acontece de novo, e sou novamente repreendido, com razão, sejamos justos.

Mas, como? Chego a imaginar que já inventaram alguma forma de detecção igual àquela de descobrir manchas de sangue em material limpo.

Aí, acontece de novo! E vocês agora vão pensar: "Ou esse cara é um idiota ou é muito teimoso!". Quando decidirem, peço por favor que me contem, porque eu mesmo não cheguei à conclusão ainda!

Limpo com cuidado o micro-ondas, o prato dele, as paredes internas. Ah, desta vez não vão poder me acusar, caprichei na limpeza.

Quando me viro para jogar o papel-toalha fora e depois volto para fechar o micro-ondas, eis que está lá um pingo de café bem evidente, e respiro aliviado, por ter percebido a tempo. Repito o gesto e limpo novamente; eis que uma nova mancha aparece.

Que diabos, parece que isso cai do céu!". Ah, esta é a senha: olho no teto do micro-ondas, ainda molhado e gotejando!

Então é assim, né, seu miserável, que você me entrega para elas!

A meu favor, poderia citar o que dizia um ex-chefe, que todos temos direito a um minuto de bobeira por dia. O problema é que, nesse um minuto, podemos, por exemplo, ser atropelados.

Entretanto, prefiro reconhecer que aqui dissipa-se a dúvida entre ser teimoso ou idiota, pois a regra é clara: tudo que sobe, desce, e espero, pelo bem do meu Cruzeiro, que a recíproca seja verdadeira.

* Publicado no Facebook em 18 de outubro de 2021.

O primeiro campeão brasileiro

A taça em que a CBF fez incrustar o número 50, em comemoração aos 50 anos do Campeonato Brasileiro com esse formato, ressuscitou discussões sobre títulos anteriores, em cujo mérito não vou entrar porque, para mim, se a autoridade máxima do futebol brasileiro reconheceu, está valendo. O que eu quero contar e que quase ninguém sabe é que há um pedido na CBF para que seja reconhecido como primeiro campeão brasileiro o Vasco da Gama. Em que ano? Pasmem: 1500!

Passo a explicar. Quando a nau de Pedro Álvares Cabral aportou nestas terras, os marujos, há meses sem bater uma bolinha, desceram ansiosos e logo propuseram aos indígenas: que tal uma pelada na praia? Acertaram os detalhes e se prepararam para a contenda. Quatro cocos marcaram os gols e um tatu-bola serviu de dita cuja, já que a bola que os portugueses tinham trazido, numa brincadeira a bordo, caiu no mar e teve o mesmo destino da minha que caiu no Ribeirão Paciência quando eu era menino.

Para juiz foi escolhido Pero Vaz de Caminha. No VAR – Via de Arranjar Resultados, ficaram o cacique e Pedro Álvares Cabral; o técnico dos portugueses foi Jorge, um senhor de cabelos grisalhos, entendido a futebol, que era admirado pelos feitos que conseguia e por isso mesmo foi apelidado de Jorge Jesus. O técnico dos indígenas foi um índio preguiçoso, que só gostava de ficar na praia olhando o movimento do mar com uma lupa, daí o apelido de Porta-Lupa.

Na abertura, na ausência de ancestrais da Anitta, cantou Baby Consuelo, que na época ainda não era conhecida por Baby do Brasil porque o país ainda não existia. Sem hino oficial, Baby cantou a famosa *Todo dia era dia de índio.*

Contenda disputadíssima, placar apertado: 3x2 para os portugueses. Os gols dos nativos foram marcados por um lateral direito de cabelo comprido, de muita velocidade, chamado Apodi, e um gol contra de Nasa, que tinha esse apelido porque era o gajo que recebia orientações para navegação da agência americana que tinha esse nome. Para os portugueses, marcaram Eusébio, Figo e Cristiano, cujos nomes inspiraram futuros craques lusitanos.

Entusiasmados, os portugueses decidiram fundar um time: Club de Regatas Vasco da Gama, com o escudo retratando a caravela portuguesa e uma cruz de malta. Pero Vaz de Caminha redigiu o estatuto.

O nome do time enciumou Cabral, que cobrou da marujada: por que não Pedro Álvares Cabral Futebol Clube? Os marujos, entre gargalhadas, responderam de pronto: "Ô mané, você errou de Índias e ainda quer homenagem?". Aqui se abre um parêntese: tem quem defenda que Cabral queria mesmo vir ao Brasil, tem quem ache que foi por acaso e tem o Chaves, que diz que foi sem querer querendo.

Devem estar pensando que tem coisa errada aí, pois o Vasco da Gama foi fundado em 21 de agosto de 1898. Explico: por causa da burocracia; tiveram que criar um país, torná-lo independente, criar os cartórios, o xerox para ter cópias em 3 vias de todos os documentos e o reconhecimento de firma.

Como prova, o Vasco apresentou o quadro *A primeira missa no Brasil*, de Victor Meirelles, em que se vê, no alto da árvore, à direita, o indígena Apodi; no centro, ajoelhado, pedindo perdão pelo gol contra, Nasa e, ao seu lado esquerdo, Eusébio e Cristiano. E Figo? Estava numa figueira que não aparece na pintura.

* Publicado no Facebook em 2 de dezembro de 2021.

Picolé de coco

Em tempos de calor, aqui sempre tem picolé de coco, feito em casa. É o meu preferido, com aquelas raspinhas de coco no final, tanto pelo sabor quanto pelas boas lembranças.

Quando criança, moramos em Pará de Minas em duas casas próximas ao Bar do Ari, que ficava na esquina da Rua Benedito Valadares com Antônio Novato. E foi ali que o picolé de coco entrou na minha vida.

Meu pai, Henrique, tinha oficina de conserto de rádios nessas casas em que moramos, na Rua Benedito Valadares e na Rua Doutor Higino. Os irmãos mais velhos já tinham casado e se mudado, e com os pais ficamos eu e meu irmão Geraldo Magela, quatro anos mais velho.

Meu irmão, já alfabetizado e com a benevolência que sempre lhe caracterizou, lia para mim as historinhas do Pato Donald e Tio Patinhas. Mas não sem antes fazer um pouco de hora, sempre tinha uma introdução prolongada, que me afligia e cumpria o objetivo dele: "Num oferecimento de Pneus Firestone", a que se seguiam outros fictícios anunciantes, até chegar ao título da história e finalmente começar a aguardada leitura.

Dizem que me vinguei dessa brincadeira – ou pequena maldade – quando, apesar de já ter aprendido a ler, continuava explorando-o na leitura das historinhas. Se fiz isso, meu irmão não merecia troco, pois essa pequena maldade infantil era mais do que compensada pelo fato de sempre me levar para ver partidas de futebol amador e também para jogar com os amigos.

Voltemos, com prazer, ao picolé.

Meu pai dava ao meu irmão dinheiro para comprar picolé. Ele chegava para mim e perguntava: "Adivinha para que o pai deu dinheiro? Para comprar P-I-C-O-L-É".

Não sei se a soletração era para contribuir com minha alfabetização ou se já profetizava a sua atual carreira de revisor, no que muito me auxilia hoje, registre-se.

Outra pausa no picolé, que pode até acabar descongelado, para registrar um traumático momento de minha alfabetização.

Acompanhando minha mãe e irmão à casa da minha avó, fui ler, na placa afixada na casa em frente, o nome da rua e saí com um Teophílo Marinho, em vez de Theóphilo Marinho, numa época em que eu nem sabia da existência de paroxítonas e proparoxítonas.

Eu devo ter ficado esperando um elogio por ter conseguido dar a correta sonoridade de efe ao ph, mas levei foi uma gozação, que até hoje meu irmão relembra. Pelo Street View, constatei que a placa ainda está lá e, na próxima vez que for a Pará de Minas, levarei uma tinta branca e um pincel para colocar esse acento, contribuindo para evitar trauma a futuras gerações.

Mas eu estava falando de quê mesmo? Ah, do picolé de coco do Bar do Ari. Onde eu, menino, só de calção, ia comprar cachaça a pedido da minha mãe, para colocar na pimenta que era vendida de casa em casa. Como me conheciam, naqueles tempos inocentes, me vendiam a cachaça, e eu ia com aquele copo cheio para casa, sem derramar uma gota, coitado do santo, que me perdoe, porque naquela época não sabia dessa tradição.

Voltemos novamente ao picolé. Não sei por que, mas sempre medíamos os dois picolés, para ver se eram do mesmo tamanho. Isso nunca gerou divergência, sinal de que ou tinham o mesmo tamanho mesmo ou erámos apenas curiosos.

O fato é que o picolé durava uma eternidade, era saboreado pausadamente. Toda vez que me sirvo de um picolé de coco em casa ou qualquer outro lugar, não há como não voltar a esses saudosos tempos.

* Publicado no Facebook em 30 de dezembro de 2021.

Fusquinha da discórdia

Seu primeiro carro, no final dos anos 70, havia sido um Fusca 66, vermelho. Ainda sem carteira, raspou os quatro para-lamas do carro, mas nem isso estragou sua felicidade. A melhoria de condição financeira o permitiu comprar um Fiat 147, o primeiro lançamento no Brasil, e tempos depois comprou de um colega um Passat TS 1980, verde-abacate, que ainda considera o melhor carro que teve.

Tempo passando, salário melhorando, os carros também ficaram melhores, embora não fossem sua fixação. Eram transporte, eram vistos simplesmente assim.

Mas o fusquinha não saía de sua cabeça. Por melhores que fossem seus carros, o cantinho da memória e o espaço entre ventrículos e aurículas serviam de estacionamento para o fusquinha.

Já aposentado, pensou: agora é a hora, vou comprar um Fusca e cuidar bem dele.

A mulher tentava convencê-lo do contrário, com fortes argumentos: "Já basta o tempo que você passa em consultórios médicos e laboratórios, ainda vai ficar agarrado em oficinas".

Como é peculiar em todo marido, não deu ouvidos, mesmo sabendo que algum dia haveria de lhe dar razão.

E eis que chega o dia tão esperado, e estaciona em frente à sua residência o tão desejado Fusca! Chama a mulher, a empregada, os vizinhos saem à janela para ver o rebuliço.

No dia seguinte, só felicidade, passeio com o Fusca, ida à casa de familiares para mostrar o troféu.

Uma semana depois, o primeiro susto: o fusquinha não pega, ele mesmo dá um jeito, ufa, não vou ouvir o temido "não te falei"?

Mas não tem jeito, o fusquinha começa a dar sucessivos problemas. Moisés, o mecânico, se torna sua visita mais frequente.

A mulher se segura por um tempo, depois não aguenta mais, é muito gasto, muito tempo no mecânico, nas oficinas procurando peças. O relacionamento vai se desgastando mais que o Fusca.

Até que chega o temido ultimato: "Ou eu ou ele!".

Trinta anos com a esposa e somente um com o fusquinha, acha uma desvantagem desproporcional e opta pelo fusca, pensando se chegaria a completar tanto tempo com ele.

Separam-se: a mulher, rancorosa, quer que o Fusca seja vendido e o dinheiro repartido, mas ele a convence de forma diplomática: "Você pode levar o Volks, nosso cachorro, e eu fico com o Fusca".

E a vida segue, agora sem transtornos; somente ele, o fusquinha e o Moisés.

Um mês, dois, um ano. Sente falta dela. Não no banco do Fusca, ao seu lado, mas ali na cama, que parecia uma enormidade sem a presença dela.

Ele a procura, conversam, propõe a reconciliação. Marcam um jantar, e ele, claro, pensa numa esticada ao motel em seguida, já que o seu problema mecânico era fácil de resolver em farmácia.

Horário e dia marcados, lá estão ele e o fusquinha, pois tal ocasião merecia o melhor.

Ela faz uma cara de desgosto, mas vá lá, entra e vão para o jantar. Tudo certo, comida ótima, um bom papo e a aceitação de sua proposta de ida ao motel.

E lá se vão, até que, no meio do caminho, o fusquinha treme e para. Ele olha, vira-se para ela e nem precisa dizer, ela adivinha: "Já sei, o alternador!".

Pois bem, você decide agora: "Ou eu ou o fusquinha e o Moisés!". Em seguida, sai, pega um táxi e vai embora.

Ele olha, fica perdido e pensa em fazer igual ao dono de um jipe que viu circulando pela cidade, com um adesivo com os dizeres: "Minha namorada me mandou escolher entre o jipe e ela. Sinto saudades dela".

Olha para o táxi se distanciando, para o fusquinha apagado, pensa no Moisés, na esposa, pega um táxi e decide ir ao encontro dela.

Em sua imaginação, na direção oposta, vão Moisés e os amigos do clube de carros antigos. Mas, no coração, as vagas do Fusca agora dão lugar somente a ela, sua paixão de corpo e alma. E diz adeus ao fusca, optando por ficar com sua Mercedes...

* Publicado no Facebook em 21 de maio de 2022.

Envelhecer ou morrer

Dizem que perguntaram à grande atriz Tônia Carrero o que ela achava de envelhecer, e a resposta, curta e objetiva, foi algo assim: eu prefiro isso, pois a outra opção é a morte!

Sábia Tônia, assim como sábia é a vida.

Sábia por ir nos envelhecendo aos poucos, um pouquinho a cada dia. E assim vamos nos assimilando aos poucos, sem sustos.

Já pensarem se fosse de repente? Um belo dia você acorda, olha-se no espelho e vê alguém calvo ou de cabelos brancos, olheiras. E se dá conta de que é você mesmo.

Sábia é a vida. E mais sábios ainda... não, é muita pretensão querer ser mais sábio que os desígnios de Deus... Tão sábios seremos em aceitar essas mudanças gradativas, mas também lutar, com sapiência e não tolamente, enquanto pudermos resistir.

Chega o momento de ser chamado de senhor não mais por educação, mas por realidade.

Digo isso porque, sexta-feira à noite, véspera do meu sagrado futebol de sábado de manhã, deparo-me com as manchas senis em minhas mãos, que me conscientizam da realidade, mas não me desanimam. Um ligeiro estiramento na parte posterior da coxa esquerda, o bravo joelho direito recuperado, mas ainda inseguro, porém a alma intocada.

Dorme o quase sessentão e amanhã acorda o garoto que jogava aos sábados, pela manhã e à tarde, e aos domingos pela manhã, na Praça de Esportes, ou o jovem das peladas de sábado à tarde no Patafufo e de domingo de manhã na AABB.

Tudo bem que volta, depois do natural cansaço, agravado por algumas merecidas cervejas, um ser semiacabado. Na média, entre o menino que sai e o ancião que volta, chego aos meus 58 anos, realidade irrefutável, mas agradável, da vida.

Se eu fosse um pretensioso escritor – e não sou por dupla razão, nem sou um escritor de verdade e nem pretensioso –, deixaria o final em aberto, para o leitor concluir se este texto é de mensagem otimista ou pessimista.

Mas, como consolo até mesmo para mim, conto o final do filme. Eu vou, jogo, volto, escrevo bobagens como esta e vocês ainda leem.

Querem vida melhor? Estamos vivos, felizes, e vida está aí, nos oferecendo, a cada dia, quando acordamos, a opção da escolha entre envelhecer ou morrer.

Eu já fiz a minha opção e um pacto: não falar em envelhecimento, mas sim em amadurecimento. Azar de vocês, que vão me aturar aqui por muito tempo, já que o dono do blog, meu amigo Luiz David, é imortal. Com duplo sentido.

* Escrito em abril de 2013 para publicação no blog *paraensedeminas*, de Luiz Viana David, mas não enviado para publicação.

A (quase) passeata de aposentados

Este "caso especulativo", na ausência de uma melhor denominação, vai em homenagem aos meus amigos e amigas aposentados ou aposentáveis.

Estar quase nessa situação, tendo adquirido o tempo, mas ainda não a coragem, afasta qualquer hipótese de ridicularização. Então, vamos lá.

Dois fatos me estimulam. Primeiro, amigo já aposentado, que no intervalo da curtição das praias cariocas, lembrou que, agora que o Papa alemão se aposentou e passou a ser chamado de "Emérito", aqueles na mesma condição podem ter o mesmo direito. Assim, já me entusiasmei, pois, em vez de aposentado, ou pior, inativo, serei chamado, pelo menos por autodesignação, de emérito.

Segundo motivo: a PEC 555, para que não seja cobrada contribuição previdenciária de aposentado. Sozinha, ou melhor, se depender apenas de congressistas, ela não sai. Precisa ser empurrada por manifestação, como tudo hoje é movido no Brasil.

Então, em conversa com emérita amiga residente no RJ e inspirado por uma caminhada em BH – apesar de que em direção ao Mineirão, com o meu irmão, também emérito – e por um emérito amigo patafufense, que se deslocou da terrinha para reviver tempos de manifestações na capital, pensei em organizar em Belo Horizonte uma passeata de eméritos aposentados e aposentáveis em prol da aprovação da PEC 555.

Desisti, pelo sonho que tive, o qual compartilho com vocês.

Até animei-me no início, pois não houve dificuldade quanto ao dia da semana: domingo, pois nos outros dias não há tempo para mais nada, jargão comum a aposentados.

Primeira dificuldade: mobilização. Os eméritos aqui citados são plugados no novo milênio, mas, por experiência própria na minha turma de futebol, alguns não têm e-mail. Bem, vamos suprir essa dificuldade com mensagem de celular. Aí eu me lembro de que alguns são resistentes. Conclusão: e-mail, mensagem por celular e telegrama, o que exigirá antecedência na marcação da data.

Aí vem a segunda dificuldade: distância. Mais de 5 km, não conte comigo, meu médico pediu para não abusar do joelho, responde alguém por e-mail. Tem de ser distância curta, porque, se começo a suar, meu cabelo fica horrível, diz outra, por mensagem de celular. Um amigo pergunta se vai ter parada em boteco, para recarregar as energias. Decidimos então pelos 5 km, sem obrigatoriedade de chegar todos juntos, marcando para atingirmos o local da manifestação entre 14 e 17h.

Explicação para a saída às 14h: vários alegaram que a soneca depois do almoço é sagrada.

Terceiro problema: onde finalizar a manifestação. Eu quero perto de um hospital, pois se passar mal, estou no local certo. Prefiro numa região de botecos, para bebemorarmos no fim. Dá para começar no Centro e vir em direção ao meu bairro? Tem que ser em algum poder constituído ou então no INSS, responde outro. Para conciliar interesses, decidimos, assim como em relação ao horário, que cada um se dirigisse para onde quisesse.

Pelo menos no ponto de concentração conseguimos concordar: Praça Sete, local emérito de aposentados em BH. Ufa!

Afinal, sai a passeata. Eu de megafone, tentando comandar aquela briosa turma reivindicatória, e cada um sai para seu lado. Uma turma em direção ao Mercado Central: vamos logo que domingo fecha cedo! Outros, em direção ao INSS da Av. Afonso Pena, estes, claro, os mais comprometidos. As mulheres saem em direção à feira de artesanato, comentando sobre novidades lindas das quais ouviram falar. Um terceiro grupo, em direção à rodoviária, para reclamar sobre as passagens gratuitas para a melhor idade.

Aí é que se dá o problema. Ao passarem pela Drogaria Araújo, um mais exaltado sugere: vamos invadir, sem mídia não há força para mudança! E aquela turba – se é essa a melhor expressão – invade a drogaria. As mulheres, indecisas entre creme hidratante ou Viagra para os maridos, que, por sua vez, se dirigem em direção a Engov, Neosaldina e anti-inflamatórios.

Tento controlar, mas não consigo. Na saída, dirijo-me a um colega, com direito a aposentadoria há bastante tempo, mas que não quer deixar o Banco Central entregue à própria sorte, e não controlo a curiosidade: E aí, pegou muita coisa? Só tintura capilar, responde ele.

A prateleira de fraldas geriátricas ficou intacta.

Acordo sobressaltado, mas feliz: ainda temos força para muitas reivindicações.

* Escrito em fevereiro de 2016 e não publicado.

Delírios da paixão

Marcos e Camila foram colegas de segundo grau, e ele apaixonou-se por ela desde aquela época. Sua timidez nunca lhe deixou aproximar-se muito, apenas fizeram alguns trabalhos em grupo. Frequentaram o mesmo cursinho pré-vestibular e aí, como não havia muitos conhecidos na turma, aproximaram-se. Foram se tornando amigos, estudavam juntos, ele tentou ensaiar um namoro, mas ela preferiu dedicar-se aos estudos.

Ambos foram aprovados no vestibular, nos cursos que queriam: ele, engenharia e ela, psicologia.

Porém, foram para faculdades diferentes: Camila ficou na mesma cidade e Marcos foi estudar numa cidade mais distante, onde tinha parentes. Em seguida, seus pais mudaram-se para lá, atrás de uma vida mais tranquila, e ele acabou ficando. Não retornou à cidade em que morava durante todo o curso de engenharia e depois, empregado na mesma cidade em que se formou, também não teve motivos para retornar.

Frequentemente Camila lhe passava pela cabeça. Como estaria? Estaria namorando? O que o consolava era que ela fez psicologia, pois ele achava que ela, já muito independente e bem posicionada quando jovem, deveria ter se afirmado mais ainda como pessoa.

Marcos teve várias namoradinhas durante a faculdade, mas somente a última, colega de classe, durou mais tempo. Foram morar juntos, mas, depois de dois anos, separaram-se.

Novo relacionamento, um ano e meio, e fim. Outro mais, dois anos e meio, e novo fim.

Já profissional bem-sucedido, surgiu ótima oportunidade de trabalho na antiga cidade e resolveu aceitar. Logo se lembrou de Camila: teria se casado? Teria filhos?

Não sabia se deveria procurá-la. Poderia ter uma decepção se ela nem quisesse se encontrar com ele. Mas precisava tentar, tudo ou nada: ou retomar o relacionamento com ela ou tirá-la de vez da cabeça para poder construir um relacionamento mais sólido.

Marcos sempre fora resistente a buscar ajuda psicológica, mas, enfim, se convenceu: precisava de apoio para enfrentar seu medo de procurá-la e resolver esse conflito em sua vida. Havia envelhecido precocemente, ficado calvo, mas com uma barba desleixada. Quase irreconhecível em relação à sua juventude.

Conversando com amigos, dizendo que "um amigo precisava de indicação", chegou a uma pessoa muito bem referenciada, que tinha o mesmo nome de sua paixão, porém, pelo sobrenome diferente, não devia ser ela.

Ligou, marcou uma consulta com dificuldade, pela péssima qualidade da ligação, num dia de chuva terrível.

No dia da consulta, sentado no sofá da sala de espera, ansioso, suando frio, começa a enfrentar seu medo.

Ao ouvir a porta se abrindo, levantou-se, mas estremeceu e caiu novamente sentado no sofá: não poderia ser, estava enxergando nela a sua paixão, seu caso deveria ser muito sério.

Camila, a psicóloga, o convidou a entrar e a sentar-se, sentiu sua aflição e lhe deu um copo d'água. Em seguida, veio a pergunta: "Em que posso lhe ajudar?".

Marcos lhe diz: "Estou muito mal, não consigo resolver em minha vida uma antiga paixão e agora estou delirando, vendo-a em você!".

Camila lhe perguntou qual o nome dela e, ao ouvir dele o nome e sobrenome, afirmou: "Sou eu mesma, apenas ao nome foi acrescentado o sobrenome do marido, com o qual tenho três filhos".

Marcos ficou transtornado; como pode ser, a mesma moça, o mesmo rosto, o mesmo corpo, o mesmo sorriso, o mesmo cabelo, só que agora não mais com o rabo de cavalo, não mudou nada!

Levantou-se, pediu desculpas pelo incômodo, pela perda de tempo, saiu apressadamente, batendo a porta.

Os pensamentos não paravam: poderia ser minha esposa, os filhos poderiam ser meus, a felicidade poderia ser comigo!

Mas a realidade era bem diferente: não poderia ser seu paciente, teria que buscar ajuda em outra pessoa. Pelo menos uma questão já estava resolvida; a sua paixão virou uma impossibilidade, e agora teria que trabalhar para aceitar isso e seguir seu rumo com outra parceira.

* Escrito em julho de 2020 e não publicado.

Gratidão de irmão

Minha maior gratidão ao Magela foi ter despertado em mim o gosto pelo futebol, principalmente em jogá-lo. Lembro-me de, garotinho, acompanhá-lo à casa de uns amigos para jogar futebol no quintal, com uma mangueira no meio do campo. E mais o time que ele formou, chamado, por ironia do destino, para um flamenguista, de Vasco da Gama, em razão do jogo de camisas, doado por um clube amador de Pará de Minas, idêntico ao do time carioca. E, nas peladas, o Magela jogando até de braço quebrado!

Como eu era Botafogo quando criança, nossa mãe tinha que dar água com açúcar para acalmar os nervos (pelo menos os meus) quando ouvíamos pelo rádio os jogos de Fla e Bota.

Nós dois fizemos álbuns de nossos clubes preferidos, com fotos dos jogadores recortadas da *Revista do Esporte* e descrição de quem era, posição, clubes anteriores, características. Acabei virando flamenguista, de início como provocação a um amigo botafoguense radical e irritante nesse aspecto, um tanto mais pela influência do Magela e muito, mais muito mesmo, pelo encanto com o futebol do Zico. Com isso, o destino resgatou uma foto nossa, garotinhos, ambos com camisa do Flamengo.

Ele era o editor, redator e distribuidor de um jornal esportivo, cujo nome não me lembro, que relatava as partidas do campeonato amador de Pará de Minas, cujos jogos eu assistia levado por ele. A distribuição significava levar o único exemplar para leitura na esquina do Bar do Ari, onde se reuniam os jogadores de um dos times, que liam pessoalmente os comentários muitas vezes não agradáveis sobre suas atuações.

Outra gratidão ao Magela foi o toque que deu ao meu pai para me dar uns trocadinhos para o fim de semana. Conclusão: ele exerceu bem o papel de irmão mais velho que eu.

Tínhamos também outra característica comum: aglutinar os colegas de escola. Lá em casa reuniam-se os colegas dele para os estudos, e assim se deu também comigo, posteriormente. E tem também as aulas de violão dele, que o levaram a compor músicas com colegas e a receber premiação em um dos festivais de Pará de Minas, como menção honrosa.

Aí, veio o concurso do Banco do Brasil, a ida para Coromandel e o escasseamento das idas a Pará de Minas. No começo, sempre sozinho, depois com amigos, mas sempre, até termos telefone em casa (lá pelos idos de 1975), com o infalível telegrama que tranquilizava nossa mãe: "Cheguei bem. Magela". Depois começam as idas com a Wanda, ainda namorados, quando da primeira vez. E começa o processo de transformação do Magela em Geraldinho, assim como era chamado por ela. Na primeira vez que fui a Coró, quando desembarcamos, no meio da estrada de terra, pois fomos buscados por ele e mais alguns amigos, o trocador retirou minha mala do bagageiro e teve minha resposta de que não era aquela marrom, pois a minha era preta. E ele, riscando a mala com o dedo, para retirar a poeira, comprovou ser mesmo aquela.

No casamento, presença em Coromandel de nossa família, amigos e as indescritíveis (só vendo mesmo) roupas de moda da época: calças boca de sino, sapatos plataforma. E daí a pouco entra novo e interessante personagem na história: Ana Luísa, imediato xodó da família. Pois é, o Magela virou Geraldinho, foi-se o futebol, o violão, mas ficaram a Wanda e o fruto dessa união que é a maravilhosa "garotinha", como ainda a chamo, Ana Luísa. E ainda ficarão para sempre as boas lembranças. Obrigado, Magela/Geraldinho.

Obrigado, Wanda, por ter cuidado bem dele todos esses anos. Obrigado aos dois, por nos terem dado a Ana Luísa. E obrigado a ela por cuidar tão bem deles. Vida longa e feliz a todos!

* Escrito em 2011, por ocasião dos 60 anos do meu irmão Geraldo Magela.

#tudocomeçanalivraria
#quixote+do2023
#delivro

[1ª edição 2023]

Esta obra foi composta em Bembo e impressa
em papel Pólen Soft 80g. na Artes Gráficas Formato
para a Quixote+Do Editora.

FSC
www.fsc.org
MISTO
Papel | Apoiando o manejo florestal responsável
FSC® C092828

2021 CARBON NEUTRAL
SAVE cerrado